DORIS GERCKE

Die Frau vom Meer

Buch

Bella Block kommt aus Sibirien zurück. Ihre Erfahrungen in dem vom Chaos bedrohten Land haben sie mißtrauisch und skeptisch gemacht gegenüber dem von Reichtum und Konsumlust beherrschten Westen. Sie braucht viel Zeit, um sich wieder an ihr bequemes und verantwortungsreiches Leben zu gewöhnen. Da geschieht am Rande von Hamburg eine entsetzliche Bluttat: Lara G. ermordet ihre drei Kinder – so zumindest wissen es die Nachbarn, und auch die Polizei scheint genügend Belastungsmaterial zusammenzutragen. Lara G. aber schweigt. Weder im Polizeiverhör noch vor Gericht ist sie bereit, über die Vorgänge in ihrem Hause zu sprechen. Bedeutet ihr Schweigen das Eingeständnis von Schuld? Kranz, Polizeipsychologe und Freund von Bella Block, möchte an Laras Unschuld glauben. Er versucht, Bella, die immer auf der Seite der Frauen stand, dafür zu gewinnen, diese Unschuld zu beweisen. Und Bella nimmt, nach einigem Zögern, die Herausforderung an – ohne zu ahnen, worauf sie sich einläßt.

Autorin

Doris Gercke, geboren 1937, studierte Jura nach einem Begabtenabitur mit Anfang Vierzig. 1988 erschien ihr erster Roman *Weinschröter, du mußt hängen.* 1991 wurde sie als Krimi-Autorin des Jahres in Deutschland und Schweden preisgekrönt. Mit Hannelore Hoger in der Hauptrolle wurden fünf Bella-Block-Filme gedreht. Doris Gercke lebt in Hamburg.

Von Doris Gercke außerdem bei Goldmann lieferbar:

Der Tod ist in der Stadt. Roman (44426)
Auf Leben und Tod. Ein Bella-Block-Roman (42726)
Der Krieg, der Tod, die Pest. Roman (09974)
Die Insel. Roman (09975)
Dschingis Khans Töchter. Ein Bella-Block-Roman (43891)

Doris Gercke

Die Frau vom Meer

Ein Bella-Block-Roman

GOLDMANN

Umwelthinweis:
Alle bedruckten Materialien dieses Taschenbuch
sind chlorfrei und umweltschonend.

Der Wilhelm Goldmann Verlag, München, ist ein Unternehmen
der Verlagsgruppe Random House GmbH

Taschenbuchausgabe Januar 2002

Umschlaggestaltung: Design Team München
Umschlagfoto: All Over/Jendrejewski
Satz: DTP Service Apel, Hannover
Druck: Elsnerdruck, Berlin
Verlagsnummer: 43892
AL · Herstellung: Heidrun Nawrot
Made in Germany
ISBN 3-442-43892-6
www.goldmann-verlag.de

1 3 5 7 9 10 8 6 4 2

Ich sage nicht: das war gestern. Mit wertlosem Sommergeld in den Taschen liegen wir wieder auf der Spreu des Hohns, im Herbstmanöver der Zeit.

Ingeborg Bachmann

Mai 1999

Es ist Morgen, es ist Ende Mai, und in der Siedlung ist es wieder still geworden. Die Männer sind in ihren Autos davongefahren, einige haben Kinder mitgenommen, um sie an Schulen abzusetzen. Es riecht nach Rosen. In allen Gärten beginnen Rosen zu blühen, in sorgfältig gepflegten Beeten, die am Morgen oder am Abend von Frauen gewässert werden. Dieser Frühsommer ist trocken. In einer halben Stunde etwa werden die Frauen die Häuser verlassen, um sich der Rosenbeete anzunehmen. Noch sitzen sie hinter den Gardinen ihrer Küchenfenster, trinken Kaffee, nur wenige Wein, vor sich den Tisch mit den Tassen und Tellern und Krümeln von Mann und Kindern, und aus dem Radio kommen die Meldungen von anderen Männern. Von Männern, die damit beschäftigt sind, Krieg zu spielen. Spielen sie wirklich Krieg? Unwillkürlich hat es sich vorgedrängt, das Wort »spielen«, denn die Dinge, die die Männer jetzt gerade tun, unterscheiden sich kaum von denen, die zum Spiel gehörten, als die Männer Kinder waren. Es ist blutiger heute. Aber dafür ist es das wirkliche Leben, mit wirklichen Toten und wirklichen Orden und wirklichen Kameras.

Ist es Ihnen schwergefallen, die Bomben auszulösen? Ich meine, Sie hätten sich doch sagen können, es könnten auch Unschuldige getroffen werden? So fragen die Reporter, wenn es zwanzig Uhr ist, die Nation vor dem Fernsehgerät sitzt und der Mann in Uniform, ein großer Junge in Uniform, bereitwillig antwortet.

Wir sind hier nicht, weil wir zerstören wollen, wird er sagen. Sie wissen, und all Ihre Zuschauer wissen, daß unser Einsatz der Bewahrung der Menschenrechte dient.

Und die Frauen in den Häusern, die in Gärten stehen, die nach Rosen duften, in einer Siedlung, über der an diesem Frühsommermorgen der Lärm der Stadt nur von fern und wie ein zarter, aber dicht gewebter Schleier aus Geräusch zu hören ist, die Frauen hören die Botschaft von gestern abend noch einmal und stehen auf und räumen das Geschirr zusammen. Das haben sie schon als Mädchen geübt, in Puppenstuben oder in Sandkästen, manche auf Wiesen, in umgestürzten und ausgehöhlten Bäumen oder auf den Steinstufen der Häuser; und oft in der Nähe von Jungen, die mit Soldaten spielten, kleinen, buntbemalten Figürchen, die hin und her geschoben wurden und Waffen trugen und beinahe echt aussahen. Den Frauen an den Radios ist das Bild, das die Stimme des Sprechers in ihrem Kopf hervorruft, deshalb nicht fremd.

Die Straßen in der Siedlung sind also leer, als eine ältere Frau an diesem Morgen ihren Garten verläßt, um ihren Hund auszuführen. Die Frau trägt einen beigefarbenen Trainingsanzug. Als sie sich bückt, um den Hund von der Leine zu lassen, reckt sie für einen kurzen Augenblick ein gewaltiges Hinterteil in die Morgensonne. Sie weiß noch nicht, daß sie in wenigen Minuten ihren Status von »Nachbarin-ohne-Kinder-mit-Mann-und-Hund« in »die-wichtigste-Zeugin-der-Staatsanwaltschaft« ändern wird. Deshalb drücken ihre Bewegungen Gelassenheit und ihre Blicke die übliche, schon zur Routine gewordene Neugier aus, während sie langsam dem fröhlich davonwieselnden Hund folgt. Was soll es schon an Neuigkeiten geben bei dem morgendlichen Spaziergang, der seit dreiundzwanzig Jahren immer um die gleiche Zeit und auf demselben Weg, allerdings, um bei der einfachen Wahrheit zu bleiben, nun schon mit dem vierten Dackel, vorgenommen wird. (Dieser Hund ist ein kleiner schwarzbrauner Kurzhaardackel.)

Sie sieht, wer vergessen hat, seine Mülltonne auf die Straße zu stellen, aber es sind immer dieselben Leute. Sie sieht auch, wer versäumt hat, am Abend vorher den Gartenschlauch einzurollen. Und weil die Hecken von den Männern erst am Wochenende geschnitten werden, heute aber ein gewöhnlicher Donnerstag ist, kann sich die Spaziergängerin nur damit begnügen zu prüfen, welche der nachbarlichen Hecken diesmal dringend des Schnitts bedarf. Man wird sehen, ob die Besitzer die gleiche Ansicht haben.

Es handelt sich also um einen eher träumerischen Spaziergang. Bis der kleine Hund in die Lücke springt, die durch eine ausgebrochene Latte im unteren Teil der Gartentür entstanden ist, und einen fremden Garten betritt.

Man ist Nachbar, alle sind hier Nachbarn. Aber man hat sein Eigenes, Gott sei Dank, und es geht nicht einfach jeder auf das Grundstück des anderen. Also bleibt die Frau, sie heißt Karola Krüger, und ihr Mann ist Postbeamter, der in drei Monaten pensioniert werden wird, vor der Gartenpforte stehen und ruft ihren Hund; das heißt, sie will ihn rufen, aber sie zögert.

Von ihrem Platz an der Straße aus kann sie das Grundstück hinter der Pforte fast ganz übersehen. Es bleibt nur ein toter Winkel, ein Stückchen Garten, das hinter dem Haus liegt. Sie sieht den mit grauen Platten ausgelegten Weg, der zur Haustür führt. Auf dem Weg, vielleicht zwei Meter von ihr entfernt, ist eine rosa Gummiente. Unter dem kleinen Vordach über der Haustür liegt eine Zeitung auf dem Boden. Am Haus sind alle Fenster geschlossen, nur die Tür, die auf die nachträglich angebaute Terrasse führt, ist weit geöffnet. Auf den Brettern des Terrassenbodens liegt Spielzeug. In blau angestrichenen Blumentöpfen, ordentlich nebeneinander am Geländer der Terrasse aufgestellt, wachsen Sommerblumen und Kräuter.

Die müssen gegossen werden, denkt die Nachbarin. Ihre Augen sind dem Dackel gefolgt, der durch den stillen Garten gelaufen ist und nun die Sandkiste am rechten unteren Ende erreicht. Die Sandkiste liegt im Schatten, denn die Sonne steht noch nicht hoch genug über den Apfelbäumen. Neben der Sandkiste steht eine große Frau. Sie hält die Arme weit von sich gestreckt über den Sand.

Die Nachbarin ruft jetzt den Dackel zurück, der versucht, mit den Schuhen der Frau neben der Sandkiste zu spielen. Weshalb liegen die Schuhe im Gras? Weshalb bewegt sich die Frau nicht? Weshalb ist es so still in diesem Garten, der doch zum Spielen dasein soll?

Ohne den Blick von der reglosen Gestalt im Schatten neben der Sandkiste abzuwenden, öffnet die Nachbarin leise die Gartenpforte. Weshalb paßt sie sich der Stille an? Sie geht langsam über den Plattenweg, will über den Rasen gehen, um nach der immer noch reglos stehenden Frau zu sehen, als sie bemerkt, daß die Haustür nur angelehnt ist.

Später wird sie sagen, sie habe den Weg durch die Haustür ins Haus genommen, um nach den Kindern zu sehen, denn die Stille sei ihr plötzlich unheimlich vorgekommen. Das wird sie ein paarmal wiederholen, zuerst vor der Polizei, dann für Reporter vom Rundfunk, dann für das Fernsehen, noch später vor Gericht. Da glaubt sie es selbst schon längst.

Jetzt, in diesem Augenblick, in der Stille des Sommermorgens und mit der reglosen Frau im hinteren Teil des Gartens, der Frau, die offenbar nicht gewillt ist, dem Hund die Schuhe wegzunehmen, erkennt die Nachbarin einfach ihre Chance: Sie kann ungestört durch die Haustür gehen und sich im Haus umsehen.

Der Hausflur hat einen Fußboden aus schwarzen und weißen Fliesen. Mindestens zehn Paar Kinderschuhe liegen herum. Es sieht aus, als hätten die Schuhe in einer Reihe unter den Garderobenhaken gestanden und seien dann durcheinandergestoßen worden. Vielleicht ist jemand im Dunkeln darüber gestolpert? Rechts befindet sich eine Tür, auf der eine kleine blaue Badewanne aus Keramik klebt. Die Tür ist geschlossen. Die Augen der Nachbarin sehen jedes Detail. Wann hat man schon einmal die Gelegenheit, sich ungestört in einem fremden Haus umsehen zu können? Am Ende des Flurs steht eine Tür offen. Sie erkennt einen Küchenschrank. Angezogen von der Möglichkeit, die fremde Küche zu inspizieren, geht die Nachbarin auf die offene Tür zu. Sie muß an der Treppe aus hellem Holz vorbei, die neben der Badezimmertür nach oben führt. Auf der untersten Stufe entdeckt sie einen braunen Fleck. Unwillkürlich inspiziert ihr Blick die darüberliegenden Stufen. Die Treppe ist mit diesen sonderbaren braunen Flecken übersät. Nach oben hin werden es mehr. Wo sind eigentlich die Kinder? Weshalb ist es so still?

Da wußte ich, daß etwas Schreckliches passiert ist, wird sie bald darauf sagen. Und diesmal lügt sie nicht. Die Nachbarin gehört zu den Menschen, die ein plötzlicher Schrekken erst einmal reglos macht, die eine Hand vor den Mund nehmen, um den Schrei zu ersticken, den sie nicht schreien werden, die dastehen und dem Adrenalinstoß nachspüren, der ihnen die Knie schwach macht, noch bevor sie wissen, was wirklich geschehen ist.

Man braucht eine Weile, um diesen beinahe lähmenden und doch so lebendigen Zustand zu überwinden und wieder handlungsfähig zu werden. Manche Menschen beenden ihn mit einem kräftigen Schrei. Sie treiben sich dadurch sozusagen selbst zu den nötigen Aktivitäten an. Andere gehen irgendwann stumm und entschlossen zur Tat über. Zu denen gehört die Nachbarin. Gerade diese Menschen handeln in ungewöhnlichen Situationen allerdings nicht immer überlegt, auch wenn es ihnen in ihrem vom Schock bestimmten Zustand so vorkommen mag. Was im ersten Augenblick richtig zu sein scheint, muß sich später nicht immer als richtig erweisen.

Die Nachbarin, die den Hund, den zurückzuholen ja ursprünglich ihre Absicht gewesen war, vollkommen vergessen hat, geht in die Küche, sucht und findet – wie schnell sich doch Frauen in fremden Küchen zurechtfinden – einen Eimer aus rotem Kunststoff, füllt ihn mit Wasser, nimmt ein graukariertes Handtuch von einem Haken hinter der Tür, das sie vielleicht wegen seiner Farbe an einen Scheuerlappen erinnert, taucht das Handtuch in das klare, kalte Wasser, mit dem sie den Eimer gefüllt hat –

Das ist merkwürdig, wird sie später sagen. Ich tu sonst immer Spülmittel in das Aufwischwasser. Ich muß wohl gedacht haben, um das Blut von der lackierten Treppe abzuwischen, brauche ich es nicht. Ich wollte ja nur, daß die Kinder nicht ausrutschen. Aber das ist sicher wieder nicht die Wahrheit, denn was sollte den Schock ausgelöst haben, der ihr noch immer in den Gliedern sitzt, wenn nicht, daß sie von den geschlachteten Kindern schon weiß?

Zurück in den Flur und die Treppe aufgewischt, Stufe für Stufe gebückt nach oben. Da sind zwei offene Türen. Elternschlafzimmer und Bad, im Bad tropft ein Wasserhahn.

Ich dachte »Elternschlafzimmer«, obwohl ja bekannt war, daß die Frau allein lebte. Meistens jedenfalls. Das ist einfach so, wenn man die Doppelbetten sieht.

Zwei weitere Türen sind angelehnt. Da hin, da weg führen die braunen Flecken, die sie nun sorgfältig wegwischt. Als die Nachbarin den Eimer zur Seite stellt, ist das Wasser darin rotbraun, und es ist nicht der Widerschein des roten Kunststoffs, der es färbt. Nun endlich ist sie bereit, die erste der Türen zu öffnen. So lange hat sie gebraucht, so viele sinnlose Bewegungen waren nötig, um sich auf das Schreckliche vorzubereiten.

In den Kinderzimmern, die aussehen wie gewöhnliche Kinderzimmer, lustig und unaufgeräumt und freundlich, liegen die Körper der Mädchen in ihren Betten, zerstört, zerschlagen, zerhackt, blutiges Fleisch.

Der Nachbarin wird übel. Während sie eine Hand vor den Mund preßt, geht sie mit unsicheren Schritten die Treppe hinunter. Sie hält sich am Geländer fest, die Treppe ist noch naß. Es kostet sie große Anstrengung, die eben gesäuberte Treppe nicht mit dem Inhalt ihres Magens zu beschmutzen. Sie möchte das Bad erreichen, sich in die Wanne übergeben. Aber die Wanne ist nicht leer, sondern mit Wasser gehüllt und mit dem dritten Kind, einem Jungen, der, friedlich und ein wenig verzerrt aussehend durch das Wasser, auf dem Grund der Wanne liegt.

Die Nachbarin erinnert sich später nicht mehr an das, was sie gedacht hat, während sie im Wohnzimmer neben dem Telefon saß, durch die geöffnete Terrassentür den Blick auf die reglose Frau gerichtet. Auch den noch immer mit den Schuhen der Frau beschäftigten Dackel beachtet sie nicht. Da es fast eine Viertelstunde dauert, bis die Polizei eintrifft, und sie später das Gefühl hat, sie müsse sich rechtfertigen für die langen Minuten der Untätigkeit – schließlich hätte die Frau fliehen können –, wird sie irgendwann sagen, sie habe die Mörderin nicht aus den Augen gelassen und hätte sie am Weglaufen gehindert, sobald sie es versucht hätte.

Vielleicht erinnert sie sich nicht, weil sie sich nicht erinnern darf. Denn, aufgerüttelt und hellsichtig geworden durch den doppelten Schock, kann sie in diesen Minuten ihr eigenes Leben roh und unverdeckt vor sich liegen sehen. Sie kann den Blick darauf nicht verhindern. Dazu reicht ihre Kraft nicht. Ihre Kraft reicht auch nicht aus, um die Furcht zu verdrängen, die aus dem Einverständnis entsteht, das sie empfindet und das verborgen sein sollte. Später, vor Gericht, wird sie dieses Einverständnis schon unter mehreren Schichten aus Anklage, Denunziation, Gehässigkeiten, falschen Freundlichkeiten, Scham und bereitwilligen Aussagen verdeckt haben.

Ende Januar 2000

Sie haben keine Arbeit, Bella.

Kranz, Polizeipsychologe mit Einsichten, die über das bei staatlich besoldeten Psychologen im allgemeinen vorhandene Maß hinausgehen, versucht eine Art Beschwörerblick. Er ahnt, schon bevor er die dazugehörige Miene vollkommen entwickelt hat, daß die Beschwörung mißlingen wird. Trotzdem möchte er nicht aufgeben, Bella zu einer Zusammenarbeit zu bewegen, von der er sich nicht nur beruflich, sondern auch privat viel verspricht.

Ich habe Geld, antwortet Bella, das genügt mir. Sie weiß im selben Augenblick, daß sie einen Fehler gemacht hat, und hofft, daß Kranz ihn nicht bemerkt.

Das genügt Ihnen nicht, sagt Kranz. Es sei denn, Sie hätten sich in drei Jahren Sibirien so sehr verändert, daß ich Sie ganz neu kennenlernen müßte. Denken Sie nicht, ich hätte dazu keine Lust, aber so, wie Sie bisher waren, haben Sie mir durchaus gefallen.

Bella antwortet nicht gleich. Sie beobachtet die Kellnerin, die einem Mann am Nachbartisch den Weg zu den nahegelegenen Kramer-Amtsstuben beschreibt. Die Kellnerin benutzt dazu ihre Hände, kleine, rundliche Hände mit rosigen, dicken Fingerchen und kurzen, leicht nach oben gebogenen Fingernägeln. Auch der Mann sieht auf diese Hände, bevor er Bellas Blick bemerkt. Er versucht ein einverständiges Lächeln.

Wie ich war, denkt Bella, wie ich bin. Wer will das wissen. Kranz etwa?

Sie kann sich vorstellen, wie er sie sieht. Kranz ist Polizeibeamter, Psychologe und wahrscheinlich noch immer eine der rechten Hände des Innensenators. Sie schätzt ihn trotzdem. Aber wie will er wissen, wer sie ist?

Sie hat sich immer vorstellen können, wie ihre Mutter Olga sie gesehen hat. Olga, gestorben, während sie, Bella, in Odessa war. Oder Tolgonai, Dschingis Khans Tochter aus Odessa, der sie vor langer Zeit dazu verholfen hat, nach Deutschland einzureisen. Vor wie langer Zeit? Ist das wirklich schon länger als drei Jahre her? Was hatten die Vorstellungen all dieser Menschen von ihr wirklich mit ihr zu tun?

Es gibt ein paar Fragen, sagt sie endlich. Könnten wir versuchen, bevor ich auf Ihren Vorschlag eingehe und mich zu irgendeiner Form von Aktivität entschließe, meine Fragen zu beantworten? Ich glaube, ich muß mich erst einmal wieder zurechtfinden.

Das ist immerhin keine endgültige Absage. Kranz sieht Bella aufmerksam an. Findet er sie verändert? Ein wenig älter geworden ist sie, natürlich, auch auf eine andere Art fremd als früher.

Ich wüßte gern, was Sie getan haben in den vergangenen drei Jahren, sagt er. Bitte, halten Sie mich nicht für neugierig. Es kommt mir nur so vor, als seien Sie sehr weit weg gewesen und noch immer nicht wieder hier angekommen. Vielleicht fiele es mir leichter –

Nicht jetzt, sagt Bella. Also: Was ist aus dem Mädchen geworden, Tolgonai? Ich habe meinen Paß fälschen lassen, damit sie nach Deutschland gehen konnte. Sie haben sie damals in Empfang genommen. Vermutlich waren Sie es, der sie in mein Haus gebracht hat. Sie war doch dort, oder?

Ja, antwortet Kranz. Sie war ein paar Wochen dort. Dann ist sie verschwunden. Ich weiß nicht, wo sie sich jetzt aufhält.

Bella erinnert sich daran, wie sie ihr Haus vorgefunden hat, als sie zurückkam. Sie hat inzwischen Zeit genug gehabt, festzustellen, daß es dort alte und frische Spuren von Tolgonai gibt.

Es sieht aus, als sei irgendwann wieder mit ihrem Auftauchen zu rechnen. Sie sagt Kranz nichts davon. Er ist Polizeibeamter. Damit, daß er sich damals bereit erklärt hat, dem Mädchen Tolgonai bei seiner illegalen Einreise aus Odessa zu helfen, hat er sich sicher mehr zugemutet, als er jemals vorgehabt hat. Bella stellt sich vor, wie Kranz versucht hat, Tolgonai zu betreuen. Und daß er erleichtert war, als er sie eines Tages nicht mehr in Bellas Haus angetroffen hat.

Haben Sie sie suchen lassen? fragt sie. Heimlich natürlich, setzt sie hinzu, als sie Kranz' ablehnenden Gesichtsausdruck sieht.

Nein, habe ich nicht, sagt Kranz. Ehrlich gesagt, war ich froh, als sie weg war. Ich – ich hab's versucht, aber ich wußte sehr wenig mit ihr anzufangen. Irgendwie – ja, wie soll ich sagen, sie war –

Sie war nicht dankbar, nehme ich an. Ist es das, was Sie sagen wollen?

Ja, sagt Kranz, kann schon sein. Und nun halten Sie mich bloß nicht für spießig. Außerdem stimmt's auch nicht ganz, das mit dem »nicht dankbar«, meine ich. Es war anders, es war eher so, daß es ihr vollkommen gleichgültig war, ob ich da war oder nicht. Sie war, wie soll ich sagen, sie war »für sich«, wenn Sie verstehen, was ich meine.

Irgendwann habe ich angefangen damit zu rechnen, daß sie eines Tages verschwunden sein wird. Als es dann soweit war, war ich nicht überrascht. Ich war erleichtert. – Ich war sicher, daß sie allein zurechtkommen würde, setzt er nach einer Pause hinzu.

Natürlich, antwortet Bella und denkt daran, wie sie Tolgonai in Odessa kennengelernt hat und daß von Anfang an der Eindruck furchtloser Unabhängigkeit von ihr ausging.

Meine Seele haben sie nicht umgebracht.

Sie hat keine Angst mehr, sagt Bella leise.

Bitte?

Kranz sieht so beunruhigt auf Bella, daß die nun doch lächelt.

Nicht meine Seele, sagt sie. Das gehört zu Tolgonais Geschichte. Sie kam aus dem Süden. Man hatte ihr ziemlich übel mitgespielt. In Odessa pflegte sie einen eher ungewöhnlichen Lebensstil. Sie hat versucht, mir zu erklären, wie sie lebt. Dabei spielte ihre Vergangenheit eine Rolle. Ich erinnerte mich gerade an dieses Gespräch. Was würden Sie sagen, wenn Ihnen eine junge Frau erklärt, ihre Seele habe keine Angst mehr? Ich war damals jedenfalls ziemlich beeindruckt.

Ich bin froh, daß Sie wieder mit sich reden lassen, sagt Kranz.

Eine Weile schweigen beide.

Bella beobachtet die Kellnerin. Offenbar wird sie abgelöst. Sie steht neben der Theke und bindet ihre Schürze ab. Die dicken rosa Fingerchen mühen sich, die Schürzenbänder im Rücken zu lösen.

Draußen, vor den bis zum Boden reichenden Fenstern, geht ein schmaler älterer Herr mit einem Hund an der Leine vorüber. Der Mann zieht ein Bein nach, vielleicht hat er ein steifes Knie. Bella denkt flüchtig an Eddy. Unwillkürlich schüttelt sie den Kopf. Sie weigert sich noch immer, ihr altes Leben wieder aufzunehmen. Nach ihrer Rückkehr aus Rußland hat es Wochen gedauert, bis sie fähig war, ihr Haus zu verlassen.

Erst ganz langsam hat sie sich mit dem Gedanken vertraut machen können, zurückgekommen und wieder in ihr altes Leben geraten zu sein, ein Leben, das ihr nun unanständig und unwahr vorkam. Irgendwann ist sie wieder auf die Straße gegangen, und dann ist mit jedem Schritt die Erinnerung wieder zu ihr zurückgekehrt. Sie hat versucht, der Erinnerung auszuweichen. Es hat nicht funktioniert. In ihrem Inneren ist ein Chaos entstanden, ein Chaos aus Bruchstücken ihres früheren Lebens und den Bildern, die all ihre Sinne in den vergangenen Jahren in Rußland aufgenommen haben. Sie hat den Versuch unternommen, in diesen Bildern zu leben.

Sie, Bella, die nüchterne, skeptische Person, hat sich geweigert, die neue, alte Realität anzuerkennen. Im Grunde weigert sie sich immer noch.

Es ist zu früh, sagt Bella schließlich. Wir hätten uns irgendwann später treffen sollen. Ich kann jetzt keine Entscheidung treffen. Sie müssen mir Zeit lassen.

Kranz sieht sie an. Er versucht herauszufinden, was in ihr vorgeht, und kommt der Wahrheit ziemlich nah. Deshalb weiß er, was er zu tun hat.

Sie hatten ein paar Fragen, sagt er, nicht nur die nach Tolgonai. Ich vermute, Sie möchten wissen, wo man Ihre Mutter begraben hat. Ich schlage vor, wir brechen unsere Zelte hier ab, und ich fahre Sie zum Friedhof.

Am Nebentisch erkundigt sich eine Dame nach dem Hersteller und dem Preis der Lampen, mit denen das Café dekoriert ist.

Ich weiß nicht, sagt die Kellnerin, ich glaube, dreitausend Mark.

Dreitausend Mark – Bella wiederholt leise den Preis und sieht sich um. In dem langgestreckten Raum stehen mindestens zehn dieser Lampen: gedrehte, rohe Eisenstäbe, die eine nach oben offene Glasschale tragen.

Später wird sie erfahren, daß die Frau Lena heißt. Lena trägt einen kurzen grünen Rock und hohe Stiefel mit abgetretenen Absätzen. Über dem hellen Rollkragenpullover hat sie eine schwarze Lederjacke in der Taille eng zusammengebunden. Sie schwankt ein wenig, als das Auto auf sie zufährt, fast, als wäre sie betrunken. Als der LKW anhält, wendet sie ihr Gesicht dem Fahrer zu: ein breitflächiges, gleichmäßiges Gesicht mit klaren braunen Augen. Gelb gefärbte Haare, an den Schläfen und auf dem Scheitel ist die ursprünglich schwarze Haarfarbe zu sehen. Bella rutscht aus der Fahrerkabine. Sie spürt den hartgefrorenen Boden durch ihre zerlöcherten Schuhsohlen. Der Fahrer gibt Gas, bevor sie den Griff der Wagentür losgelassen hat; bevor die Blonde ein Wort an ihn richten kann. Dreck spritzt den beiden Frauen am Straßenrand ins Gesicht.

Was willst du, fragt die Blonde.

Nichts, antwortet Bella. Schlafen.

Die Blonde lacht nicht einmal. Weit hinten auf der Straße ist ein LKW zu erkennen, der schnell näher kommt. Die Blonde tritt an den Straßenrand. Der Fahrer hält an. Er macht eine einladende Geste. Er zeigt auch auf Bella. Bella schüttelt den Kopf. Der Fahrer gibt Gas, bevor Lena in die Kabine klettern kann. Eine zweite Schlammschicht legt sich auf die Gesichter und die Kleidung der beiden Frauen am Straßenrand.

Hau ab, sagt Lena. Entweder du machst mit, oder du haust ab.

Soll ich Ihnen erzählen, wie ich Olgas Begräbnis, verzeihen Sie, wie ich das Begräbnis Ihrer Mutter erlebt habe? fragt Kranz, während sie die Hamburger Straße in Richtung Ohlsdorf hinunterfahren. Es war übrigens der Tag, an dem Tolgonai hier ankam. Ich hatte keine Zeit, sie vorher noch in Ihr Haus zu bringen. Ich habe sie einfach mitgenommen. Ich glaube aber, sie hat –

Ich kann mir vorstellen, wie es war, sagt Bella. Ein paar rote Fahnen, ein paar alte Leute, eine lange Rede, vermutlich kamen Wörter drin vor wie kämpferisch, solidarisch, Bewußtsein, Arbeiterklasse – lassen Sie's lieber.

Na ja, so ungefähr, antwortet Kranz, nur daß es nicht ein paar, sondern eine Menge alter Leute waren, die Ihre Mutter zu Grabe getragen haben. Sogar meine Kollegen vom Verfassungsschutz waren überrascht. War übrigens nicht möglich, denen klarzumachen, daß Tolgonai meine Nichte ist. Ich vermute, sie hat inzwischen bei denen eine Karteikarte.

Im stillen denkt er, daß Bella doch noch nicht wirklich angekommen ist. Sie würde nicht so verächtlich über die Dinge sprechen, die den alten Leuten wichtig waren, wenn sie wüßte, daß die Begriffe inzwischen in der Sprache von Polithuren ständig ad absurdum geführt werden.

Nur mit halbem Ohr hört er Bellas Bemerkung: Ach, arbeiten Ihre Kollegen noch mit Karteikarten? Wie die Russen?

Sie wissen, was ich gemeint habe, sagt Kranz. Ich glaube aber nicht, daß man Tolgonai beschatten läßt.

Sie glauben? Oder wissen Sie?

Na ja, ich weiß es. Ich hab mir gedacht, ich sollte Bescheid wissen für den Fall, daß Sie eines Tages Rechenschaft von mir fordern.

Nun lächelt Bella, und Kranz ist erleichtert. Es gibt also doch einen Zugang zum Eisblock, denkt er.

Olgas Grab wird offensichtlich gepflegt. Es gibt keinen Grabstein, aber einen sorgfältig ausgesuchten, dicken, etwa eineinhalb Meter hohen Birkenstamm, an dem eine kleine Tafel befestigt ist:

Die Genossen, sagt Kranz, ich hab mir gedacht, die würden sich –

Einen Augenblick nur, sagt Bella.

Entschuldigen Sie. Kranz geht schnell weg. Bella hört unter seinen Schritten ein paar gefrorene Ästchen knacken. In den Bäumen wiegen sich Krähen im Wind. Es ist noch hell, aber eine Ahnung von Dämmerung liegt schon über dem Licht. In der Luft ist der Geruch von Schnee.

Später, als sie wieder im Auto sitzen, sagt Bella unvermittelt: Ich weiß natürlich, daß man nicht so leben kann, wie ich es in der letzten Zeit versucht habe. Eigentlich habe ich auch gar nichts versucht. Es war einfach so, daß ich nicht anders konnte. Ihre Stimme verändert sich, sie versucht, lustig zu klingen. Ich weiß, ich hab mich zu lange nicht gemeldet. Und nun ist die Situation sogar nicht ungefährlich für Sie, nur weil Sie mir damals die Bitte erfüllt haben, Tolgonai in Empfang zu nehmen. Dabei sind Sie im Augenblick die einzige Person, mit der ich reden könnte. Wenn ich könnte.

Es geht ihr noch immer nicht gut, denkt Kranz. Ich sollte sie in Ruhe lassen. Aber ich brauche sie.

Ich mache Ihnen einen Vorschlag, antwortet er. Ich fahre Sie jetzt nach Hause. Sie setzen sich in irgendeinen bequemen Sessel, während ich versuche, in Ihrem verwahrlosten Haushalt etwas Eßbares oder etwas Trinkbares aufzutreiben.

Oh, ja, sagt Bella. Und dann machen wir es uns gemütlich, und ich erzähle Ihnen von meinem Leben in den letzten Jahren. Und dann sagen Sie mir, was Sie von mir wollen, und ich sage »ja«, und alles ist wieder gut.

Kranz sagt nichts mehr. Nach einer Weile – da stehen sie

auf der Fuhlsbüttler Straße im Stau – macht er das Radio an. Bella beobachtet Menschen, die schnell und geduckt in grell erleuchteten Läden verschwinden. Weshalb krümmen sie sich, denkt sie, während die Stimme des Radiosprechers nacheinander die Fusion zweier Banken zur größten Bank der Welt und die Ankündigung von James Levine, er werde künftig mit den Münchner Philharmonikern an der Weltspitze musizieren, verkündet. Weshalb krümmen sie sich, denkt Bella und zwingt sich, genauer hinzusehen.

Mai 2000

Am Abend vor dem ersten Verhandlungstag gegen Lara G., die angeklagt ist, ihre drei Kinder aus niedrigen Beweggründen getötet zu haben – so steht es in der Anklageschrift –, sitzen Bella und Kranz zusammen in Bellas Wohnzimmer. Der Nachmittag ist warm, eine erste Ahnung von Sommer liegt in der Luft. Bella hat die Fenster weit geöffnet. Am Fuß des Elbhangs fließt die Elbe ruhig und träge vorüber, grün wie ein breites Band aus gekochtem Spinat. Feine Gegend hier, ruft Kranz. Er steht am Fenster, während Bella in der winzigen Küche damit beschäftigt ist, zwei Gläser, Eis und zwei Flaschen auf ein Tablett zu stellen.

Und so feine Leute, antwortet Bella. Sie kommt ins Zimmer und stellt das Tablett auf dem Schreibtisch ab. Eines der Bücher, das dort gelegen hat, fällt zu Boden. Kranz bückt sich, hält das Buch in der Hand, schlägt es auf, liest:

> Dem stillen Ozean stoß ich den grünen Keil
> mitten ins Herz und schwemm mich selber an.

Bella nimmt ihm das Buch aus der Hand.

> Zinnvögel steigen auf und Zimtgeruch!
> Mit meinem Mörder Zeit bin ich allein.

Darf ich? Kranz nimmt ihr das Buch wieder ab und sieht auf den Umschlag. Kann es sein, daß mir dieses Buch schon einmal begegnet ist? Irgendwo – lassen Sie mich überlegen –

Ich sag's Ihnen lieber gleich. Ich hab's einfach mitgehen lassen. Aus Laras Wohnung.

Bella, wenn man Ihnen den kleinen Finger gibt –

Hören Sie, was hätten wohl Ihre Kripoleute mit diesem Buch angefangen: »Meine liebsten Gedichte«, herausgegeben von Johannes Bobrowski. Ich hingegen habe Verse darin gefunden, hier zum Beispiel:

heute nacht hab ich unentwegt vom gärtner
Namenlos geträumt wie er auf der roten stadt-
mauer von Perleberg das gras absichelt

Schön, nicht? Außerdem: Was soll das heißen, »wenn man Ihnen den kleinen Finger gibt«? Helfe ich Ihnen? Oder helfen Sie mir?

Schon gut. Aber nicht Sie haben die Anstreichungen in dem Band vorgenommen, Bella, sagt Kranz. Mit diesen Anstreichungen ist das Buch unter Umständen ein wichtiges Beweismittel. Das sollte Ihnen klar sein.

Genau, antwortet Bella. Deshalb ist es jetzt hier. Sie haben mich doch gebeten, mich um die Frau zu kümmern. Was soll ich tun, wenn sie nicht mit mir reden will. Ich muß einfach nach jedem Strohhalm greifen, um sie zu verstehen.

Haben Sie es noch einmal versucht? Spricht sie mit Ihnen? Bella schüttelt den Kopf. Sie legt das Buch zur Seite und füllt zwei Wassergläser mit Campari und Weißwein. Prüfend hält sie die Gläser gegen das Licht. Die Flüssigkeit darin leuchtet hellrot.

Schön, nicht? Weshalb interessiert Sie die ganze Geschichte eigentlich so?

Ja, schön, sagt Kranz und nimmt ihr eines der Gläser aus der Hand. Sie trinken sich zu.

Ich bin froh, daß es Ihnen besser geht, sagt er, als er sein Glas absetzt. Weshalb mich die Sache interessiert? Ja –

Es hat mit seiner Arbeit zu tun, denkt Bella. Soll ich ihm wirklich helfen? Damals, als ich seine Hilfe brauchte, hat er nicht gezögert.

Ich will offen sein, sagt Kranz. Wir haben in der letzten Zeit eine Menge Ärger gehabt. Der Innensenator kann im Augenblick keine schlechte Presse mehr gebrauchen. Der Fall Lara G. ist kompliziert, weil es nur Indizien gibt. Und für diese Indizien ist die Polizei zuständig. Wenn da im Prozeß etwas schiefgeht, heißt es, die Polizei hat die Schuld. Es ist natürlich auch deshalb so kompliziert, weil die Frau nicht redet. Wenn sie bereit wäre, zu sagen, wer der Täter ist, könnten wir uns den Aufwand ersparen. Ich habe übrigens dafür gesorgt, daß man Ihnen einen Platz im Zuschauerraum reserviert. Sie werden ihn doch nutzen?

Natürlich, antwortet Bella. Weshalb sind Sie eigentlich so sicher, daß sie ihre Kinder nicht selbst umgebracht hat? Nur weil die Kripo und die Staatsanwaltschaft das Gegenteil behaupten? Ich habe mir die Akten gründlich angesehen. Es gibt eigentlich nicht den geringsten Grund anzunehmen, sie sei unschuldig. Die Beweislage ist eindeutig.

Vielleicht weiß ich das ja, antwortet Kranz. Vielleicht habe ich einfach gehofft, Sie könnten sie zum Reden bringen. Es gefällt mir nicht, daß eine Stumme verurteilt werden wird. Diese Lara G. ist übrigens eine faszinierende Person, finde ich.

Ich konnte nichts tun, sagt Bella. Sie wollte mich nicht sehen. Wenn sie bereit gewesen wäre, mich zu sich zu lassen, hätte ich sie zum Reden gebracht. Vielleicht hat sie so etwas geahnt. Es kann aber auch sein, daß sie sich in eine Haltung geflüchtet hat, in der ihr ihre Umwelt vollkommen gleichgültig ist. Ich habe sie ein paarmal beim Hofgang beobachtet. Weit weg, ich versichere Ihnen, sie war sehr weit weg.

Das ist wahrscheinlich das Vernünftigste, was man bei diesen Hofgängen machen kann. Hatten Sie den Eindruck, daß die anderen Frauen sich besonders für sie interessierten?

Nein, sagt Bella, sie haben sie in Ruhe gelassen, von Anfang an. Jedenfalls hat das die Aufseherin behauptet, und ich habe nichts anderes feststellen können. Sie lebt wie in einer Glasglocke. Man kann sie sehen, aber man kommt nicht an sie heran.

Was sollen wir also tun? Was wollen Sie tun?

Ich weiß nicht, antwortet Bella. Ich nehme an, der Prozeß wird eine ganze Weile dauern. Ich werde dasitzen und sie mir ansehen. Im Grunde hoffe ich, daß sie bei irgendeiner Gelegenheit eine Reaktion zeigt, die mich weiterbringen könnte. Was ist eigentlich Ihr Eindruck: Wie sorgfältig ist denn nun wirklich ermittelt worden?

Kranz denkt einen Augenblick nach. Schließlich nimmt er sein Glas wieder auf, trinkt, setzt das Glas auf die Fensterbank, sieht Bella an.

Einigermaßen sorgfältig schon, glaube ich. Wenn man von der Tatsache absieht, daß die Beweislage von Anfang an ziemlich eindeutig war. So etwas ist natürlich immer gefährlich. Es fordert den einäugigen Blick. Und außerdem wissen Sie selbst: Die Ausbildung unserer Kriminalisten hat sich in den letzten Jahren nicht unbedingt verbessert. Die Unterrichtsstunden werden weniger, man beginnt die Grenzen zwischen Kripo und Schutzpolizei zu verwischen, die zunehmende Übertragung von Polizeiaufgaben auf den Bundesgrenzschutz –

Sie meinen die grundgesetzwidrige Übertragung von Polizeiaufgaben auf den –

Ja, die meine ich, das motiviert unsere Beamten nicht besonders. Es gibt sogar schon Polizeibeamte, und es sind nicht die schlechtesten, die beginnen, das böse Wort vom Polizeistaat im Mund zu führen. In diesem Fall haben sich die Kollegen aber trotzdem große Mühe gegeben. Bis jetzt kann man ihnen keine Fehler vorhalten.

Und der Anwalt? Wieso hat sie eigentlich einen Mann als Pflichtverteidiger bekommen?

Ich weiß es nicht. Kann sein, es waren der Strafkammer schon zu viele Frauen im Spiel. Die Vorsitzende Richterin ist eine Frau. Und auch die Anklage wird durch eine Frau vertreten. Außerdem, Sie wissen doch, bei der Auswahl der Pflichtverteidiger geht es der Reihenfolge nach. Sie hätte sich äußern müssen. So war nichts zu machen.

Und dieser Anwalt, Gebauer, so heißt er doch? Taugt der etwas?

Keine Ahnung, antwortet Kranz. Wir haben inzwischen so viele Anwälte zugelassen, wie soll man da noch jeden kennen. Die Kollegen von der Kripo glauben übrigens, sie müßten ihn nicht fürchten. Sie haben mir erzählt, der Anwalt habe so spät Akteneinsicht beantragt, daß sie nicht glauben, er sei mit der Sache besonders vertraut.

Sieht aus, als hätte er seine sprachlose Mandantin schon jetzt aufgegeben.

Zu beneiden ist er jedenfalls nicht, sagt Kranz. Ich glaube, es war richtig, Sie nicht schon vorher mit ihm bekannt zu machen. Wenn Sie irgend etwas finden, eine Lücke, einen winzigen Widerspruch in der Beweiskette, ist es noch früh genug. Ich glaube, es würde ihn nur verunsichern, wenn er wüßte, daß Sie den Prozeß beobachten.

Sie sind sehr interessiert an der Geschichte, fast ein bißchen zu sehr, stimmt's?

Bella fragt mit weicher Stimme, und Kranz, durch die

Stimme plötzlich an etwas erinnert, antwortet, ohne zu überlegen und ebenso leise: Sie ist schön.

Bella ist verblüfft. Diese Lara G. ist tatsächlich schön, denkt sie, schön und unnahbar, und es könnte sein, daß der Mann da vor ihr sich vorgenommen hat, ihr Geheimnis zu ergründen. Er will alles über sie wissen. Er erträgt es nicht, daß sie sich ihm entzieht, ihm und allen anderen, die von ihr eine Erklärung verlangen. Sie wollen wissen, weshalb sich eine Frau so konsequent von allem lossagt, was die Gesellschaft ihr und allen Frauen als unumstößliche Regeln, als niemals zu verletzendes Gesetz vorgeschrieben hat. Während aber alle anderen hoffen, daß mörderische Leidenschaft, Haß, Neid, Gier, Verschlagenheit, Eifersucht, alle niederen Beweggründe, die sie sich in ihren dumpfen Vorstellungen machen können, in diesem Fall eine Rolle gespielt haben, möchte Kranz – sie sieht ihn prüfend an –, wirklich, er möchte Erlösung. Insgeheim möchte er so etwas wie eine höhere Idee, die ihn glauben machen kann, daß Frauen trotz alledem die besseren Menschen sind und daß durch sie die Welt geheilt werden kann.

Wie zur Bestätigung ihrer Gedanken hört sie Kranz sagen: Bitte, finden Sie mich nicht lächerlich. Ich gebe auch zu, daß es absurd klingen könnte, aber ich glaube, wenn es mehr solche Frauen gäbe, sähe die Welt ganz anders aus.

Das ist lächerlich und absurd zugleich, denkt Bella. Ich hätte nicht übel Lust, den ganzen Kram hinzuwerfen. Soll ich die sein, die diesem Mann, der an der Welt verzweifelt ist und sein Seelenheil nun bei einer Kindsmörderin zu finden hofft, Hilfsdienste leistet?

Wissen Sie, ich habe überhaupt keine Lust, darüber nachzudenken, ob und weshalb ich Sie lächerlich finden könnte, antwortet sie. Ich glaube, ich sollte mich noch ein wenig bewegen. Wenn Sie unbedingt darauf bestehen, dürfen Sie mitkommen. Wir laufen am Elbufer entlang, reden darüber, ob der Fluß noch immer Spinat führt oder schon flüssiges Blei, ob Dichter die Zukunft voraussehen können – in diesem Punkt warne ich Sie: Mein Großvater konnte es – und ob das hier ein ordentliches Gedicht ist:

Einmal kommt – ich habe Zeichen
Sterbesturm aus fernem Norden.
Überall stinkt es nach Leichen
Es beginnt das große Morden …

Hören Sie auf, Bella, ich geh schon, sagt Kranz lachend. Ich hab schon begriffen: Sie wollen allein sein.

Etwas an dieser Geschichte stimmt nicht. Das ist die Erkenntnis, die Bella nach drei Stunden Spazierengehen, unterbrochen von kurzen Dauerläufen, gewonnen hat. Sie hat Zeit genug gehabt, sich die Vorgänge und Ermittlungsergebnisse, die in den Akten stehen, noch einmal gründlich durch den Kopf gehen zu lassen. Alles spricht dafür, daß Lara G. ihre Kinder getötet hat. Nur hatte sie kein überzeugendes Motiv. Jedenfalls keines, das Bella überzeugt. Weshalb, verdammt, redet sie nicht, wenn sie unschuldig ist?

Bella ist auf ihrem Rückweg bis zum Anleger Teufelsbrück gegangen. An die Stelle des alten Teufelsbrücker Fährhauses war schon vor ihrer Reise nach Odessa ein modernes Restaurant gesetzt worden. Sie hat damals darauf verzichtet, dort einzukehren, weil der nach Elbvorort-Luxus aussehende Bau sie abstieß. Seit sie aus Odessa, oder genauer: aus Sibirien, zurückgekommen ist, hat sich ihr emotionales Verhältnis zu Hamburg verändert. Es ist, als wäre sie innerlich auf Distanz gegangen. Sie hat geglaubt, sie wäre hier zu Hause; jetzt aber scheint es ihr, als wäre sie nirgends mehr zu Hause, und es ist ihr recht so.

Zu Hause, zu Hause!

Lenas Stimme ist rauh. Sie wirft die aufgeweichte Zigarette weg. Es hat zu schneien begonnen. Deshalb sehen sie den LKW erst, als er beinahe vor ihnen ist. Lena stellt sich wild winkend an den Straßenrand. Der Fahrer hält, kurz bevor sie zur Seite springt, um nicht überfahren zu werden. Lena reißt die Tür auf und klettert in das Fahrerhaus, ohne sich nach Bella umzusehen. Der Fahrer wartet. Er wartet darauf, daß Bella einsteigt.

Laß mich machen, sagt Bella leise zu der neben ihr sitzenden Lena. Wir teilen.

In der Kabine ist es warm. Der Schnee vor dem Fenster wird dichter. Der klapprige Scheibenwischer schafft es nicht mehr, die Sicht frei zu halten.

Kalt, was? sagt der Fahrer freundlich.

Er ist ein älterer Mann, bekleidet mit zwei übereinandergezogenen Pullovern und einer alten Militärjacke. Auf dem Kopf hat er eine graue Pudelmütze mit doppelt umgeschlagenem Rand.

Da, nehmt, sagt er und zeigt auf die Flasche, die in der offenen Ablage unter dem Armaturenbrett hin und her rollt.

Lena trinkt den Wodka wie Wasser. Der Fahrer fährt vorsichtig an den Straßenrand, der Straßengraben ist nicht mehr zu erkennen, und hält den LKW an.

Und? Wer zuerst? fragt der Fahrer.

Ich zieh mich aus, sagt Bella.

Sie klettert über die Lehne nach oben auf die schmale Pritsche in der Rückwand der Kabine. Der Fahrer nimmt Lena die Flasche aus der Hand und trinkt. Sie fällt auf den Boden, als Bella ihm die Mütze über das Gesicht reißt.

Rühr dich nicht, sagt sie. Ihre Stimme ist leise und scharf Der Lauf von Viktors Pistole drückt sich in seinen Rücken. Leg die Hände auf das Lenkrad, sagt sie, und laß sie da liegen. Der Fahrer tut, was sie sagt. Lena durchsucht die Taschen seiner Militärjacke.

Nichts, sagt sie.

Sieh in die Innentaschen, sagt Bella.

Der Fahrer zuckt zusammen. Er möchte sich wehren, hat aber Angst vor dem Lauf in seinem Rücken.

Schweine, sagt er, Hurenweiber, verflucht sollt ihr sein. Hängen wird man euch.

Fahr hier nie wieder lang, sagt Bella leise. Nie wieder, hörst du? Such dir eine andere Straße. Die hier ist für dich verboten.

Sie folgt mit den Augen den Fingern von Lena, die die leere Brieftasche zurück in die Jacke stopft.

Gib mir das Seil da.

Ich mach das, antwortet Lena.

Sie nimmt einen schmutzigen Strick aus dem offenen Fach unter dem Armaturenbrett, wickelt ihn dem Fahrer über der Mütze um den Hals und verknotet die Enden mit einem Stück Mützenrand. Bella bewundert ihre Umsicht.

Los, raus hier, sagt Lena.

Bella fällt in den Schnee, als sie aus der Kabinentür springt. Sie möchte liegen bleiben. Über ihr flucht der Fahrer, der vergeblich versucht, sich die Mütze vom Kopf zu ziehen. Lena ist hinter dem unaufhörlich und dicht fallenden Schnee verschwunden.

Die schwarze Tafel im Eingang zum Restaurant zeigt an, daß hier nachmittags Kaffee getrunken und Kuchen gegessen werden kann. Bella denkt an die überfüllte Glasveranda des alten Lokals und an den »Tanz in den Mai« in Sagebiels Fährhaus. Ob sich wohl Familien, die nun mit ihren Kindern am Wochenende am Elbstrand entlangspazieren, hier hinein verirren werden? Jetzt ist es Abend, und in der geöffneten Glastür tanzt eine deutlich betrunkene Dame in den Mai. Sie trägt ein langes, teures schwarzes Kleid, das ihr eine Winzigkeit zu eng ist, und am linken Arm einen sehr breiten, sehr dicken, sehr echten goldenen Armreifen. Bella versucht an ihr vorüberzugehen, ohne mit ihr zusammenzustoßen.

Tanzt du mit mir? fragt die Dame.

Vielleicht ein anderes Mal, antwortet Bella. Sie ist nicht sicher, ob die Dame ihr noch zuhört. Oben an der Bar entdeckt sie den zu der Dame gehörenden Ehemann. Er trägt ein bezauberndes rosa Oberhemd und hat sein Jackett über die Lehne des Barhockers neben sich gehängt. Sein Gesicht hat Ähnlichkeit mit dem des Prinzen von Wales als alter Mann. Der dazugehörende Hund schläft neben der Heizung am Fenster. Der Prinz von Wales unterhält sich mit der Barfrau über einen Rennfahrer, dessen Name so ähnlich wie Schubi klingt. Der Blick aus den Fenstern auf den dunklen Fluß und das gegenüberliegende, von Rüstungsgewinnen strahlend erleuchtete Ufer ist sehr schön.

Bella bestellt in die Lücke hinein, die das Gespräch läßt, bevor es sich einer Familie mit Namen Becker zuwendet, einen Campari mit Weißwein und zieht sich in den hinteren Teil des Restaurants zurück. Es ist vollkommen leer und so still, daß sie glaubt, die goldenen Kettchen am Arm des Prinzen von Wales klingeln zu hören.

Tanz in den Mai ist wohl auch nicht mehr das, was es einmal war? fragt sie freundlich, als die Barfrau das Glas vor sie hinstellt, und trifft mit dieser Frage unbeabsichtigt offenbar eine empfindliche Stelle. Die Frau verzichtet auf eine Antwort und geht gekränkt davon. Zwischen ihr und der wahrscheinlich noch immer im Eingang tanzenden Dame besteht kein Unterschied, denkt Bella, während sie ihr nachsieht. Das Kleid ähnlich, der Dünkel ähnlich, der Schmuck ähnlich, der Nagellack ähnlich. Es wird daran liegen, daß wir uns im Zeitalter des Individuums befinden, im Zeitalter der großen Freiheit, der großen, einmaligen, noch nie dagewesenen Chancen für die Entwicklung der Individualität des einzelnen, denkt sie. Das Getränk in ihrem Glas ist hervorragend.

Der Fall Lara G. also. Was interessiert mich im Augenblick wirklich? Da ist ein Mann, dessen Frau, dessen ehemalige Frau seine Kinder getötet hat. Was macht so ein Mann am Abend vor der Verhandlung? Liest er in den Prozeßakten? War er auf dem Friedhof am Grab seiner Kinder, und betrinkt er sich nun? Arbeitet er länger, um die Gedanken an den kommenden Tag zurückzudrängen? Bespricht er sich ein letztes Mal mit dem Anwalt, der ihn vor Gericht als Nebenkläger vertritt? Weshalb fahre ich nicht hin und sehe mir an, was er macht?

Die Idee ist verrückt, aber je länger Bella darüber nachdenkt, desto interessanter scheint sie ihr zu sein. Als sie den alten Porsche in Richtung Wellingsbüttel steuert, ist sie davon überzeugt, bald irgendeinen Anhaltspunkt zu finden, der sie weiterbringen wird. Wieso eigentlich? fragt sie sich. Ich bin doch nach wie vor sicher, daß sie es getan hat.

Die Gegend, in der Bella bald darauf nach dem Haus von Peter G. sucht, hat Ähnlichkeit mit einem luxuriösen Friedhof. Sie riecht den Duft von Lebensbaumhecken. Die Stille, die Dunkelheit, die sehr leise und nur hin und wieder aus einem geöffneten Fenster dringenden Stimmen verstärken diesen Eindruck. Die Hecken sind zwei, drei, manche sogar vier Meter hoch. Die wenigen dahinter verborgenen Häuser, die sie erkennen kann, sind Villen älterer Bauart und höherer Preisklassen. Manche, die nicht ausreichend beleuchtet sind, wirken tatsächlich wie überdimensionierte Mausoleen. Einmal kann sie eine Garage erkennen. Eine schmiedeeiserne Lampe beleuchtet drei Garagentore. Irgendwann bellt ein Hund, müde und sich der Tatsache bewußt, daß er im Zeitalter der Alarmanlagen nur noch sein Gnadenbrot frißt.

Auch das Grundstück, das Bella sucht, ist von einer dichten Lebensbaumhecke umgeben. Die Einfahrt ist mit einem Tor aus Schmiedeeisen verschlossen. Es dauert eine Weile, bis Bella erkennt, woran es liegt, daß sie nicht durch die Gitterstäbe sehen kann: Um neugierige Blicke abzuhalten, ist das Tor von innen mit Aluminiumblech verkleidet. Auch die etwas niedrigere Pforte daneben hat man auf diese Weise von innen dicht gemacht. Das Blech paßt sich den geschwungenen Linien der Tore an. Am Tage, wenn die Sonne darauf scheint, wird es wirken wie ein Stückchen glänzender grauer Himmel, zur Erde gekommen, um den Bewohnern des Hauses hinter der Hecke, die doch jetzt schon das Gefühl haben, es mangele ihnen auf Erden an nichts, ein zusätzliches sichtbares Zeichen seiner Gnade zu geben. Als Versicherung sozusagen, daß der Himmel jetzt und für immer alles Ungemach von diesen Ausgezeichneten fernhalten wird.

Bella spürt eine kräftige Abneigung gegen die Leute hinter dem Tor und ruft sich zur Ordnung. Vorgefaßte Meinungen sind etwas, das sie sich nicht leisten kann, ohne ihre Ermittlungsarbeit zu gefährden. Soll sie über das Gartentor klettern? Sie sieht sich um. Niemand ist auf der Straße zu sehen. Und was geschieht, wenn – ach was, sie wird einfach klingeln.

Ein Telegramm, sagt sie fröhlich, als sie über die Sprechanlage angesprochen wird. Die Pforte öffnet sich mit einem dezenten Summen. Bella geht schnell hinein, geht schnell weiter, an der Hecke entlang nach links, findet ein Versteck zwischen der Hecke und der Rückwand eines Geräteschuppens, hockt sich hin. Vorn am Hauseingang öffnet sich die Tür. Ein Lichtschein fällt auf die Stufen, die zur Haustür emporführen. Im Hauseingang erscheint eine männliche Gestalt in einem Hausmantel.

Hallo? Kommen Sie doch! Hallo?

Es dauert nicht lange, bis der Mann begreift, daß ihm jemand einen Streich gespielt hat. Er wendet sich um, ruft etwas ins Haus, das Bella nicht versteht, und schließt schnell die Tür hinter sich. Bella bleibt noch eine Weile hinter dem Schuppen sitzen.

Gott sei Dank, kein Hund, sagt sie leise. Ihre Augen gewöhnen sich an die Dunkelheit. Sie erkennt Baumgruppen, Blumenbeete, eine niedrigere Hecke an der linken Seite des Hauses, hinter der sie eine Terrasse vermutet, zwei auf dem Rasen zurückgelassene hölzerne Sonnenliegen, einen breiten Kiesweg, der von der Einfahrt über das Grundstück bis zur Rückseite führt. Auch die Umrisse des Hauses sind gut zu erkennen, obwohl außer einem Lichtschein, der auf die Terrasse fällt, kein Fenster erleuchtet ist. Die Lampe hinter der Haustür ist wieder erloschen.

Na dann, sagt sie und geht dicht an der Hecke entlang in Richtung Terrasse. Nach zwanzig Metern bleibt sie stehen und betrachtet das Bild, das sich ihr bietet. Das Licht aus den breiten Fenstern beleuchtet den hinteren Teil des Steinfußbodens der Terrasse. Es hat verschiedene Quellen: eine in die Decke des Wohnraums eingelassene indirekte Beleuchtung, zwei sehr große Tischlampen mit gläsernen Füßen und weißen Schirmen, ein auf geringe Helligkeit eingestellter venezianischer Leuchter, der den Hintergrund des großen Raumes sanft erhellt, und mehrere kleine, feingeformte Klemmlampen, die an den Bücherregalen angebracht sind. Die Bücher bedecken drei Wände des Raumes. Trotz der vielen Lichtquellen wirkt der große Raum still und intim. Es gibt eine sehr breite, sehr bequem aussehende Sitzgruppe, mehrere niedrige Tischchen, die anscheinend planlos herumstehen, in Wirklichkeit aber immer gerade dort plaziert worden sind, wo jemand nur schnell ein Buch aus der Hand legen möchte, um nach einem anderen zu greifen. Außerdem gibt es zwei altmodisch anmutende hölzerne Bibliotheksleitern und auf einem breiten, möglicherweise sehr kostbaren Schreibtisch, dessen Platte von einem fein gedrechselten, niedrigen Gitter eingefaßt ist, einen drehbaren Buchständer von der Art, wie er schon D'Annunzios Schreibtisch geschmückt hat.

Für dies Bücherdings könntest du eine Dummheit begehen, denkt Bella.

Neben dem Bücherregal an der rechten Wand, in der Nähe der Fenster, steht eine Frau. Sie trägt das Oberteil eines Kleidungsstücks, das in Bellas Jugend als »Shorty« bezeichnet wurde und von dem sie bisher angenommen hat, es sei längst aus der Mode gekommen. Das Hemdchen ist durchsichtig. Die Frau ist jung. Bella begreift die Eile des Mannes beim Schließen der Haustür. Jetzt sitzt er im Sessel und beobachtet die junge Frau, die ein Buch in der Hand hält, die Lippen bewegt, als läse sie laut, und dann fragend zu dem Mann hinübersieht. Der Mann schüttelt den Kopf. Die Frau legt das Buch aus der Hand und geht langsam, suchend an der Bücherwand entlang in den Hintergrund des Raumes. Bellas Aufmerksamkeit konzentriert sich auf den Mann im Sessel. Fünfundvierzig, denkt sie, sieht aus, als sei er höchstens so groß wie Lara, dunkelblond, ein Hardy-Krüger-Gesicht, einer, der immer wie ein Lausejunge aussieht, auch noch als Großvater. Sie würde gern seine Stimme hören, um die Stimme des Schauspielers aus ihrem Kopf zu verdrängen. Die Frau kommt aus dem Hintergrund nach vorn. Sie hält wieder ein Buch in der Hand. Vielleicht hat sie gefunden, was sie gesucht hat. Bella bildet sich ein, die Gier in den Augen des Mannes sehen zu können, mit der er sie mustert.

Wenn er jetzt etwas sagt, denkt sie, wird seine Stimme atemlos sein. Der Mann steht auf. Er geht auf die Frau zu, küßt durch das durchsichtige Gewebe des Stoffes ihre linke Schulter, wendet sich zur Seite, beginnt die Lampen auszumachen. Die Frau ist stehengeblieben und sieht ihm zu. Zuletzt brennt nur noch die Deckenbeleuchtung im Hintergrund. Der Mann und die Frau gehen aufeinander zu, fassen sich an den Händen, sehen sich an, lassen die Hände los, gehen nebeneinander aus dem Zimmer. Das schwache Deckenlicht im Hintergrund bleibt an.

Nachdenklich geht Bella den Weg an der Hecke entlang zurück. Irgendwo oben im Haus wird inzwischen ein Fenster erleuchtet sein. Sie verzichtet darauf, festzustellen, wo das Schlafzimmer liegt. Eigentlich haßt sie es, in die Privatsphäre anderer Menschen einzudringen. Noch jedes Mal ist sie sich anschließend schäbig vorgekommen.

Sie wird die Augen nicht aufmachen. Sie weiß, was das Stöhnen, das Quietschen der Sprungfedern zu bedeuten hat. Sie wird die Augen nicht aufmachen. Umdrehen, zur Wand drehen. Sie liegt auf einer Matratze neben der Heizung. Sie stößt mit dem Kopf an das kalte scharfe Eisen des Heizkörpers. Einen Augenblick bleibt sie starr vor Schmerz liegen. Das Blut ist warm, das ihr über die Schläfe rinnt. Sie muß aufstehen. Sie muß die Augen öffnen und aufstehen.

Sei nicht albern, Bella, sieh hin. Marja auf dem Bett, der Rücken des Mannes über ihr, sein graues, hochgerutschtes

Unterhemd, der lächerlich rote Hintern, der darunter hervorsieht, Marjas Augen gegen die Decke gerichtet, auf die gerichtet, die neben dem Bett steht. Die vollkommene Gleichgültigkeit in Marjas Gesicht, in Marjas Wodka-Gesicht. Im Zimmer stinkt es nach Schnaps. Hinaus auf den Flur, stolpern über Stiefel, die da nicht hingehören. Wo sind die anderen. Nicht in das zweite Zimmer sehen. Eindeutige Geräusche. Im Bad gibt es einen Spiegel, vielleicht ein Pflaster. Im Bad gibt es einen jungen Mann, der schamlose Augen hat und plumpe Hände. Lenas Körper unter seinen Händen. Sein Lachen, als Bella die Tür öffnet. Die Nacht zwischen den Stiefeln auf dem Flur. Gegen Morgen die mürrischen Männer, Marjas Geschrei, die ausgetretenen Hausschuhe, in denen Lena die Wohnung verläßt.

Aber zuerst trinken, Wodka, einen nur, und Kaffee, für jede einen Becher. Der Becher für Bella ist angeschlagen.

Das war unser schönster, ein Kerl hat was abgebissen, die Stimme von Marja. Ihr gehört die Wohnung, das Loch, das ungeheizte Loch mit Wänden, die sie nicht mehr braucht. Keine Scham. Es gibt keinen Grund mehr für Wände. Marja hat keine Kinder. Wenn sie Kinder hätte –

Was ist, willst du nicht trinken? Hat's dir die Sprache verschlagen? Was will sie? Was gibst du ihr Wodka. Sie hat nicht mal Schuhe.

Sie hat eine Waffe. Das hier – Lena zeigt das Geld des Fahrers –, ohne sie hätte ich es nicht.

Die Stille und die Blicke auf das Geld in Lenas Hand. Der Blick aus dem Fenster auf das schwarze, ausgebrannte Gerippe einer Fabrikhalle. Der graue Himmel darüber verspricht Schnee. Später wird sie gehen und die Pistole dort unten verstecken. Es scheint ihr ein sicherer Ort zu sein.

Erster Verhandlungstag

IST SIE DIE VORSTADT – HEXE?

Noch immer spricht sie mit niemandem. Psychologin behauptet: Das ist nicht vorstellbar. Die große Frage: Mit wem redet Lara G. heimlich? Das Aufsichtspersonal im Untersuchungsgefängnis steht vor einem Rätsel. »Die Nahrung verweigert sie nicht«, sagt eine Wärterin, die nicht genannt werden will. »Sie ißt, und ihre Kinder werden nie mehr essen.« Die Frage bleibt: Was trieb diese Frau dazu, ihre Kinder zu ermorden? Nachbarn äußern Vermutungen, die auf einen unsoliden Lebenswandel von Lara G. hinweisen könnten. Heute, am ersten Verhandlungstag, könnte sich der Vorhang langsam heben über der scheußlichsten Tat im letzten Jahr des zu Ende gegangenen Jahrhunderts. Wenn Lara G. redet. Wird sie reden?

Das Publikum drängt sich schon Stunden vor Beginn der Verhandlung auf den Stufen des Strafjustizgebäudes. Offenbar hätte es der Artikel in den morgendlichen Blättern gar nicht bedurft. Trotzdem machen die Zeitungsverkäufer in der Menge ein gutes Geschäft. Man unterhält sich damit, das Leben der »Hexe.« von allen Seiten zu betrachten. Die erfundenen Details wurden schon in den letzten Tagen durch dieselben Blätter unter die Leute gebracht.

Ich glaube ja nicht, daß das ein Zufall ist, sagt eine ältere Frau. Sie trägt ein wallendes schwarzes Gewand mit sehr weiten Ärmeln. Um den Hals und an den Armen klimpern

Kupferketten. Ihre langen blauschwarzen Haare sind gefärbt. An den Schläfen schimmert ein wenig Grau.

Was soll kein Zufall sein? Daß sie die Kinder umgebracht hat? Natürlich ist das kein Zufall. Solche Frauen sind eiskalt. Die planen alles, bis ins Detail.

Der Herr, der sich so gut mit eiskalten Frauen auskennt, ist ein elegant gekleideter Sechziger, vielleicht ein Herr mit einer guten Pension und einer tüchtigen Zugehfrau. Die Schwarzhaarige fühlt sich mißverstanden.

Sie verstehen nicht, was ich meine.

So?

Der Herr mustert die ungewöhnlich aussehende Dame ein wenig von oben herab. Vielleicht ist er hier, um sich unter den vielen weiblichen Zuschauerinnen in den besten Jahren eine Freundin zu suchen. So eine wie die im schwarzen Kleid hat bei ihm auf jeden Fall keine Chance.

Ich werde es Ihnen erklären. Es ist doch bekannt, daß die Frau nicht redet. Davon haben Sie wohl gehört? Na, also. In Wirklichkeit redet sie natürlich. Bloß mit Mächten, die Sie und alle anderen in ihrer Umgebung nicht sehen können.

Aber Sie, was?

Der Herr wird von zwei drängelnden Frauen ein Stück nach vorn geschoben. Er kann nicht umhin, eine Stufe höher zu steigen, und steht nun neben der Schwarzen. Die rückt enger an ihn heran und flüstert auf ihn ein.

Es gibt diese Mächte. Schon Goethe hat sie gekannt. Man kann mit ihnen Kontakt aufnehmen. Die Welt hat keine Ahnung davon, daß sie doppelt ist. Das Unsichtbare umhüllt das Sichtbare. Wir müssen in das Unsichtbare eingehen. Wenn wir den Eingang gefunden haben, beginnt unser wirkliches Leben. Es gibt eine Möglichkeit. Sie gilt für jeden, aber die wenigsten wissen davon. Ich kann Ihnen helfen –

Der Herr sieht sich hilfesuchend um. Die Frau ist verrückt. Ein neuer Stoß, diesmal von oben – dort ist jemand auf der Treppe umgekippt –, erlöst ihn aus der ihm unangenehmen Situation. Er wird eine Stufe tiefer gedrängt. Im gleichen Augenblick öffnen sich oben die Eingangstüren. Der Saal, in dem die Verhandlung stattfinden wird, kann nur eine begrenzte Anzahl von Zuschauern aufnehmen. Weil erfahrene Gerichtsgänger das wissen und die Neulinge es zumindest ahnen, beginnt ein rücksichtsloser Kampf darum, unter den ersten zu sein, die an bewaffneten Polizisten und den Taschenkontrolleuren vorbei das Gebäude betreten dürfen. Drinnen verfällt die Menge dann in eine Art ehrfürchtige Ruhe. Man spricht plötzlich leise, die Unerfahrenen mustern die breiten Treppen und die schwarzen Roben der herumlaufenden Anwälte, Staatsanwälte und Richter, die Uniformen der Saaldiener, ja sogar den blanken grünen Linoleumfußboden mit Ehrfurcht. Wie im Fernsehen, sagen sie hin und wieder leise. Vor der Tür zum Verhandlungsraum gibt es noch einmal einen kleinen Aufenthalt; diesmal aber nicht wegen der Ungeduld des Publikums, sondern weil einer hübschen, zarten Dame mit rosa gefärbten Locken in einem Secondhand-Kostüm von Chanel die Halskette gerissen ist. Die Dame macht einen schwachen Versuch, die umherhüpfenden Perlen einzusammeln, und wenn alle Anwesenden sich gebückt hätten und jeder die Perlen aufgehoben hätte, die in seiner Nähe herumkullerten, wäre es wahrscheinlich möglich gewesen, die Kette, ohne daß sie wesentlich kürzer geworden wäre, wiederherzustellen. Kann aber jemand verlangen, daß in einem Augenblick, in dem man glaubt, bald einer Hexe von Angesicht zu Angesicht gegenüberzustehen, noch Interesse an der Wiederherstellung einer Kette besteht? Selbst wenn diese Kette, die wahrscheinlich ebenfalls im Secondhand-Laden erworben wurde, neu immerhin siebenhundert Mark gekostet hat? Das wäre unmenschlich. Auch die hübsche kleine Dame scheint es nach einem kurzen Versuch einzusehen. Sie streckt ihre Hand nach oben, so daß der schmale Unterarm ein wenig aus dem rosa Wollstoff des Kostüms hervorsieht, und ein in ihrer Nähe stehender Herr, der zufällig nicht derselbe ist, der schon auf den Stufen des Gerichtsgebäudes zu beobachten war, zu dem sie aber sehr gut gepaßt hätte, hilft ihr, sich wieder aufzurichten.

Hat keinen Zweck, sagt sie resigniert und fröhlich zugleich. Und unter dem knirschenden Geräusch, das die von Stiefeln und Schuhen zertretenen Perlen verursachen, geht die Menge ordentlich formiert in den Gerichtssaal.

Bella, die ihren Platz gegenüber der Eingangstür eingenommen hat, bevor die Zuschauer in den Saal gelassen wurden, sieht ihnen entgegen. Das übliche Publikum, vom Gesetz »die Öffentlichkeit« genannt; eine der vielen wirksamen Methoden, die bürgerliche Demokratie als die einzig wahre Demokratie vorzuführen. Neben ihr sitzen in einer Reihe acht oder zehn Reporter, Frauen und Männer, sie kennt niemanden. Vielleicht könnte es sich als nützlich erweisen, irgend jemand von denen etwas näher kennenzulernen, überlegt sie und beginnt die Reihe sorgfältig zu mustern. Niemand scheint ihr besonders vertrauenswürdig. Sie wird sich die Presseberichte ansehen und dann entscheiden. Als sich die Tür an der Wand hinter dem Richtertisch öffnet und die Richter erscheinen, erheben sich die Leute, und im Saal wird es still. Ein ruhiges, geübtes Publikum, denkt Bella.

Sie bringen Lara G. herein. Bella sieht sie an. Wie ungewöhnlich sie aussieht: groß, mager, fast knochig, mit schmalen Gelenken, eine Frau mit Bewegungen von natürlicher Anmut, abwesend, so, als ginge sie an einem Schaufenster vorbei, dessen Auslage sie nicht interessiert. Weil sie sich angewöhnt hat, jede Schaufensterauslage für uninteressant zu halten. Und dabei um deren Bedeutung für andere weiß. Stolz, denkt Bella, das ist wahrscheinlich das richtige Wort. Mit achtzehn hätte sie –

Der Mann, der neben seinem Anwalt links vom Richtertisch gesessen hat – Bella hat ihn nicht weiter beachtet, denn sie hat ihn ja in der Nacht zuvor bereits kennengelernt –, springt schreiend auf.

Mörderin! Mörderin!

Sein Anwalt versucht ihn festzuhalten. Es gelingt ihm, den völlig aufgelösten Mann zurück auf seinen Stuhl zu ziehen. Da birgt er das Gesicht in den Händen und weint. Das Publikum tobt. Drei weibliche und vier männliche Reporter sprechen hastig und laut in ihre Aufnahmegeräte. Nur die achte, eine kleine Person undefinierbaren Alters und mit sehr dicken Augengläsern, bleibt ungerührt sitzen, den Blick auf die Angeklagte gerichtet. Vielleicht kann ich mit der Kontakt aufnehmen, denkt Bella und sieht wieder auf Lara G. Es fällt ihr eins von den Gedichten aus dem Buch ein, das sie mitgenommen hat. Jemand hatte es mit einem grünen Stift umrandet.

Alsbald ein neues Kind
die erste Luft empfindt,
so hebt es an zu weinen;
die Sonne muß ihm scheinen
den viermal zehnten Tag,
eh als es lachen mag.
O Welt, bei deinen Sachen
ist Weinen mehr als Lachen.

Es ist wahr, daß Lara G. eine schöne Frau ist. Nur ist sie jetzt nichts weiter als ein zerstörter Mensch. Die Veränderung ist sehr plötzlich vor sich gegangen. Aufrecht hat sie den Gerichtssaal betreten, die schmalen Augen geradeaus gerichtet, Bella waren die großen Hände aufgefallen, die mageren langen Beine. Mit achtzehn hätte sie über alle Laufstege rennen können, die wilden dunklen Haare wären ihr Markenzeichen gewesen, hatte Bella gerade gedacht, als der Tumult losging. Jetzt sitzt sie da, zusammengesackt, sie würde sogar ihre Hände, ihre Füße klein machen, wenn sie wüßte, wie sie das anstellen könnte. Bella ist erschrocken und gleichzeitig ein wenig enttäuscht. Jeder Mensch mit Phantasie und Beobachtungsgabe kann diese Veränderung nur als Schuldgefühl, als ein Schuldeingeständnis deuten. Da hat sich eine vorgenommen, der Welt zu trotzen, und ist dem ersten Ansturm erlegen.

Unwillkürlich gehen Bellas Blicke hinüber zu der kleinen Journalistin. Ihre und Bellas Blicke begegnen sich für einen kurzen Augenblick.

Sie denkt wie ich, stellt Bella fest. Ich will unbedingt versuchen, sie in der Pause zu treffen. Erst die Ankündigung der Richterin, den Saal räumen zu lassen, beruhigt das Publikum. Lara G., zur Person befragt, antwortet kaum hörbar. Die Staatsanwältin beginnt mit der Verlesung der Anklageschrift. Die Angeklagte wird am ersten August neunzehnhunderteinundsechzig in dem Fischerdorf Zempin auf Usedom geboren. Der Vater ist Fischer und kommt aus einer Familie, die seit Generationen Fischfang betreibt. Auch die Mutter kommt aus einer Usedomer Fischerfamilie. Sie arbeitet in einem Betrieb der Fischverwertungsgenossenschaft in Trassenheide. Das Mädchen Lara ist das einzige Kind der Eheleute G. Es wächst nach Aussage der Mutter »am Strand« auf, wohl nur zu oft der alleinigen Aufsicht durch den Großvater überlassen –

Du riechst nach Salz, Großvater. Salz riecht nicht, meine Tochter, das ist der Fisch.

Lara G. gilt als lebhaft und phantasiebegabt. Sie kann tagelang allein am Strand spielen. Sie vergißt dabei sogar oft, zu den Mahlzeiten zu erscheinen, hat ihre Mutter gesagt.

Ruft doch. Ich freu mich, wenn ihr mich ruft. Ich kann jetzt nicht kommen. Ich muß hier warten. Ich weiß, daß ihr den kleinen Punkt dort hinten nicht sehen könnt. Aber ich kann ihn sehen. Er ist zwischen Himmel und See eingeklemmt. Ich muß warten, ob er sich befreien kann. Es gibt Punkte, die werden von dem Horizont verschluckt. Großvater hat mir erklärt, wie der Horizont aussieht. Er hat blaue Schuppen und ein großes Maul. Sein Maul ist wie das Maul einer Flunder, nur viel größer. Damit schluckt er die Punkte, wenn er Hunger hat. Der kleine Punkt ist ein bißchen größer geworden. Aber manchmal wartet der Horizont, bis die Punkte gewachsen sind, und dann frißt er sie trotzdem, sagt Großvater. Wenn Sturm ist nämlich. Ich habe nie Hunger, wenn Sturm ist. Ich höre euch rufen. Gleich wird Großvater kommen, um mich zu holen. Er wird mit dem Stock auf den Kiel klopfen. Niemand hat so einen Stock wie Großvater. Er hat Kerben. Zwischen den Kerben wohnen Geschichten. Es gibt eine von einem Königssohn in Pumphosen. Aber er pumpt sich nichts. Er hat nur gesagt, daß die Fischer ihr Dorf Heringsdorf nennen sollen. So viele Fische haben sie an Land gebracht, silberne Heringe. Großvater sagt, wenn der Königssohn klug gewesen wäre, hätte er Silberdorf sagen müssen.

Sie rufen nicht mehr. Der Punkt ist noch größer geworden. Jetzt kann ihn der Horizont nicht mehr schlucken. Er würde ihm im Hals steckenbleiben. Ich weiß jetzt, wohin es fahren wird, das Schiff. Es fährt nach Polen, in das Land der Wisente.

Großvaters Schritte knirschen im Sand. Er weiß, daß ich unter dem umgekippten Boot sitze. Aber das Boot riecht ganz bestimmt nach Salz. Es schmeckt auch nach Salz. Ich muß nur mit meinem Finger über das Holz fahren und den Finger probieren. Ich mag gern Salz. Es ist nicht gesund. Es ist nur für die Fische da. Ich hab aber gesehen, wie sie es in die Suppe getan haben. Ich will Großvater bitten, mir das Märchen vom süßen Brei zu erzählen. Jetzt – jetzt klopft er mit dem Stock auf den Kiel.

Ja, Großvater, ich komme.

Die Richterin hat so kräftig auf den Tisch geschlagen, daß das Wasserglas neben ihren Akten beinahe umgefallen wäre. Die Staatsanwältin hat die Verlesung der Anklageschrift unterbrochen. Die allgemeine Aufregung hat sich an einem Zwischenruf entzündet. Eine jüngere Frau hat ihn getan.

Ich bin auch Mutter, ich weiß nicht, was das hier soll, hat sie gerufen. Da war die Staatsanwältin gerade dazu übergegangen, die erfolgreiche Schul- und Studienzeit der Angeklagten zu beschreiben.

Gott schütze uns vor solchen Müttern, denkt Bella. Ihr ist die Veränderung in Lara G. nicht entgangen. Während die Staatsanwältin sprach, hat Lara die Haltung, mit der sie den Saal betreten hat, wiedergefunden. Sie wirkt nun gefaßt und abwesend. Auch der kleine Tumult und einige ihn ergänzende Sätze wie:

»Die Hexe soll reden.«

»Geht es hier um Fischfang oder was?«

»Wer will das eigentlich wissen!«

»Zur Sache gibt es wohl nichts zu sagen!«

»Gerechtigkeit für die toten Kinder.«

haben sie nicht beeindruckt. Die Staatsanwältin setzt die Verlesung der Anklageschrift fort. Bella kennt den Text. Sie hört nicht mehr zu, sondern konzentriert sich ganz auf die Beobachtung der Angeklagten. Aber so sehr sie sich auch bemüht, es gelingt ihr nicht, irgendeine besondere Reaktion wahrzunehmen. Die Frau auf der Anklagebank nimmt keinen Anteil mehr an dem, was um sie herum vorgeht. Als die Richterin eine Pause verkündet und Lara G. aus dem Saal geführt werden soll, muß die Aufseherin sie anstoßen, ehe sie begreift, daß sie aufstehen und mitgehen muß.

Das Publikum drängt aus der Tür. Bella bleibt sitzen und beobachtet die kleine Journalistin. Die hat nun ein kleines schwarz-rotes Notizbuch aus ihrer Tasche geholt und schreibt etwas auf, kurz nur, steckt den Bleistift wieder weg und verläßt den Raum. Bella, die sich sicher fühlt wegen des kurzen Blickwechsels vorhin, folgt ihr und stellt sich draußen neben sie. Aus der Nähe sieht die Frau sehr viel jünger aus, höchstens dreißig, denkt Bella. Die dicken Brillengläser passen merkwürdig gut in das rundliche Gesicht unter den kurzen blonden Haaren. Überhaupt ist alles rundlich an ihr, stellt Bella fest, alles wirkt freundlich-rundlich, wie sich wohl eine rundliche Stimme anhört?

Und, fragt sie, was denken Sie? Hat sie ihre Kinder getötet? Natürlich, antwortet die Rundliche mit einer so nüchternen und festen Stimme, daß Bella sie erstaunt ansieht.

In ihrer Vorstellung hat sie die Kinder sogar mehr als einmal umgebracht. Wenn Sie mich fragen: Wahrscheinlich weiß sie selbst nicht, daß sie es auch wirklich getan hat.

Die Beweise –

Die Beweise, die kleine Runde schneidet Bella das Wort ab. Die Beweise. Sie haben doch gesehen, wie sie auf die Anklage reagiert. Gar nicht. Beweise sind da völlig unerheblich. Woher kennen Sie eigentlich die Beweislage?

Uff, denkt Bella, mit der ist nicht gut Kirschen essen. Die Frau gefällt ihr.

Lassen Sie uns in die Gerichtskantine gehen und einen Kaffee trinken, sagt sie. Die junge Frau ist wirklich Journalistin. Sie arbeitet für verschiedene Zeitungen. Den Fall Lara G. hat eine große überregionale Wochenzeitung zum Anlaß genommen, sie um einen umfangreichen analytischen Artikel zum Thema »Mordende Mütter« zu bitten. Sie entschuldigt sich für den reißerischen Titel, der ihr von der Redaktion aufgezwungen worden sei. Sie hoffe, sie werde ihn noch ändern können.

Gibt es einen besonderen Grund, daß Sie sich gerade dieses Thema ausgesucht haben?

Ach, wissen Sie, ausgesucht, so rosig ist die Lage für Journalisten natürlich nicht, daß man besonders wählerisch sein kann mit der Annahme seiner Aufträge. In diesem Fall war es allerdings so, daß ich mich sogar danach gedrängelt habe. Sie wissen vielleicht, daß die ernstzunehmende Forschung inzwischen davon ausgeht, daß Medea ihre Kinder nicht umgebracht hat? In allen Fällen von Kindesmord, die ich in den letzten Jahren untersucht habe, ist es aber die Mutter gewesen, die die Kinder tötete. Ich habe viel gelesen, habe mit Juristen, Psychiatern und Gerichtsmedizinern gesprochen und in der Geschichte des Strafrechts herumgewühlt. Natürlich bringen Männer ihre Familien um. Aber sehr selten nur ihre Kinder. Ich frage mich, was ist da »umgekippt«? Wenn alle Berichte stimmen, und Sie können mir glauben, daß ich gründlich recherchiert habe, warum Frauen ihre Kinder töten. Das ist die Frage, die mich wirklich interessiert. Die Arbeit für die Zeitung ist nur ein Nebenprodukt. Man muß leben. Oder finden Sie nicht? Man muß leben, um der Wahrheit auf die Spur zu kommen. Oder finden Sie nicht?

Bella ist sprachlos. So viel Ernsthaftigkeit mit so viel Naivität gepaart, ist ungewöhnlich. Und interessant. Die Staatsanwältin kommt zur Tür herein, sieht Bella und geht auf sie zu.

Trinken wir einen Kaffee zusammen?

Die Kleine mit der Brille hat die Staatsanwältin ebenfalls gesehen.

Ich verstehe. Sie können mir ja nachher sagen, ob Sie etwas Interessantes erfahren haben, flüstert sie und verschwindet in einer der beiden Schlangen, die sich vor der Essensausgabe gebildet haben. Bella ist sicher, daß sie vor Neugier brennt und sich gerade deshalb große Mühe geben wird, nicht zu ihr herüberzusehen.

Bella kennt die Staatsanwältin noch aus einer Zeit, die sie kaum noch als realen Teil ihrer Vergangenheit sehen kann. Als Kripobeamtin ist sie zuletzt auch mit der Aufklärung in Fällen von Kindesmißbrauch befaßt gewesen. Die Frau, die nun vor ihr steht, war damals ihre Vorgesetzte in der Anklagebehörde. Bella erinnert sich an eine jüngere, außerordentlich gewissenhafte, dauernd überarbeitete Frau, die bemüht war, auch dann noch freundlich zu erscheinen, wenn sie fast am Ende ihrer Kraft war. Ihr Problem, über das sie nie sprach, hatte von tratschenden Kollegen den Namen »drei Kinder und kein Mann« bekommen. Bella erinnert sich nicht mehr daran, was mit dem Mann gewesen war. War er gestorben? Jedenfalls erkundigt sie sich, gegen all ihre Gewohnheiten, danach, wie es den Kindern gehe, nachdem sie sich begrüßt haben.

Ach, Sie erinnern sich? Irgendwie hab ich sie groß gekriegt. Na ja, gewachsen sind sie natürlich von allein. Zwei studieren, der Jüngste macht Sorgen. Und Sie, haben Sie etwa wieder bei der Polizei angefangen?

Nein. Ich bin privat hier, als Beobachterin sozusagen.

Beobachten Sie die Staatsanwaltschaft oder die Angeklagte? Was halten Sie von ihr?

Schwer zu sagen, antwortet Bella. Ich glaube, ich warte noch ein bißchen mit meinem Urteil. Jedenfalls sieht es so aus, als hätten Sie eine leichte Position.

Wissen Sie, Ihre Kollegen, Ihre ehemaligen Kollegen, verbessert sie sich lächelnd, haben gut gearbeitet. Alles ist lückenlos. Und trotzdem ist es mir noch nie so schwer gefallen zu reden. Es ist doch, als spräche ich zu einem Stein. Sie nimmt mich gar nicht wahr. Und dabei entsteht ein sonderbarer Effekt, mit dem ich, ehrlich gesagt, nicht richtig fertig werde. Ich möchte kurz mit Ihnen darüber reden, nur kurz, aber ich muß das einfach loswerden.

Ich bin eine neutrale Person, richtig? sagt Bella, eine neutrale Person, der Sie glauben vertrauen zu können, ja?

Ich rede zu ihr, ich kenne die Anklageschrift beinahe auswendig. Ich beschreibe den vermutlichen Tathergang in allen scheußlichen Einzelheiten. Ich rede gegen diesen Stein, und meine Stimme kommt zu mir zurück und klingt in meinen Ohren plötzlich unglaubwürdig. Sie klingt wie eine, wie soll ich sagen, wie die Theaterstimme einer schlechten Schauspielerin. Und während ich rede, beginne ich mich der Lüge zu bezichtigen. Ich sage das nur Ihnen, bitte, verstehen Sie mich richtig. Die Beweislage ist einwandfrei. Sie war es.

Die Staatsanwältin macht eine kleine Pause. Sie wirkt freundlich und beherrscht, aber in ihren Augen sieht Bella einen Anflug von Panik.

So etwas ist mir noch nie passiert. Ich weiß nicht, was ich davon halten soll. Ich bin jedenfalls froh, wenn der erste Tag vorüber ist.

Haben Sie daran gedacht, den Fall abzugeben?

Das kommt nicht in Frage.

Die Antwort kommt sehr schnell. Das hat sie sich genau überlegt, denkt Bella.

Ich bin sicher, Sie tun das Richtige, sagt sie. Ich hab nichts dagegen, wenn wir uns hier hin und wieder treffen.

Kein besonders einladender Ort, sagt die Staatsanwältin.

Bis zu ihrer nächsten Unterhaltung wird Bella sich nach ihrem Namen erkundigt und erfahren haben, daß Renate Schubert inzwischen Oberstaatsanwältin geworden ist.

Das nächste Mal möchte ich hören, wie es Ihnen inzwischen ergangen ist, sagt die Schubert, bevor sie sich ganz vorn an den Ausschank stellt und so die Schlange umgeht. Sie bekommt sofort eine Tasse Kaffee. Von den Wartenden murrt niemand. Ankläger, sogar Anklägerinnen genießen höchste Autorität, was vermutlich mit verbreiteten Schuldgefühlen jeder Art zu tun hat, die im Angesicht der Staatsgewalt besonders deutlich empfunden werden.

Die kleine Frau mit der dicken Brille taucht nach der Pause nicht wieder im Gerichtssaal auf. Renate Schubert setzt die Verlesung der Anklageschrift fort. Bella bewundert die Konzentration, die sie aufbringt, um glaubwürdig zu wirken. Ihr Satz: »Als spräche ich zu einem Stein« bleibt absolut richtig. Gespannte Stille herrscht im Saal, als der Tathergang, so wie er sich nach den Ermittlungen der Kripo darstellt, geschildert wird. Alle Augen sind auf Lara G. gerichtet. Niemand will den Augenblick verpassen, wenn der Hexe die Last ihrer Taten zu schwer wird. Winseln soll sie, klein werden, wenigstens vor der irdischen Gerechtigkeit, wo man doch nicht weiß, ob es eine himmlische gibt. Bella empfindet die Stimmung im Saal so deutlich, als klebte sie auf ihrer Haut wie eine widerliche, schleimige Schicht. Sie möchte aufstehen und gehen, bleibt aber sitzen, um die Staatsanwältin nicht zu irritieren.

Sie hört Renate Schubert sagen: Ihr erstes Opfer wird die älteste Tochter Marie.

Marie, erzähl dem Kind keine Märchen.

Bitte, Marie, sprich weiter.

Vor der nordöstlichen Küste Usedoms lag in grauer Vorzeit die sagenhafte Stadt Vineta. Die Stadt hatte zwölf prächtige Tore, durch die die Besucher in ihr Inneres gelangen konnten, und einen mächtigen Hafen. Vineta soll größer und prächtiger und älter gewesen sein als Konstantinopel oder Rom.

Marie, erzähl dem Kind keine Märchen.

Laß sie doch erzählen, Mutter. Bitte, Marie, bitte.

In den Mauern der Stadt wohnten viele Völker. Es waren da Griechen, Slawen und Juden, Russen, Dänen, Sachsen und anderes Volk. Jeder Stamm hatte seine eigene Religion; nur die Sachsen waren Christen. Aber sie waren es heimlich, denn auf den Plätzen und in den Straßen der Stadt wurden die Götzen der anderen verehrt. Trotzdem waren die Einwohner von Vineta ehrliche Leute und züchtig in ihren Sitten. Kunst und Wissenschaft –

Was ist Wissenschaft, Marie?

Nichts, was du brauchst, meine Tochter. Bleib du nur Fischerdeern. Erzähl weiter, Marie.

Gastfreundlich und höflich waren die Leute von Vineta. Keine andere Stadt der Welt konnte sich mit Vineta messen. Es kam vor, daß dreihundert Schiffe zur gleichen Zeit und von überall her im Hafen lagen, die ihre Waren ausluden. Denn die Schiffe der Vineter befuhren alle Meere und brachten nützliche und kostbare Dinge von ihren Reisen nach Hause. Deshalb herrschte in der Stadt ein unbeschreiblicher Reichtum. Damit die Schiffe auch bei Nacht den Hafen fanden, hatten die Vineter einen Vulkantopf an die Spitze der Mole gesetzt. Sein Feuer leuchtete ohne Ende. Die Tore der Stadt waren aus Erz, ihre Glocken aus Silber und das Geschirr der Bürger aus Gold. In den Straßen spielten die Kinder mit silbernem Spielgerät. Silber war da überhaupt so viel, daß man es für die gewöhnlichsten Dinge gebrauchte. Aber gerade der unvorstellbare Reichtum verführte die Kaufleute zum Hochmut. Der Hochmut und auch die Götzenverehrung werden wohl ihren Teil dazu beigetragen haben, daß Vineta schließlich unterging.

Ich weiß. Es liegt auf dem Grund, ja, Marie? Es liegt beim Vineta-Riff. Laß uns hinfahren, Marie. Großvater soll uns hinfahren.

Hör zu, mein Mädchen. Ich will dir erzählen, wie die goldene Stadt untergegangen ist. Ihre Bürger bekamen Streit miteinander Das Gold hat sie gierig gemacht. Wollüstig und üppig war ihr Lebenswandel. Die goldenen Becher warfen sie ins Meer, wenn sie daraus getrunken hatten. Und eines Tages gab das Meer ihnen die gerechte Strafe. Urplötzlich wurde die üppige Stadt von dem Ungestüm des Meeres zugrunde gerichtet. Swantewitt schickte turmhohe Wellen, die haben die Stadt verschlungen.

Kann Swantewitt auch dem Horizont befehlen, Marie?

Was redest du da, Kind. Ist doch alles nur eine Geschichte. Aber wenn man von Wolgast über die Peene auf die Insel Usedom kommt bis zur Försterei Damerow, dann sieht man, wenn die See still ist, weit, wohl eine Viertelmeile entfernt, eine Menge großer Steine. Schlanke Säulen von weißem Marmor und Alabaster und breite Fundamente. Das sind die Trümmer der versunkenen Stadt Vineta. Sie liegen von Morgen nach Abend. Und wenn du genau hinsiehst und wenn die See ruhig und der Himmel hell ist, kannst du zwischen den Trümmern Leben erkennen. Auf dem Grund des Wassers siehst du große, seltsame Gestalten in langen, faltigen Kleidern herumwandeln. Oft sitzen sie in goldenen Wagen oder auf großen schwarzen Pferden. Manchmal gehen sie fröhlich und geschäftig herum; manchmal tragen sie einen im Sarg zu Grabe, dem ein Trauerzug folgt. Dann ist es kurz vor Abend, und wenn kein Sturm ist, hört man silberne Glocken läuten. Und wenn eine ein Sonntagskind ist –

So wie ich, Marie?

So wie du, meine Kleine, dann kann sie alle hundert Jahre die prächtige Stadt aus dem Meer aufsteigen sehen. Und wenn dann die Bürger ihre Taten bereuen, dann, so heißt es, kann ein Sonntagskind, das gerade an diesem Tag Geburtstag hat, die Stadt und ihre lasterhaften Bewohner erlösen. Psst – und jetzt erzähle ich dir noch ein Geheimnis –

Marie, jetzt ist Schluß! Kommt sofort her, ihr beiden. Wie oft hab ich dir schon gesagt, du sollst die Kleine nicht mit deinen Geschichten beunruhigen. Nun sieh sie dir an! Was für glänzende Augen. Du hast Fieber, Kind!

Der erste Verhandlungstag endet gegen vierzehn Uhr. Die Staatsanwältin hat die Anklageschrift verlesen. Die Richterin ist zu jung, denkt Bella, sie ist zu jung. Hier ist auch Lebenserfahrung nötig, nicht nur ein Einser-Examen. Die Richterin hat Lara G. gefragt, ob sie sich äußern möchte. Die saß da mit glänzenden Augen und hat auf die Frage nicht reagiert. In einem Anflug von Panik, den sie zu verbergen sucht, der aber von Bella sehr wohl bemerkt wird, ordnet die Richterin eine ärztliche Untersuchung an, die erbringen soll, ob die Angeklagte in der Lage ist, der Verhandlung zu folgen.

Die nächste Sitzung wird auf den siebten Juni festgelegt. Die Verhandlung wird geschlossen. Das Publikum ist unzufrieden.

Das fehlt noch, daß die Hexe auf krank macht. Und außerdem: Bis auf die unbeherrschten Äußerungen des geschiedenen Ehemanns ist nichts Aufregendes passiert. Na gut, man hat die Hexe persönlich gesehen, die man bisher nur von Zeitungsfotos kannte. Na gut, es war ein bißchen gruselig, als die Staatsanwältin beschrieben hat, wie die Kinder umgebracht worden sind. Da war auch von Fotos vom Tatort die Rede. Die muß man der Hexe natürlich irgendwann vorhalten. Mal sehen, ob sie dann auch noch die Kranke markieren wird. Und der arme Ehemann. Er hat sich ja richtig gekrümmt, als vom Ende der Kinder die Rede war. Da, da kommt er. Die an seiner Seite ist seine neue Frau.

Sie tröstet ihn.

Na, der hat es gut getroffen. So eine hübsche junge Frau. Ob die wohl auch noch aussagen wird?

Aber was soll die damit zu tun haben?

Na ja, in der Zeitung hat gestanden, daß die Kinder öfter in ihrem Haus gewesen sind. Es soll da auch Streit gegeben haben wegen des Jungen.

Na, mal sehen, vielleicht wird es ja doch noch interessant. Noch ist alles drin. Der erste Tag sagt noch nichts.

Ich geh auf jeden Fall wieder hin.

Man sieht sich.

Bella ist auf der Treppe des Strafjustizgebäudes stehengeblieben, um sich nach der jungen Frau umzusehen, mit der sie sich zum Essen verabredet hat. Sie wartet, bis die Treppe sich geleert hat und nur noch die üblichen Anwälte, die Robe über dem Arm, die Stufen hinauf oder herunter hasten. Die junge Frau erscheint nicht. Bella geht, überquert die Straße. Am Zebrastreifen hält einer der Wagen aus der dreitorigen Garage, ein dunkelgrüner Jaguar, und wartet darauf, daß die Ampel umspringt. Am Steuer sitzt Shorty, neben ihr Lara G.s geschiedener Mann. Er spricht lebhaft auf die Frau am Steuer ein, die, ein leichtes Lächeln um den Mund, ihre Aufmerksamkeit zwischen der Beobachtung der Ampel und der Rede des Mannes neben sich teilt.

Am Abend kommt Kranz zu Bella. Der Tag ist für die Jahreszeit zu warm gewesen und hat gegen Abend in einem kräftigen Gewitter geendet. Kranz kommt, bis auf die Haut durchnäßt, bei Bella an. Es bleibt ihr nichts anderes übrig, als ihm ihr Bad und Hosen und Pullover eines verflossenen Liebhabers anzubieten.

Während Kranz duscht, zu geräuschvoll, findet Bella, dafür, daß er sich in einem fremden Badezimmer befindet, sucht und findet sie die Sachen, legt sie vor die Badezimmertür und kehrt zurück in ihren Sessel am Fenster. Seit sie aus Rußland zurückgekommen ist, hat sie noch keine Lust gehabt, einen Mann in ihr Bad zu lassen. Stört sie der Mann da oben? Als Kranz die Treppe herunterkommt, ein Mann Mitte Fünfzig, schlank, ein wenig gebeugt, in Hosen und Pullover, die ihm zu weit sind, barfuß und mit durchaus ansehnlichen Füßen, hat Bella die Frage für sich beantwortet. Sie sieht das verlegene Lächeln in Kranz' Gesicht, aber sie beschließt, es diesmal noch nicht zur Kenntnis zu nehmen.

Ich liebe Gewitter, sagt Kranz, während er ihr zutrinkt. Es klingt durchaus anzüglich, so daß Bella so tun muß, als überhörte sie die Bemerkung. Kranz schlägt sofort einen sachlicheren Ton an.

Erzählen Sie, sagt er, was haben Sie gesehen? Wie war sie? Was glauben Sie: Wird sie reden?

Ich glaube nicht. Ich vermute eher, daß sie eine Technik entwickelt hat, mit der sie das Geschehen von sich fernhält. Zeit dazu hat sie gehabt im UG. Ich hatte ein interessantes

Gespräch mit der Staatsanwältin. Ich glaube, sie steht auf Ihrer Seite.

Unmöglich, sagt Kranz. Sie kennen die Anklageschrift. Perfekt, würde ich sagen.

Ich glaub's trotzdem, antwortet Bella. Im übrigen wissen Sie so gut wie ich, daß die Staatsanwaltschaft auch entlastende Argumente zusammenzutragen hat.

Das hat die Schubert gemacht? Kranz ist nun tatsächlich aufgeregt. Er gießt ganz automatisch sein Glas noch einmal voll. Bella nimmt sich vor, ihn vor dem dritten zu bewahren.

Noch nicht, sagt sie, aber ich glaube, wir sollten, wenn wir etwas Entlastendes finden, woran ich allerdings große Zweifel habe, am besten Frau Schubert davon unterrichten.

Wir haben nur eine Chance, Bella.

Ich weiß, der Ehemann. Ich hab ihn mir gestern abend angesehen. Ich weiß nicht – eigentlich halte ich ihn für harmlos. Nichts weiter als ein gewöhnlicher, karrieresüchtiger Emporkömmling. Sie kennen seine Geschichte. Es geht ihm gut. Weshalb sollte er seinen mit Gold und Diamanten bestückten Himmel mutwillig zerstören?

Nicht jeder Mord ist eiskalt geplant, das wissen Sie, Bella. Es kommt nur einer von beiden in Frage.

Nahbereich – Sie wissen, was das heißt. Und Sie wissen, daß es keine Anhaltspunkte für eine spontane Tat gibt.

War es nicht immer Ihre These, Bella, daß Krieg herrscht zwischen Männern und Frauen? Krieg, in dem den Männern jedes Mittel recht ist, um die Frauen am Boden zu halten?

Der Blick aus dem Fenster. Die schwärzlichen Eisengerippe der zerstörten Montagehallen. Lena, betrunken. Bevor die Armee abgezogen ist, haben die Männer Feuer gelegt. Da wußten sie schon, daß sie die Frauen und Kinder zurücklassen würden. Die Hallen brannten drei Tage lang. Es war

Sommer. Nichts da zum Löschen. Die Hitze und der Gestank waren unerträglich.

Als das Feuer erloschen war, haben wir versucht, in der Asche etwas Brauchbares zu finden. Man mußte die Kinder zurückhalten. Die Eisenträger waren noch heiß. Später spielten sie dort, in den Ruinen, in den schwarzen Skeletten, die ihnen ihre Väter zurückgelassen hatten. Bis der Sommer zu Ende war, spielten sie da.

Da war schon klar, daß sich niemand mehr um die verlassenen Frauen und die Kinder kümmern würde.

Die Kinder ahnten noch nichts, aber wir begannen uns zu fragen, wovon sie leben würden, wenn der Winter käme. In kleinen Trupps zogen wir in die Wälder. Es gab viele Pilze in diesem Herbst.

Auch die Kinder halfen, und in den Wohnungen, in den winzigen Wohnungen, in denen etwas mehr Platz war, seit die Stiefel und die Uniformen verschwunden waren, wurde jeder Topf, jedes Gefäß, das geeignet schien, mit Pilzen gefüllt. In langen Ketten hingen sie aufgefädelt an den Decken der Flure und verbreiteten einen freundlichen, beruhigenden Duft, der der wirklichen Lage der Frauen und Kinder nicht entsprach. Lenas beinahe unverständliche Sprache. Die Flasche in ihrer Hand.

Es war Krieg. Wir hatten die Schlacht verloren. Die Rache der Sieger würde fürchterlich sein.

Und die Frauen ahnten den Grund ihrer Niederlage. Waren sie nicht diejenigen gewesen, durch die das Land gelebt hatte? Sie waren die Ärztinnen, die Frauen am Bau gewesen, die pünktlich und zuverlässig ihre Arbeit getan hatten. Sie hatten die Kinder ernährt und erzogen und die trinkenden Männer ertragen. Sie hatten die lächerlichen, endlosen Sitzungen geduldet. Sie waren es, die nachts nach Lebensmitteln angestanden und am frühen Morgen den Mädchen die Schleifen ins Haar gebunden hatten, wenn ein Feiertag ausgerufen war, die Sowjetmacht zu loben. Sie hatten die Riege der alten Männer geduldet, diese lächerlichen Männer, verkalkt, betrunken, die glaubten, sie seien mächtig und regierten das Land. Jeder Blick aus den Fenstern des Kreml hätte sie vom Gegenteil überzeugen können. Aber so dumm, wie die Frauen glaubten, waren die Männer nicht gewesen. Niemand lebt gern im Zustand der Demütigung. Daß sie diesen Zustand selbst herbeigeführt hatten, wollten sie nicht wahrhaben.

Die staatliche Macht, die nur noch ein Popanz gewesen war, haben sie sich zurückgeholt. Sie sind wieder in der Lage, damit umzugehen. Sie nutzen die Macht auf die einzige Art, die ihnen möglich ist. Sie wollen Macht und Gewalt, damit sie Angst verbreiten können. Damit sie die Frauen strafen können, die ihnen das Gefühl gegeben haben, überflüssig zu sein. Da, da unten in der Halle haben sie gesessen und an Maschinen gebastelt, die sie so mächtig machen sollten, daß sie drohen konnten, die Welt zu zerstören. Solche Träume hatten sie. Solche Träume. Jetzt brauchen sie die Maschinen nicht mehr. Sie sind abgezogen, verdingen sich als Landsknechte an mächtige Banditen. Sie gehen dahin, wo die neue Macht ist. Ihre Macht. Sie wollen dazugehören. Sie wollen dabei sein in den kommenden Kriegen. Sie sind Krieger. Sie sind Mörder. Sie können nicht leben, ohne zu zerstören. Um ihre Macht wiederherzustellen, sprengen sie sogar Häuser in die Luft. Die toten Frauen und Kinder sind ihnen nichts als Pfänder im Kampf um die Macht. Sozialismus ist ihnen fremd. Sie können ihn nicht leben. Wenn sie denken, denken sie an Krieg. Wenn sie handeln, handeln sie mit Tod. Wenn sie lieben, wollen sie zerstören.

Die wimmernde Lena. Marja in der Tür: Hat sie sich

wieder vollaufen lassen. Man hat ihr die Kinder weggenommen. Sie hat selbst schuld. Schlag sie, dann hält sie den Mund.

Sie können die Sachen anbehalten, sagt Bella. Ich brauch sie nicht mehr. Ich gebe Ihnen eine Tasche für das nasse Zeug.

Das Telefon läutet, so daß Kranz einer Antwort enthoben ist und Zeit hat, hinter Bellas Rücken die Enttäuschung aus seinem Gesicht zu verbannen.

Nein, sagt Bella, nicht bei mir. Wir treffen uns – Kennen Sie den Italiener am Hafen? Große Elbstraße – Ja, den. In einer halben Stunde. Sie legt auf.

Tut mir leid. Sie sehen, ich hab keine Zeit mehr. Ich hol schnell die Tasche.

Darf ich fragen, wer Sie so schnell aus Ihrem Bau locken kann, daß Sie einen alten Freund erbarmungslos vor die Tür setzen? Kranz ahnt sehr wohl, daß er auch ohne den Anruf gebeten worden wäre, zu gehen. Er fühlt eine Niederlage, die er sich nicht eingestehen mag, und versucht sie zu überspielen.

Nein, antwortet Bella. Es hat mit unserem Fall zu tun. Wenn bei dem Treffen etwas herauskommt, werde ich es Ihnen sagen.

Wie Sie meinen. Kranz ist nun wirklich ein bißchen beleidigt, was ihm, wie er meint, einen würdevollen Abschied erleichtert. Bella betrachtet ihn freundlich, während er ein ganz klein wenig zu hastig den Reißverschluß der Tasche schließt. Beinahe ist sie versucht, ihm ein tröstendes Wort zu sagen, etwa: Sie können die Tasche ja beim nächstenmal wieder mitbringen, oder: Sie sollten Ihren Stil ändern, das Zeug, das Sie anhaben, steht Ihnen gut. Der Anflug von Samariterin vergeht so schnell, wie er gekommen ist.

Während sie wenig später am Hafenbecken entlangfährt, überlegt sie flüchtig, ob die einfallslose Arbeitskleidung der Prostituierten im Zusammenhang steht mit der Einfallslosigkeit der Fleischkäufer. Ein paarmal sieht sie die enttäuschten Gesichter der Frauen, die von weitem den Porsche gesehen und sich am Straßenrand aufgestellt haben. Diese kleine Bewegung, der Ruck, der durch die Körper geht, die eben noch entspannt gegen eine Mauer, gegen ein Auto gelehnt haben – als wäre eine Automatik in Gang gesetzt worden, als hätte jemand beschlossen, daß die Puppen nun tanzen müßten.

Die kleine Frau mit der dicken Brille ist noch nicht da. Bella bestellt ein Glas Weißwein und wartet. Das Restaurant liegt zwischen den Schuppen der Fischhändler. Man sitzt auf Holzbänken an langen Tischen. Die Einrichtung ist einfach, das Essen gut. Alles hat genau die Note, die Medienleute, Kaufleute und Hamburger, die ihre Gäste in der Mittagszeit zu einem kleinen Imbiß ausführen und ihnen gleichzeitig etwas Besonderes bieten möchten, brauchen. Bella wartet beinahe eine halbe Stunde. Die Leute um sie herum interessieren sie nicht. Als sie gehen will, sieht sie die Frau, mit der sie verabredet ist. Sie kommt hastig die Straße entlang. Einmal sieht sie sich um, deutlich auf eine Art, die sie für unauffällig hält.

Als sie sich Bella gegenüber niederläßt, vermittelt sie den Eindruck, als wäre sie außer Atem.

Ich komm' immer zu spät, sagt sie zur Begrüßung. Nur wenn die Leute sich darauf eingestellt haben und selbst zu spät kommen, dann bin ich pünktlich. Sie lächelt entschuldigend. Bella, von so viel Offenheit angetan, lächelt zurück.

Ich erklär's wohl lieber gleich. War nicht schwer herauszufinden, wer Sie sind. Die im Gericht kannten Sie. Wirklich, das hat mich beflügelt. Komisches Wort. Können Sie sich mich mit Flügeln vorstellen?

Wenn Sie die Brille abnehmen, warum nicht?

Das ist auch wieder so ein Vorurteil. Verzeihen Sie, aber ich ärgere mich. Weshalb sollten Engel keine Brillen tragen dürfen? Nur weil die Herren Maler bisher nicht geruht haben, welche mit Brillen zu malen? Außerdem: Wozu braucht man eigentlich Engel? Brauchen Sie Engel? Entschuldigung. Ich komme nicht nur zu spät, ich rede zuerst auch immer an der Sache vorbei. Wahrscheinlich weil ich glaube, so von der Zuspätkommerei ablenken zu können. Mir ist etwas klar geworden.

Ja, und?

Haben Sie sich die Akten angesehen?

Sie kennen die Akten?

Ach, Sie wissen doch, Journalisten haben Möglichkeiten. Lara G. wird vorgeworfen, ihre Kinder ermordet zu haben. Sie wird am Morgen mit Blut an den Händen im Garten des Hauses angetroffen, in dem die Kinder offenbar in der Nacht ermordet worden sind. Sie äußert sich nicht zur Sache, aber alle Indizien sprechen gegen sie. Interessanterweise nur gegen sie. Immerhin gibt es auch noch den Vater der Kinder. Also, haben Sie die Akten gelesen? Ich meine, aufmerksam gelesen?

Ich denke, schon, antwortet Bella, die nicht die Absicht hat, etwas Genaueres über ihre Art der Ermittlungen zu sagen.

Und? Dann muß Ihnen doch auch aufgefallen sein, daß mit dem Ehemann – also, ich hab mir gedacht, daß er Theater spielt. »Mörderin. Mörderin.« Ich finde, das war zu dick. Also bin ich nach Hause und hab mir die Geschichte noch einmal angesehen. Und da ist es mir aufgefallen. Man hat sein Alibi überprüft.

Und? Was ist daran falsch?

Ich habe vor ein paar Wochen einer Freundin meine Urlaubsreise abgetreten, weil ich wegen eines interessanten Auftrags nicht fahren wollte. Ich hab ihr sogar meinen Paß mitgegeben, obwohl sie den in Europa gar nicht mehr gebraucht hat. Ich war also vierzehn Tage verreist. Ich hatte vierzehn Tage lang ein perfektes Alibi.

So dumm ist die Kripo nicht. Wenn in der Zeit ein Verdacht auf Sie gefallen wäre –

Ja, dann hätten die mein Alibi gründlich überprüft. Mit Fotos hinhalten, Nachbarn befragen und so. Haben die aber nicht. Bei ihm, meine ich. Nur die Auskunft von Lufthansa, daß ein Peter G. geflogen ist. Und die telefonische Bestätigung, daß er in Köln an der Konferenz teilgenommen hat. Bißchen dünn, oder? Wenn er es aber auch gewesen sein könnte, weshalb hat man dann bei ihm keine Hausdurchsuchung veranlaßt? Weil man sich nicht hinter die hohen Hecken getraut hat?

Da war sie also auch, denkt Bella und sagt: Haben Sie mir nicht im Gericht gesagt, Sie seien von Laras Schuld überzeugt?

Bin ich nach wie vor. Es ärgert mich nur jedes Mal aufs neue, wenn ich feststelle, welchen Bonus Ehemänner in solchen Fällen genießen. Als wäre es ganz selbstverständlich, daß sie mit der Sache nichts zu tun haben.

Ach, Mädchen, denkt Bella, aber sie hütet sich davor, es laut zu sagen. In Zeiten, in denen das Engagement für Frauenrechte als lächerlich gilt und entsprechend wenige Menschen für lächerlich gehalten werden wollen, soll man sorgsam mit den wenigen Engagierten umgehen. Man soll ihnen Mut machen, auch wenn es einem sinnlos erscheint.

Und Sie wollten sich mit mir treffen, um Ihrem Ärger Luft zu machen, ja?

Verzeihen Sie mir?

Bella lächelt freundlich. Ihr fällt ein, daß sie nicht einmal weiß, wie die Frau heißt, die ihr gegenübersitzt. Sie fragt sie danach.

Sag ich immer zum Schluß. Ich – mir gefällt mein Name, aber die meisten können nur blöde Witze machen, wenn sie ihn hören. Eigentlich Ursula. Ursula Tanz. Aber ich wurde schon als kleines Kind Tulla genannt. Und so ist es geblieben. Tulla Tanz – ich geb ja zu, das ist ein bißchen komisch, aber Eros Ramazotti klingt auch nicht besser!

Nun lacht Bella, nicht über den Namen, sondern über die Wut in Tullas Stimme.

Wir sollten die Verhandlung in Ruhe abwarten, sagt sie. Ich habe den Eindruck, daß die Staatsanwältin mindestens genauso stark an der Aufklärung der Geschichte interessiert ist wie wir. Wenn sie einen Verdacht gegen den Ehemann hat, wird sie ihn nicht unbeachtet lassen. Und die Richterin –

Die ist ehrgeizig, das kann ich Ihnen versichern.

Und womit können ehrgeizige Richterinnen am ehesten glänzen? Damit, daß sie die Wahrheit herausfinden, wenn sie besonders gut versteckt ist.

Wahrscheinlich haben Sie recht. Ich bin manchmal einfach zu ungeduldig, sagt Tulla, nun schon wieder ruhiger.

Soll ich Sie irgendwohin mitnehmen? fragt Bella, während sie auf die Straße treten. Tulla möchte bis zum Altonaer Bahnhof mitgenommen werden. Sie ist plötzlich einsilbig geworden. Im Auto sieht sie geradeaus, so, als wollte sie absichtlich die vielversprechenden, zu bunten Häppchen verpackten Frauen am Straßenrand nicht sehen. Als ob sie alle aus derselben Pralinenschachtel kommen, denkt Bella.

Und? Was wollen Sie nun tun? fragt Tulla unvermittelt,

während Bella an der Ampel vor der Palmaille wartet. Die Frage kommt so plötzlich, daß Bella überrascht ist.

Ich werde nichts tun, antwortet sie nach einigem Überlegen. Ich werde weiter an der Verhandlung teilnehmen, das ist alles.

Machen Sie das eigentlich aus eigenem Interesse, oder arbeiten Sie für jemanden?

Weshalb interessiert Sie das?

Nur so, ich bin eben neugierig. Hier können Sie anhalten. Ich geh da vorn über den Zebrastreifen. Da drüben im Museum gibt es übrigens gerade eine Modersohn-Becker-Ausstellung. Ich hab bloß keine Lust, mich schon wieder aufzuregen. Sonst würde ich Ihnen einen Vortrag darüber halten, wie lächerlich sich die sogenannte Kunstwelt in diesem Fall gemacht hat. Die größte Malerin –

Sie wollten sich nicht aufregen, sagt Bella. Ich glaube, Sie sollten jetzt aussteigen. Ich kann hier nicht länger stehenbleiben.

Tulla steigt aus, ohne zu antworten. Sie bleibt am Zebrastreifen stehen und winkt, als Bella an ihr vorbeifahrt. Merkwürdiges Mädchen, denkt Bella. Weshalb interessiert sie mich? Obwohl ich doch das sichere Gefühl habe, daß sie Ärger machen wird. Plötzlich fühlt sie sich müde und ausgelaugt. Das Gespräch mit Tulla hat sie angestrengt. Es ist richtig, daß die Kripo den Ehemann nicht ernsthaft in die Spurensuche einbezogen hat. Die Beweise gegen Lara G. haben eine zu eindeutige Sprache gesprochen. Wäre sie deren Anwältin, würde sie versuchen, ihre Verteidigung darauf aufzubauen. Aber wo wäre bei dem Ehemann ein Motiv? Die Ehe ist geschieden. Der Mann ist glücklich wieder verheiratet. Die Kinder leben bei der Mutter. Er zahlt Unterhalt. Die Kinder besuchen den Vater regelmäßig. Ja? Besuchten sie ihren Vater regelmäßig? Das nehme ich jetzt an, denkt Bella. Also gut, lesen wir noch einmal die Akte.

In der Akte steht so gut wie nichts darüber, wie intensiv der Kontakt des Vaters mit den Kindern war. Es scheint festzustehen, daß er das Haus in der Siedlung hin und wieder betreten hat, um die Mädchen abzuholen. Sein Wagen stand dann vor der Tür, auffällig genug in der nicht gerade wohlhabenden Gegend. Auch am Tag vor dem Tod der Kinder hat er dort gestanden. Hätten also die Polizisten Spuren des Mannes im Haus festgestellt, wenn sie in seinem Fall gründlich ermittelt hätten, dann wären diese Spuren leicht erklärbar gewesen, überlegt Bella. Man hätte nicht viel mit ihnen anfangen können. Oder doch? Angenommen, jemand hätte den Vater gesehen und sich zufällig gemerkt, welche Sachen er getragen hat. Angenommen, man vergliche Fasern von diesen Sachen mit Fasern, die im Haus gefunden wurden und die nicht von den Kindern oder von der Mutter stammen können. Weiter angenommen, man suchte in der Garderobe des Vaters – alles Unsinn. Es gibt keine Fasern, die man vergleichen kann. Man hat einfach nicht daran gedacht, welche sicherzustellen. Weil ja auf der Hand liegt, daß es die Frauen sind, die ihre Kinder umbringen.

Bella ruft sich zur Ordnung. Sie will sich nicht anstekken lassen von Kranz' romantisierendem Frauenbild und auch nicht von Tullas Wut auf die Welt der Männer. Jede Geschichte hat ihre eigene Wahrheit, auch diese. Sie hält nichts von dem in Mode gekommenen Gerede, daß es nicht nur eine, sondern viele Wahrheiten gebe. Und die Wahrheit, die der Geschichte von Lara und Peter G. zugrunde liegt, die will sie suchen und finden.

Suchen aber, meine Liebe, heißt, sich bewegen. Im Kopf

oder mit den Füßen. Für dich scheint eine Ortsveränderung angebracht zu sein.

Bella verläßt ihr Haus und fährt in die Vorstadtsiedlung, in der Lara G. mit ihren Kindern gelebt hat. Sie stellt den Porsche ein Stück entfernt an den Straßenrand und durchwandert die Anlage zu Fuß. Die kleinen Häuser sind wohl etwa zur gleichen Zeit gebaut worden; frühe sechziger Jahre, schätzt sie. Deutlich ist noch zu erkennen, daß sie alle die gleichen Grundstrukturen haben. In den dreißig oder mehr Jahren danach aber haben sie sich gründlich verändert. Höherer Lohn oder ein besseres Gehalt, größer werdende Familien, die wieder kleiner wurden, als die Kinder auszogen, Urlaubsreisen in südliche Länder und Anregungen, die dort aufgenommen wurden, Bausparverträge und die damit verbundene regelmäßige Zusendung von Informationsmaterial, notwendige Reparaturen am Dach und der dann gleichzeitig in Auftrag gegebene Einbau von Dachfenstern, die regelmäßige Lektüre arbeitsloser Ehefrauen von Zeitschriften wie »Zu Hause wohnen« und manchmal sogar »Schöner Wohnen« (eigentlich für eine betuchtere Klientel gedacht) und die seit einiger Zeit Mode gewordenen Wintergärten haben inzwischen jedem der ursprünglich gleichen Häuser ein anderes Aussehen verliehen. Man kann jedenfalls nicht mehr sagen, daß sich die Häuser gleichen, obwohl sie auf eine bestimmte Art doch wieder gleich sind. An manchen kann man beinahe eine Familiengeschichte ablesen.

Bella langweilt sich nicht, während sie durch die Siedlung geht, über niedrige Zäune in vernachlässigte oder gepflegte Gärten sieht und ungeniert auf Kaffeetische blickt, die sich ihren Augen in winzigen Glasanbauten, sogenannten Wintergärten eben, in aller Offenheit darbieten. Diese Wintergärten, so lächerlich sie aussehen, haben in Wirklichkeit durchaus eine soziale Funktion, überlegt sie. Sie stülpen einen Teil des bisher sorgsam gehüteten Familienlebens für alle sichtbar nach außen.

Ob sich die Menschen, die sich in den Glaskästen auf engem Raum um zu große Tische oder in zu großen Sesseln vor dem Fernsehgerät versammeln, dieser Tatsache wohl bewußt sind? Man kann euch sehen, Leute! möchte sie rufen. Und ihr wird im selben Augenblick bewußt, daß gerade das beabsichtigt ist. Die strenge Zurückgezogenheit, in der sich das Leben der Kleinbürgerfamilien abgespielt hat, beginnt aufzubrechen. Und weshalb? Etwa weil die Bewohner dieser Häuser einander zugeneigter sind? Weil sie durch Reisen in die Welt das Bedürfnis nach ein wenig mehr Weltoffenheit entwickelt haben, das sie nun mit ihren bescheidenen Möglichkeiten verwirklichen möchten? Oder weil TV-Moderatoren und Talk-Shows, öffentliches Psychologengeschwätz und sogenannte Stars, die der Presse jede Einzelheit ihres Intimlebens bekanntgeben, eine allgemein um sich greifende Schamlosigkeit produziert haben?

Das hier ist eine andere Art der Schamlosigkeit als die, in der Lena, Marja und ihre Nachbarinnen leben. Aber das Für-sich-Sein, ohne sich zu verschließen, das Freude-Haben an den eigenen Gedanken, das Entwickeln eines persönlichen Beitrags zum Leben der Allgemeinheit, der nur in der Stille entstehen und wachsen kann, das sind die wahren Luxusgüter. Die allerdings sind weder Marja und Lena noch den Menschen dort in den angepappten Glashäuschen bisher gegönnt worden.

Wie verrückt das ist: Die Frauen in Sibirien würden, ohne eine Sekunde zu überlegen, aus ihrem bisherigen Leben in eines dieser Häuser umziehen, wenn ihnen das jemand anböte. Die Bewohner dieser Häuser würden schreien vor Entsetzen, wenn man sie zwänge, mit Marja und Lena zu tauschen. Und doch leiden die einen wie die anderen an einer Verarmung, die nichts, aber auch gar nichts mit dem Fortschritt zu tun hat, an den Olga, Bellas Mutter, ihr Leben lang geglaubt und für den sie sich abgemüht hat.

Wie stark Olga doch war, überlegt Bella. Drei Jahre ist es her, daß sie starb, und ich stehe hier zwischen Vorgärten, Sandkisten und Fahnenstangen und habe nichts Dringenderes zu tun, als mich mit ihren Fortschrittsgedanken auseinanderzusetzen. Als müßte ich wie früher gleich in ihrer Wohnung erscheinen, um mit ihr Kaffee zu trinken und ihren rigorosen Analysen des Weltgeschehens zuzuhören, ohne ihr wirklich widersprechen zu können. Weil sie nämlich immer recht hatte!

Du kennst Volker Braun, Kind? Es zählt nur die einfache Wahrheit. Das ist es. So und nicht anders.

Ach, Mutter, soll ich dir vorlesen, was Volker Braun wirklich geschrieben hat? Es genügt nicht die einfache Wahrheit, heißt es richtig. Aber ich weiß schon, was du darauf antworten würdest: Der Arme, würdest du sagen, er hat seinen historischen Optimismus verloren. Na ja, da ist er nicht der einzige in der langen Geschichte unserer Niederlagen. Und nun laß uns von etwas anderem reden. Ich bin gespannt, wie lange dieses Volk den Kaschmir-Fritzen noch widerspruchslos hinnimmt, den ihm seine Gewerkschaften geschenkt haben.

So hätte sie geredet, denkt Bella und macht einen angestrengten Versuch, sich aus der Erinnerung an Olga zu befreien. Der Versuch gelingt, weil sie vor dem Haus der Lara G. angekommen ist. Es ist eines der wenigen Häuser in der Siedlung, das noch in seinem ursprünglichen Zustand erhalten ist. Deshalb macht es jetzt, zusammen mit dem verwilderten Garten, einen fast jämmerlichen Eindruck. Auf der Terrasse stehen Tontöpfe, von denen der letzte Frost Stücke abgesprengt hat. Neben der Eingangstür blüht leuchtend gelb ein später Forsythienstrauch. Der einzelne blühende Strauch läßt den Rest des Gartens nur noch trostloser aussehen. Bella öffnet die Gartenpforte, die nur angelehnt ist, und betritt das Grundstück. Die Sandkiste im hinteren Teil des Gartens ist beinahe zugewachsen. Die Küchentür an der Rückseite des Hauses – weshalb wird die eigentlich in dem Polizeibericht nicht erwähnt?

Bella geht näher heran. Sie kann nun von der Straße aus nicht mehr beobachtet werden. Im Fenster der Tür ist eine Scheibe zerbrochen. Irgend jemand hat versucht, an der Rückseite des Hauses einzusteigen. Vielleicht ein Einbrecher, denkt sie. Er muß gestört worden sein. Oder hat er aufgegeben, als ihm klar wurde, daß hier nichts mehr zu holen war?

Eine Schande, sagt eine Stimme neben ihr.

Bella sieht sich um. Dicht am Zaun, der dieses Grundstück vom Nachbargrundstück trennt, steht eine magere kleine Frau im Jogginganzug und mit streng nach oben gebürsteten Haaren, die über einer Art Drahtschlinge zusammengewickelt worden sind. Es ist nicht schwer, das Äußere der Frau, ihre Stimme und die zwei Wörter, die ihr zur Anbahnung eines Gesprächs eingefallen sind, miteinander in Verbindung zu bringen. Es handelt sich um den Typ von Frau, dem es vor sich selbst so sehr gruselt, das er nichts anderes kann, als allen Menschen in seiner Umgebung ebenfalls das Gruseln beizubringen. Es gibt diese Frauen nicht oft. Ihre Art des Umgangs mit Mitmenschen ist sozusagen die Perversion der Perversion. Ihr bösartiges Verhalten hat sich häufig unter schwierigen und leidvollen Erfahrungen herausgebildet. Trotzdem verspürt Bella nicht die geringste Lust, sich auf ein Gespräch einzulassen.

Der Lauscher an der Wand hört seine eigene Schand, sagt sie freundlich. Die Version für »Die Nachbarin am Zaun« ist mir noch nicht eingefallen. Aber Sie haben sicher Zeit, darüber nachzudenken. Ich werde Sie nicht länger dabei stören. Guten Tag.

Sie geht und lauscht, eigentlich erwartet sie so etwas wie ein Zischen in ihrem Rücken. Irgendwohin muß die Frau ja das Gift loswerden, das sie angesammelt hat und in das Gespräch mit Bella einfließen lassen wollte. Aber es bleibt alles still. Vielleicht macht sie in meinem Rücken ein Zeichen, ein Hexenzeichen, das Tod und Verderben bringen soll, überlegt Bella. Und weshalb ein Hexenzeichen? Weil diese Gegend eben verhext ist, entscheidet Bella.

Es ist später Nachmittag, die Stunde der Heimkehr der Männer. In den Küchen schmurgelt das Essen in den Töpfen. In den Badezimmern werden den Kindern die Hände gewaschen. In den Schlafzimmern kämmen sich vor den Spiegeln Frauen die Haare.

Spinnebein und Frosch und Fisch,
hurtig, Kinder, kommt zu Tisch.
Denn in einer Straßenbahn
kommt nun gleich der Vater an.
Zeigt ihm eure Schnauzen her,
saubre Kinder liebt er sehr,
und dann freßt schön leise eure Abendspeise.
Ach, der Vater, er hat's schwer,
draußen tobt der Kampf so sehr,
nur für euch, ihr Süßen,
kämpft er und muß büßen.

Die Siedlung ist nicht groß. Bella braucht zwanzig Minuten, um von einem Ende bis zum anderen zu gehen. Ein paarmal kommen Männer in blankpolierten Autos durch die stillen Straßen, halten vor Gartentoren und verschwinden in Häusern. Vor dem Haus von Lara G. hat niemand gehalten. Sie war mit den Kindern allein. Niemand? Peter G. manchmal. Und der Liebhaber?

Am Ende der Siedlung entdeckt Bella auf einem Spielplatz eine ältere Frau, die ein kleines Mädchen beaufsichtigt. Sie setzt sich neben der Frau auf die Bank und sagt ein paar lobende Worte über die Kleine, aus denen die Großmutter entnehmen kann, daß Bella das Kind für ein besonders gelungenes Exemplar hält. Es fällt ihr leicht, die arglose Frau von ihrer bezaubernden Enkeltochter, über deren behütetes Dasein ohne Kindergarten – selbstverständlich, da lernt sie ja doch nur schlimme Wörter – auf die allgemeinen Gemeinheiten, die das Leben für unschuldige Kinder bereit hält, insbesondere, wenn es sich um Mord handelt, zu bringen.

Das, sagt die Großmutter, das konnte ja auch nicht gutgehen. Das lag auf der Hand. Da konnte doch jeder sehen, was los war.

Natürlich, kann schon sein, sagt Bella, es ist aber auch wirklich nicht leicht, drei Kinder allein großzuziehen.

Wer will, der kann. Wenn man allerdings andere Sachen im Kopf hat –

Männer, sagt Bella mit übertrieben entschiedener Stimme.

Jawohl, bekräftigt die Frau neben ihr. Man konnte die Uhr nach ihm stellen. Im Laden hat sie erzählt, daß sie mit den Kindern allein ist. So als wäre das was Besonderes. Ob man ihr jede Woche die Selterkisten bringen und die leeren Flaschen wieder mitnehmen könnte. Vielleicht hat sie ja gedacht, sie wohnt in Blankenese. Und glauben Sie mal nicht, daß der Kerl auch nur einmal mit Selterkisten gesehen worden wäre. Na ja, er hatte kein Auto. Aber jeder hier hätte ihm einen Handwagen geliehen, wenn er gewollt hätte. Aber sie wollte wohl auch nicht, daß er sich bei uns vorstellt. Sie wollte was Besonderes sein. Vielleicht sollten wir ihren Liebhaber auch für was Besonderes halten. Meine Tochter hat damals gesagt: Der könnte doch fast noch ihr Sohn sein. Jetzt wird er froh sein, daß er nicht ihr Sohn war. Sonst hätte sie ihn – komm da runter, Mäuschen, nicht so hoch klettern, du fällst auf die Nase und machst Aua –, jedenfalls, mir war es egal, ob ihr Liebhaber jung oder alt war. Wenn eine so ohne Scham über jeden Anstand erhaben ist, das ist doch das Problem.

Ich verstehe, sagt Bella. Sie spürt eine leichte Übelkeit, die eigentlich sofort mit einem Wodka behoben werden müßte. Sie wollen sagen, Ihre Tochter und all die anderen tagsüber zu ihren Kindern gesperrten Frauen in dieser Siedlung hätten vielleicht auch gern regelmäßig einen jungen Liebhaber empfangen.

Wie bitte?

Ich meine, Sie wollten mir zu verstehen geben, daß das schlechte Beispiel, das alle regelmäßig vor Augen hatten, durchaus auch ansteckend hätte wirken können, wenn es lange genug gedauert hätte. Und daß Sie froh waren, als der Spuk endlich vorbei war.

Allerdings, das kann man wohl sagen. Ich weiß zwar nicht, was Sie das Ganze überhaupt angeht, aber das kann ich Ihnen sagen: So wie die sich hier aufgeführt hat, das tut keine anständige Frau. Vielleicht war so was ja im Osten üblich. Aber bei uns herrschen eben andere Sitten. Da muß man sich doch anpassen. Wenn mir früher einer gesagt hätte –

Wissen Sie, unterbricht Bella den Redestrom, der sich über sie ergießen soll, wenn mir früher einer gesagt hätte, daß ich irgendwann einmal mit einer verknöcherten alten Frau, deren Seele mindestens so häßlich ist wie ihre ausgelatschten Schuhe, auf einem Spielplatz sitzen und mir ihr dummes Geschwätz anhören würde, dann hätte ich diesen Jemand für absolut unglaubwürdig gehalten. Aber so ist nun mal das Leben. Immer wieder andere Überraschungen. Passen Sie ruhig noch eine Weile auf Mäuschen auf. Vielleicht hat Ihre Tochter ja inzwischen doch noch Gelegenheit, sich mit einem Liebhaber zu vergnügen. Ist vielleicht die letzte Chance für sie, dem Tod bei Lebzeiten zu entgehen. Ich wünsche Ihnen noch einen schönen Tag.

Das war eine üble Rede, denkt sie, während sie zurückfährt. Sie hat nicht einmal dazu geführt, daß es dir jetzt besser geht. Zum ersten Mal, seit sie zurück ist, denkt sie ernsthaft darüber nach, ob sie versuchen soll, ihren alten Freund Eddy zu treffen. Sie hat ihn zuletzt am Tag vor ihrer Abreise nach Odessa gesehen. Da lag er zusammengeschlagen im Krankenhaus, und sie konnte nicht wissen, daß sie nicht nur zu einer vierzehntägigen Fahrt nach Odessa, sondern auch zu einer langen Reise nach Sibirien aufbrechen würde.

Eddys Gesellschaft nach einem langen, mißlungenen Tag – die alten Gewohnheiten wollen zurückkehren, Bella, willst du sie wieder zulassen?

Sie wußte nicht, ob Eddy in der Lage gewesen war, sein kleines Imperium aus Kneipen und Imbißbuden in der Gegend um die Süderstraße zusammenzuhalten. Damals, bei ihrem Abschied, hatte sie den Eindruck gehabt, daß er aufgeben würde. Aber da hatte er mit einem zerschlagenen Gesicht und gebrochenen Gliedern im Krankenhaus gelegen, nicht einmal fähig, den Wodka zu probieren, den sie ihm mitgebracht hatte. Soll sie sich wirklich wieder auf die Vergangenheit einlassen? Ach was, der Tag ist sowieso schon verdorben. Und Ansehen schadet nichts. Sie wird am Hauptbahnhof etwas trinken, warten, bis es dunkel geworden ist, und dann die alte Gegend aufsuchen.

Der Kellner bei Nagel serviert noch immer verbrannten Toast. Seine Füße sind nur deshalb nicht breiter geworden, weil sie das ihnen vorbestimmte Maß schon vor Jahren erreicht haben. Aber sein Gang ist müder, er ist älter geworden. Er latscht zwischen Betrunkenen und Verliebten, zwischen Schnapsruinen und Touristen, zwischen Huren und Theaterleuten herum wie ein müder Lieber Gott, dem alles gleich ist, weil er schon alles weiß. Schließlich hat er sein Ewiges Leben mit dieser seiner Schöpfung zugebracht.

Ein älterer Mann an Krücken kommt zur Tür herein. Sein linkes Hosenbein ist über der Stelle, an der das Knie gewesen ist, nach oben umgeschlagen und mit Sicherheitsnadeln befestigt. Der Mann wird von einer Frau begleitet, die jünger ist und ihm fürsorglich eine Gasse schafft, durch die er ungehindert zu einem freien Platz humpeln kann. Der Kellner ist stehengeblieben und betrachtet das Paar, ohne eine Miene zu verziehen und ohne sich zu rühren. Der Gleichmut in seinem Gesicht ist beinahe überirdisch. Er folgt den beiden durch die Gasse und steht neben ihnen, als sie sich gesetzt haben.

Sie wünschen.

Er ist so müde, daß ihm die winzige Anstrengung, die es bedeuten würde, die Stimme am Ende der beiden Wörter zu einer Frage zu heben, nicht mehr in den Sinn kommt. Die Frau spricht leise mit dem Mann, der von der Anstrengung des Stufensteigens und der Prozedur, seine anderthalb Beine unter dem Kneipentisch zu verstauen, ohne daß ihm die Krücken dabei aus der Hand fallen, sehr mitgenommen ist. Dann wendet sie sich dem Kellner zu und bestellt zwei große Bier. Der Kellner wendet sich ab und schlappt davon, ohne zu antworten.

Zwei Bier, das ist alles, was wir noch haben.

Ich geh nicht mit an die Straße. Ihr habt doch gesehen, was passiert, wenn ich dabei bin.

Wir können sowieso nicht jeden LKW-Fahrer überfallen, der hier vorbeikommt. Sie schicken uns die Miliz auf den Hals.

Die ist schon da. Sollen sie dich ruhig mitnehmen. Kannst sie mit deinen Schießkünsten beeindrucken.

Laßt sie in Ruhe. Seht mal, die wollen nicht zu uns. Sie suchen den kleinen Pjotr.

Den haben sie schon ein paarmal gesucht. Ich geh jetzt runter und sag ihnen, wo sie ihn finden.

Du gehst nicht.

Willst du mich daran hindern? Besoffenes Stück.

Willst ihn für dich haben, wie?

Am Nebentisch knallen zwei Gläser auf die Tischplatte. Der Mann, dem ein Stück Bein fehlt, starrt vor sich auf die Tischplatte, als bemerkte er sie nicht. Liebevoll redet die Frau auf ihn ein und schiebt ihm eines der Gläser hin. Sie wartet, bis er es an die Lippen gesetzt hat, bevor sie selbst trinkt. Bella versucht sich vorzustellen, daß eine ältere Frau, die nur noch ein Bein hat und mühsam an Krücken geht, begleitet und umsorgt von einem jüngeren Mann, der nicht ihr Sohn ist, zur Tür hereinkommt und sich an einen Tisch setzt. Es gelingt ihr nicht. Sie legt einen Zehnmarkschein auf den Tisch, wobei der alte Kellner sie beobachtet, und drängt sich an ihm vorbei zur Tür durch. Er bedankt sich nicht, obwohl beinahe die Hälfte des Geldes sein

Trinkgeld ist. Weshalb sollte der Liebe Gott sich bei seinen Kindern bedanken, wenn sie sich wider Erwarten einmal freundlich zeigen, wo doch, zusammengenommen, ihre bösen Taten die guten bei weitem überwiegen. Gott nimmt kein Trinkgeld.

Auf der Kühlerhaube ihres Wagens hat inzwischen jemand seinen überfüllten Magen ausgeleert. Sie fährt in die Waschanlage in der Nähe der Süderstraße, bevor sie sich nach Eddy auf die Suche macht. Das Lokal, in dem sie sich kennengelernt und in dessen Hinterzimmer sie bei Miles-Davis-Musik auf dem Billardtisch angenehme Stunden verbracht haben, ist geschlossen. Auf das gläserne Schild über dem Eingang, auf dem früher stolz BEI EDDY gestanden hat, haben Kinder Steine geworfen. Nur das Y ist noch an seinem Platz. Es droht jeden Augenblick abzustürzen. Bella nimmt einen Stein vom Boden auf und befördert das Y zu den Scherben, die vor dem Eingang liegen. Es kommt ihr so vor, als gäbe es nichts Traurigeres als ein Gebäude, das in den fünfziger Jahren einmal eine prächtige Tankstelle gewesen ist, dann zu einer Kneipe umgerüstet wurde und nun endlich wieder leer dasteht. Auch wenn die Fenster rundherum nicht zerbrochen sind, sieht das Ganze trostlos aus. Da vorn, neben den Stufen zum Eingang, hat damals ihr toter Freund Beyer gelegen. Erst jetzt würde er wirklich hierherpassen.

Bella umrundet den Bau und versucht, einen Blick in das Hinterzimmer zu werfen, in dem Eddy und sie sich manchmal nachts aufgehalten haben. Manchmal, für Minuten, ist sie dort glücklich gewesen. Es gelingt ihr, durch einen Spalt der verrutschten Jalousie zu sehen. Eddys Klavier steht noch da. Es dient als Stütze für einen ungewöhnlich hohen Turm aus leeren Bierkisten. Das Mikrofon, das neben dem Klavier gestanden und Eddys säuselnde Stimme verstärkt hat, wenn er auf ihren besonderen Wunsch »Moon over Bourbon Street« oder »My funny Valentine« sang, ist verschwunden. Der leere Mikrofonständer steckt mit dem Fuß zwischen Tasten und Deckel des Klaviers.

Bella geht um die verkommene Tankstelle herum und stößt, wieder auf dem Bürgersteig, beinahe mit einer Frau zusammen, die ihren Hund ausführt. Der Hund pinkelt in den Eingang, genau auf die Scherben des Y, während die Frau stehenbleibt und Bella mißtrauisch mustert.

Suchen Sie was?

Könnte man sagen. Ja, ich glaube, ich hab wirklich etwas gesucht. Sie wissen wohl nicht zufällig, wo der Mann geblieben ist, dem diese Kneipe einmal gehört hat?

Wenn Sie Eddy meinen, der wohnt hier nicht mehr. Schon lange nicht. Soll in die Wohlwillstraße gezogen sein. Wollen Sie den denn besuchen?

Weshalb nicht? sagt Bella.

Na ja, viel Vergnügen. Komm, Balou, komm endlich.

Die Frau geht weiter. Bella sieht ihr nach und weiß, dies ist jetzt genau der Moment, in dem sic die Suche nach Eddy aufgeben sollte. Statt dessen setzt sie sich in ihr Auto und fährt in die Wohlwillstraße, eine kleine Straße im Einzugsbereich der Reeperbahn, in einer Gegend, die seit Jahren überwiegend von Ausländern bewohnt wird. In einer der Bars trifft sie eine Frau, die ihr Eddys Adresse gibt. Im Hinausgehen denkt Bella darüber nach, weshalb die Frau sie genauso merkwürdig angesehen hat wie die Besitzerin des Straßenköters mit Namen Balou.

Eddys Wohnung liegt in einem Eckhaus, sechs schiefe Treppen hoch, unter dem Dach. Wie er hier wohl hochkommt mit seinem steifen Knie, denkt sie und ist ein wenig außer Atem, als sie endlich vor seiner Wohnungstür steht. Die Klingel, ein altes Modell aus Bronze, gibt einen schnarrenden Ton von sich. Hinter der Tür bleibt es still. Der letzte Moment zum Weglaufen, denkt Bella und dreht noch einmal an dem verschnörkelten Griff. Jetzt hört sie Schritte hinter der Tür.

Ja, ja, ich komm ja schon.

Die Tür wird aufgerissen. Bella steht einer Frau gegenüber, die sie meint, nicht zu kennen. Die Frau ist vielleicht vierzig Jahre alt, groß und fett. Sie trägt eine Art Kimono, den sie über ihrem gewaltigen Bauch flüchtig zusammengebunden hat. Ihre Füße stecken in karierten Männerpantoffeln. Ihr Gesicht sieht aus, als wäre sie aus dem Schlaf gerissen worden. Es tut mir leid, sagt Bella, ich wollte Sie nicht stören.

Haben Sie aber. Schicken die vom Amt jetzt ihre Leute nachts? Wir haben alles ausgefüllt. Es war schon jemand da, der die Sachen abgeholt hat. Kommt mir auch ziemlich spät vor, sagt die Dicke und ist plötzlich mißtrauisch. Sie sind gar nicht vom Amt, wie?

Ich möchte zu Eddy, sagt Bella. Ich dachte, er wohnt hier. Man hat mir unten in der Bar diese Adresse gegeben. Es ist privat, sagt sie noch schnell, um die Frau zu beruhigen. Aber wenn die Adresse falsch ist – entschuldigen Sie bitte.

Privat? Komm' Sie rein. Komm' Sie schon, hier beißt keiner. Er ist sowieso noch wach.

Die Frau öffnet die Tür ein Stück weiter und läßt Bella an sich vorbei in den Flur der Wohnung eintreten. Das erste, was sie bemerkt, ist ein beißender, unangenehmer Geruch, so als wäre die Wohnung sehr lange nicht gelüftet worden. Ihr fällt auf, daß die Dielen und die Wände schief sind, so als wäre das Dachgeschoß nachträglich von Handwerkern ausgebaut worden, die ihre Arbeit nicht verstanden.

Wenn Sie mich mal vorlassen, sagt die Frau, während sie sich an Bella vorbeidrängt.

Eddy! Mach das Ding aus! Du hast Besuch! Komm' Sie ruhig rein in die gute Stube. Hier ist er, ganz der alte, auch wenn's nicht so aussieht.

Bella bleibt in der Tür stehen und blickt auf den Mann im Rollstuhl, den ihr die Frau entgegenschiebt. Es ist Eddy, daran besteht kein Zweifel. Oder das, was noch von ihm übrig ist. Bella geht ihm entgegen, beugt sich zu ihm hinunter, streicht über die Hände, die auf der Decke über seinen Knien liegen. Sie sieht auf und weiß nicht, ob er sie erkannt hat oder nicht. Fragend sieht sie die Frau an. Die zieht die Schultern in die Höhe.

Ich weiß nicht. Manchmal denke ich, er begreift alles. Dann wieder nicht. Ich weiß auch nicht, was jetzt gerade mit ihm passiert.

Und wie, was ist mit ihm geschehen?

Sie waren wohl lange weg, was? Ich kenn Sie nämlich. Früher sind Sie öfter in seinen Laden gekommen. War'n schöner Bursche, mein Eddy. Na ja, erst ham die ihn krankenhausreif geschlagen, da ham die Ärzte ihn wieder zusammengeflickt. Hat er gesagt, ich nehm den Kampf auf. Dann hat man ihn noch mal demoliert. Und dann, beim zweitenmal, ist irgendwas passiert, im Krankenhaus. Sie sagen, er hat 'n Schlaganfall gekriegt. Aber ich weiß nich'. Wie kann einer wie Eddy 'n Schlaganfall kriegen. So ham sie ihn entlassen; in diesem Zustand. Einer mußte sich doch um ihn kümmern.

Als ich ihn zuletzt gesehen habe, lag er im Krankenhaus. Ich bin ganz sicher gewesen, daß die Ärzte ihn wieder zusammenflicken werden.

Ich sag doch, ham die ja auch. Das war vor drei Jahren, als sie ihn das erste Mal in der Mangel hatten. So um Weihnachten. Danach ging's ihm ja wieder. Sylvester ham wir nachgeholt. Das war 'ne tolle Fete. Alle Mädchen ham reingesehen, nacheinander. Konnten ja nicht alle gleichzeitig von der Straße verschwinden. Eddy war so in Form, daß wir ganz vergessen haben, auf seine angeknackten Rippen zu achten. Und Klavier gespielt hat er. Als ob er gewußt hätte, daß es das letzte Mal war.

Und dann?

Na dann. Dann ging alles ganz normal weiter. Sogar den Sommer über, wenn Hochbetrieb ist, haben sie ihn in Ruhe gelassen. Die Bullen sind auch öfter mal vorbeigekommen. Alles lief seinen Gang. Bis diese Neuen aufgetaucht sind. In der Szene war plötzlich so 'n King da, ohne den lief nichts. Und der wollte sich dann Eddys Läden unter den Nagel reißen. Dem seine Schläger waren ein anderes Kaliber. Aber Sie kennen ja Eddy. Der gibt nicht so schnell auf.

Bella sieht auf den Mann im Rollstuhl. Es sieht nicht so aus, als hätte er begriffen, worüber gesprochen wird. In seinem linken äußeren Augenwinkel glänzt etwas Flüssigkeit. Das ist keine Träne, denkt Bella, er versteht nicht, wovon wir sprechen.

Und dieser Neue, dieser King, wer ist das?

So 'n Albaner. Er soll Agim Sonstwienoch heißen. Sie nennen ihn den Eismann. Gesehen hat ihn noch keiner. Aber dem gehört jetzt alles. Darauf könn' Sie Gift nehmen. Seine Schläger sind natürlich auch Albaner. Ich hab so was noch nicht gesehen. Ohne Warnung –

Und die Polizei?

Na klar, die haben ein paar Albaner festgenommen. Ob es die richtigen waren, weiß keiner. Sie wissen doch, wie das geht. Ein paar verschwinden, dafür sind die nächsten schon zur Stelle.

Die Frau schweigt. Sie streicht dem Mann im Rollstuhl über das Gesicht. Die glänzende Flüssigkeit in seinem Augenwinkel ist anschließend verschwunden. Bella sieht ihr schweigend zu. Aber in dieser Wohnung, sagt sie dann, Sie können, er kann doch nie auf die Straße. Wie ist er überhaupt hier heraufgekommen?

Ach, Sie, das war nicht so schwierig. Mit fünf Mann, alles Zivis, hat man ihn hochgebracht. Seine Bude war doch abgebrannt. Hätte ich ihn ins Heim lassen sollen? Wo er mir mehr als einmal geholfen hat? Und nicht nur mir. Von den Mädchen guckt hin und wieder mal eine vorbei. Aber sonst bin ich ziemlich allein mit ihm. Na ja, ich komm ja wenigstens noch die Treppe runter. Sehen Sie, ich glaube, er hat gelacht. Wollen wir in die Küche gehen und was trinken? Ich kann Ihnen auch einen Kaffee machen.

Danke, sagt Bella. Ich lasse Ihnen meine Adresse da. Wenn ich Ihnen irgendwie helfen kann, rufen Sie mich einfach an. Ich hab noch einen Kunden, der auf mich wartet. Ich wollte ja nur kurz mal –

Sie streicht noch einmal über Eddys Hände, verläßt die Wohnung, läuft die Treppe hinunter und steht aufatmend auf der Straße. Jetzt muß ich wirklich etwas zu trinken haben, denkt sie und geht noch einmal in die Bar zurück.

Na, wie geht's ihm? fragt die Barfrau. Sabbert er noch?

Einen doppelten Wodka und ein halbes Glas Orangensaft, sagt Bella. Nein, er sabbert nicht, er lacht.

Noch schlimmer, antwortet die Frau und stellt die beiden Gläser vor Bella auf die Theke. Bella muß ihr recht geben. Sie schüttet den Wodka in den Orangensaft. Die Barfrau sieht ihr dabei zu.

So hat jeder seine Tricks. Nützt der?

Manchmal schon, antwortet Bella. Aber heute? Ich nehm das gleiche noch einmal.

Die Barfrau wendet sich ab, um einem Mann, dem ein verschrumpelter Luftballon im Knopfloch seines Jacketts hängt, ein Bier hinzustellen.

Bella sieht sich um. Der Laden sieht schmuddelig aus, trotz der roten Glühbirnen in den Lampen. Die schwarz lackierten, irgendwo aufgesammelten Tische und Stühle werden nur noch durch die Farbe zusammengehalten. Im Hintergrund der Bar hängt ein Fernsehgerät von der Dekke.

In der Fliegerei, sagt ein Mann auf dem Bildschirm gerade, darf man keine Schwächen zeigen. Natürlich denkt man an die Männer, die man getötet hat. Aber so etwas geht vorbei. Damit muß man im Krieg eben rechnen.

Und der Post-Combat-Streß?

Die Interviewerin hängt an den Lippen des Bomberpiloten. Sie betet ihn an, denkt Bella, eine richtige kleine Gottesanbeterin.

Der was?

Die Barfrau ist mit dem Wodka gekommen. Sie versteht nicht, wovon die Rede ist.

Die Dame will wissen, ob Bombenwerfer nachts gut schlafen können. Wenn nicht, möchte sie sich als Seelentrösterin zur Verfügung stellen.

Und das verhandeln die im Fernsehen?

Machen Sie's einfach aus, rät Bella. Die Frau wirft einen kurzen Blick in den Gastraum. Niemand scheint sich für das Gerede zu interessieren. Sie kramt die Fernbedienung unter einem Haufen Zeitungen hervor.

Die Kriegserlebnisse muß man als ganz normalen Teil des Lebens ansehen, sagt der Pilot, so wie man mit seinen Kindern spielt oder –

Der Druck auf den Aus-Knopf der Fernbedienung beendet weitere Verkündigungen aus dem Mund des Unmenschen. Wehrlose töten und dafür öffentlich angehimmelt werden, welch ein Machtgefühl muß einer da entwickeln.

Haben Sie damals in der Süderstraße gearbeitet? fragt

Bella. Ich frag nur, weil ich den Eindruck hatte, daß Sie Eddy kennen.

Ja, sagt die Barfrau, hab ich.

Sie war dabei, denkt Bella, deshalb sieht sie mich plötzlich so merkwürdig an. Sei vorsichtig, Bella.

Sieht aus, als wäre Ihnen die Sache mit Eddy nahegegangen.

Nahegegangen. Sie sind gut. Ich wäre fast dabei draufgegangen, so haben die losgelegt. Das war wirklich das Schlimmste, was ich bisher mitgemacht habe.

Der Eismann, ja?

Das Gesicht der Frau ist plötzlich verschlossen. Sie antwortet nicht gleich, sondern sieht sich um. Nichts hat sich verändert. Hinter der Bar taucht kein Schläger auf. Außer dem Biertrinker und einem Mann, der die ganze Zeit über in einer Ecke gesessen und etwas in ein kleines Heft gekritzelt hat, ist niemand da.

Gibt gleich Nachrichten, ruft der Biertrinker. Können Sie wieder anmachen?

Die Barfrau tut ihm den Gefallen. Sie stellt den Ton lauter als vorher. Ohne daß Bella darum gebeten hat, bringt sie noch einmal einen doppelten Wodka.

Ohne Orangensaft schaff ich den Schnaps nicht, sagt Bella. Sie wartet, bis die Frau das Glas mit dem Saft vor sie hinstellt, und beugt sich ein wenig vor.

Bei mir macht es ja nichts, sagt die Barfrau. Aber sagen Sie das Wort Eismann lieber nicht zu laut, wenn Sie keinen Ärger haben wollen. Das ist einfach zu riskant.

Was riskiere ich denn?

Sie haben Eddy doch gesehen. Und mit Frauen gehen die nicht zimperlich um.

Ich will nicht die Schläger, sagt Bella, ich will den Eismann.

Ich sag nichts. Ich weiß nicht, wovon Sie reden. Ich glaube, Sie haben jetzt genug. Macht zweiunddreißig Mark. Ohne Trinkgeld.

Bella legt zwei Zwanziger auf die Theke und steht auf. Sie nickt der Frau freundlich zu und geht. In der Tür steht ein Mann, der da schon einen Augenblick gestanden haben muß. Sie ärgert sich, daß sie ihn übersehen hat. Für den Nachhauseweg nimmt sie ein Taxi.

Zweiter Verhandlungstag

DER RECHTSSTAAT UND DER TOD

Eine der Errungenschaften, die sich unser Volk mühsam erkämpft (1918/19) und erlitten (1933/45 und 1949/89) hat, ist der demokratische Rechtsstaat.

Jedem steht der Rechtsweg offen, vor Gericht sind die Menschen gleich, keine Institution, keine staatliche Macht ist unangreifbar. Und der Staat wacht über das Wohl und Wehe seiner Mitglieder, auch das Wohl der Kinder. Und darauf kommt es in diesem Fall an. Im Prozeß gegen die vermutliche Kindesmörderin Lara G. geschehen seltsame Dinge. Das Gericht zeigt sich ohnmächtig der Angeklagten gegenüber. Die, so sehr mit allen Wassern gewaschen, daß sich ihre Nachbarn angewöhnt hatten, sie nur »die Hexe« zu nennen, schweigt bisher. Weder die Staatsanwältin noch die Richterin haben die Angeklagte bisher beeindrucken und aus ihrer Reserve locken können. Es mag ein Zufall sein, daß die beiden entscheidenden Positionen diesmal mit Frauen besetzt sind. Ob es aber ein glücklicher Zufall ist, läßt sich mit Fug und Recht bezweifeln. Wohl eher mitleidig mit dem schweren Geschick der Angeklagten, hat die Richterin in der letzten Verhandlung die Anfertigung eines psychologischen Gutachtens darüber angeordnet, ob die Angeklagte in der Lage ist, der Verhandlung zu folgen.

Wir scheuen uns nicht, diesen Beschluß für Gefühlsduselei zu halten. Der demokratische Rechtsstaat urteilt und verurteilt ohne Ansehen der Person. Er verkörpert die Macht des Volkes. Im Namen des Volkes wird Recht gesprochen. Das Volk will Gerechtigkeit für drei ermordete Kinder. Ihr Tod fordert Strafe durch Recht. Der Rechtsstaat darf den Tod der Kinder nicht als Nebensache, den Gemütszustand der (vermutlich) mörderischen Mutter aber als Hauptsache behandeln. Mord ist auch im Rechtsstaat unerbittlich zu verfolgen. Wir werden sehen, wie die Verhandlung heute weitergeht und ob die beiden Damen im Gericht (Gehalt ca. 10 000 DM als Oberstaatsanwältin, ca. 8000 DM als Richterin) den Anforderungen, die der Rechtsstaat an sie stellt, gewachsen sind.

Alle Zeitungen haben mit kurzen Notizen auf der ersten Seite und mehr oder weniger dummen Kommentaren auf den Innenseiten die Fortsetzung der Verhandlung gegen Lara G. angekündigt. Die Öffentlichkeit bringt dem Fall auch am zweiten Verhandlungstag übergroßes Interesse entgegen. Diejenigen unter den Zuschauern, die schon am ersten Tag Seelenverwandte getroffen haben, spähen nach ihnen aus. Wieviel angenehmer ist es doch, neben einem Menschen zu sitzen, mit dem man sich austauschen kann über die unerhörten Vorgänge da vorn.

Die kleine Frau mit den rosa Locken hat das rosa Kostüm vom letzten Mal gegen ein schwarzes eingetauscht. Es steht ihr genauso gut. Sie betritt, gefolgt von einem Rattenschwanz älterer Herren, den Gerichtssaal.

Wie eine kleine Königin mit Gefolge, denkt Bella und beobachtet interessiert, welchem der Herren die Plätze rechts und links von der Königin zugewiesen werden. Es sind ausgerechnet die beiden, die sie selbst als Langweiler der Truppe angesehen hat. Bella erinnert sich an bestimmte Taktiken junger Mädchen, Jünglinge, an denen sie ein besonderes Interesse haben, dadurch intensiver an sich zu binden, daß sie den Anschein erwecken, sich gerade für sie nicht zu interessieren. Eine beliebte, aber auch riskante Taktik, denn man muß den richtigen Augenblick abpassen, in dem die aufs höchste gereizte Aufmerksamkeit des Jungen in enttäuschtes Desinteresse umzuschlagen droht, um dem Ersehnten den Brocken Freundlichkeit hinzuwerfen, dessen Genuß ihn dann gefügig macht. Offenbar wohnt unter den rosa Locken immer noch ein kindliches Gemüt. Vielleicht ist auch einmal erlerntes Weibchenverhalten, besonders wenn es durch Erfolg bestätigt wurde, nicht mehr abzulegen.

Als Lara G. hereingeführt wird, herrscht absolute Stille. Die Zuhörer starren sie an, als wollten sie ihr mit Blicken zu verstehen geben, daß sie heute gefälligst zu reden habe. Die Angeklagte scheinen die Blicke nicht zu berühren. Bella sieht, daß sie, während sie sich setzt, suchend über die Zuschauerbänke blickt. Laras Augen bleiben einen Augenblick auf den Anwalt ihres geschiedenen Mannes gerichtet. Sie sieht auch Peter G. an. Es hat den Anschein, als wäre sie zufrieden, daß er gekommen ist. Ihren eigenen Anwalt beachtet sie nicht. Als die Verhandlung eröffnet wird, wendet sie ihren Blick der Richterin zu. Sie wirkt ruhiger, gelassener, nicht so gewaltsam beherrscht wie am ersten Tag.

Die Richterin gibt als Ergebnis des inzwischen eingeholten Gutachtens bekannt, daß die Angeklagte weiter an der Verhandlung teilnehmen wird. Die Öffentlichkeit ist erleichtert. Die Richterin verkündet, das Gericht werde nun in die Beweisaufnahme eintreten. Zuvor aber solle der Angeklagten noch einmal Gelegenheit gegeben werden, sich zu den in der Anklageschrift beschriebenen Taten zu äußern. Lara G. schweigt. Die Richterin sieht den Anwalt fragend an.

Meine Mandantin wird zum gegenwärtigen Zeitpunkt nicht zu den ihr vorgehaltenen Taten Stellung nehmen, sagt Herr Gebauer. Er wirkt ratlos. Die Richterin gibt sich mit seiner Äußerung zufrieden und ruft als erste Zeugin die Mutter der Angeklagten auf. Das Gericht möchte sich durch deren Anhörung ein besseres Bild machen können von der Persönlichkeit der Lara G.

Bella überlegt einen Augenblick, was Olga gesagt hätte, wenn man sie über Bellas Kindheit und Jugend befragt hätte. Der Einfall, die Mutter anzuhören, kommt ihr sinnlos vor. Der Gleichgültigkeit nach zu urteilen, mit der Lara G. das Erscheinen der Mutter aufnimmt, scheint sie ähnlich zu denken.

Die Mutter, siebzig Jahre alt, grauhaarig, dünn, gebeugt, mit großen Händen und knotigen Fingergelenken, ist beherrscht von Scham. Im Lauf der Verhandlung wird offensichtlich, daß sie sich nicht nur dafür schämt, daß es ihre Tochter ist, die hier vor Gericht steht. Sie schämt sich dafür, daß sie eine einfache Frau ist, eine, die aus dem Osten kommt, eine, die ihre Tochter falsch erzogen hat, eine, die ihre Enkelkinder kaum gekannt hat.

Zumindest diese peinliche Scham hätte Olga nicht gezeigt. Sie hätte sie auch nicht empfunden, überlegt Bella. Dazu hat sie den demokratischen Rechtsstaat viel zu gut durchschaut. Ihr fällt ein, daß am Morgen, bevor sie das Haus verlassen hat, in den Nachrichten bekanntgegeben wurde, die EU-Außenminister hätten sich getroffen, um über die Weiterentwicklung von Freiheit, Sicherheit und Recht in Europa zu beraten. Ihre erste Reaktion war Erschrecken gewesen. Und dann die Überlegung: In welchen Zeiten leben wir denn, wenn die Wörter Freiheit, Sicherheit und Recht Erschrecken hervorrufen, weil sie in Wirklichkeit nur noch die vernebelnden Umschreibungen für Unfreiheit, Einsatz von Polizei und Bundesgrenzschutz und Erweiterung staatlicher Abhörbefugnisse bedeuten? Deutschland, das Land, in dem Telefongeheimnis, Briefgeheimnis, Schutz der Wohnung so durchlöchert sind wie in keinem anderen europäischen Land.

Das Publikum nimmt die Scham der Mutter mit Genugtuung zur Kenntnis. Als sie, zuerst leise, von Laras Kindheit zu erzählen beginnt, ruft jemand: »Lauter«, worauf die Richterin die Mutter bittet, lauter zu sprechen. Die alte Frau bekommt einen roten Kopf, gibt sich aber fortan Mühe, mit lauter Stimme zur allgemeinen Unterhaltung beizutragen.

Sie war unsere einzige. Wir haben immer gearbeitet. Mein Mann bei den Fischern und ich in der Fischfabrik. Sie war viel allein, nur mit dem Großvater und einer alten Nachbarin. Alle waren mit ihr gut, weil sie ein Kind war, das keine Probleme gemacht hat. Nur zuviel Phantasie hat sie gehabt. Immer hat sie sich Geschichten ausgedacht. In der Schule auch, so daß die Lehrerin manchmal mit ihr geschimpft hat. Die Ostsee hat sie geliebt. Schwimmen –

Ich will schwimmen lernen, Großvater. Komm ins Wasser und zeig es mir, bitte.

Aber warum, Tochter, warum willst du schwimmen können? Wenn du auf das Meer willst, kann dein Vater dich mitnehmen.

Er hat mich mitgenommen. Er ist am Sonntag mit mir über das Vineta-Riff gefahren. Es hat nichts genützt.

Aber was soll das nützen? Außer einem Netz voll Fisch. Am Sonntag war der Fang gut. Was wolltest du denn noch da draußen? Ich wollte Vineta sehen. Großvater, lach doch nicht. Bitte, Großvater, zeig mir, wie man schwimmt. Marie sagt –

Was hat Marie schon zu sagen.

Das sage ich dir nicht, Großvater. Es ist etwas, das nur Frauen wissen dürfen.

Und du bist eine Frau!

Lach nicht, Großvater. Komm jetzt. Wir wollen anfangen.

Aber ich kann gar nicht schwimmen.

Es ist gut, daß dein Großvater nicht schwimmen kann, mein Kind. Wenn er schwimmen könnte, würde er versuchen, hinter unser Geheimnis zu kommen, neugierig, wie er ist. Du hast ihm doch nichts erzählt, oder?

Nein, Marie. Es bleibt unser Geheimnis. Aber eines Tages, wenn ich groß bin, werde ich es dann sehen?

Aber gewiß, meine Kleine. Du bist doch ein Sonntagskind.

Er ist schon vor der Maueröffnung bei uns gewesen. Sie hat in Greifswald studiert und kam in den Ferien nach Hause. Es war irgendein Regierungsprojekt. Er war nicht als Tourist gekommen. Sie hat sich gleich verliebt. Sie war –

Weshalb sagt sie: »Sie war«, denkt Bella, ihre Tochter sitzt da vor ihr. Sie lebt und könnte wahrscheinlich Zuneigung von ihrer Mutter gebrauchen.

Sie war immer so. Wenn sie sich etwas in den Kopf gesetzt hatte, dann gab es nichts anderes mehr.

Waren Sie einverstanden damit, daß Ihre Tochter sich in einen Mann aus dem Westen verliebt? Immerhin mußten Sie damit rechnen, sie zu verlieren.

Die alte Frau antwortet nicht gleich. Es ist ihr anzusehen, daß sie sich in Gegenwart ihres ehemaligen Schwiegersohns nicht traut zu sagen, was sie damals gedacht hat.

Schließlich sagt sie, und sie stößt die Worte hervor, als wollte sie sie weit weg schleudern, so weit, daß sie nichts mehr mit ihr zu tun haben, daß sie nicht mehr für ihren Inhalt zur Verantwortung gezogen werden kann: Wir mochten ihn nicht.

Bella sieht zu Peter G. hinüber. Sein Gesicht drückt aus, daß er nicht die Absicht hat, sich durch den Auftritt der Versagerin da vorn erschüttern zu lassen. Ein winziges, abfälliges Lächeln um seine Mundwinkel deutet an, was er von der Alten und ihrem Gerede hält. Zum ersten Mal ist er Bella wirklich unsympathisch.

Gab es einen besonderen Grund für Ihre Ablehnung? Oder war das nur so allgemein, weil Herr G. aus dem Westen kam und Sie vielleicht Komplikationen befürchteten?

Wieder wartet die alte Frau lange mit ihrer Antwort. Diesmal sieht es so aus, als blickte sie hilfesuchend auf die Tochter in der Anklagebank. Von dort kommt keine Hilfe. Alle auf der Welt möglichen Ursachen für die Spannungen zwischen Töchtern und Müttern scheinen in dem Verhältnis der beiden Platz gehabt zu haben, wenn man die Stimmung zwischen ihnen beobachtet.

Wir mochten ihn nicht, weil er uns nicht mochte, sagt die Mutter leise. Sie beginnt zu weinen, während im Publikum gekichert wird.

Unterlegenheitsgefühle bei den Ost-Eltern – Umgang mit der modernen westlichen Lebensart des zukünftigen Schwiegersohns von Anfang an gestört –, unendliche Geduld des Schwiegersohns, sich der primitiven Welt seiner zukünftigen Schwiegereltern anzupassen – kein Entgegenkommen der Fischer gegenüber dem Eindringling aus dem Westen –, Verhärtung der Ostdeutschen gegen den Westen schon lange, bevor die Mauer fiel – Schwierigkeiten des Zusammenwachsens gehen eindeutig vom Osten aus –

Bella hört die halben Sätze, die die Reporter vor ihr in ihre Aufnahmegeräte brabbeln, die kleine Unruhe nutzend, die für einen Augenblick entstanden ist, weil die Richterin die alte Frau weinen läßt. Bella sieht, daß sie die Gelegenheit nutzt, sich kurz mit ihren Beisitzern zu besprechen. Die alte Frau ist nur noch ein schniefendes Häufchen Elend.

Wir danken Ihnen, sagt die Richterin schließlich. Wir haben keine weiteren Fragen an Sie. Wenn die Staatsanwaltschaft und die Verteidigung einverstanden sind – sie macht eine kurze Pause, um abzuwarten, ob die Angesprochenen Widerspruch anmelden –, ich sehe, das ist der Fall, dann möchte ich Ihre Vernehmung beenden. Sie können gehen oder im Zuschauerraum Platz nehmen, ganz wie Sie wollen.

Die alte Frau bleibt einen Augenblick lang verwirrt stehen. Der Saaldiener geht auf sie zu und führt sie beiseite. Er scheint einer der wenigen im Raum zu sein, der Mitgefühl für die Frau aufbringt. Offenbar fragt er sie, ob sie im Saal bleiben möchte, und führt sie, als sie entschlossen den Kopf schüttelt, hinaus. Wie hätte sie hier sitzen können, denkt Bella. Mit Schuld beladen, mit Scham beladen, vor einem kichernden Publikum, nicht wissend, wohin sie ihre Augen richten soll, unbeachtet von der Tochter, an deren Gesichtsausdruck nicht abzulesen ist, ob sie die Mutter überhaupt wahrgenommen hat, mißachtet von einem Schwiegersohn, der froh ist, ihrem Milieu entkommen zu sein.

Die Richterin verkündet eine Verhandlungspause. Bella bleibt sitzen. Sie möchte darüber nachdenken, wie sinnvoll es ist, im Gerichtssaal zu sitzen und eine Angeklagte zu beobachten, die sich offensichtlich auf ungewöhnliche Weise aus dem Geschehen heraushalten kann. Dann steht Tulla in der Tür und winkt zu ihr herüber, und sie entschließt sich, doch den Saal zu verlassen.

Und? fragt die aufgebrachte Tulla. Was hat das nun gebracht? Da hat man eine alte Frau gequält, die sowieso schon seit einem Jahr vor lauter Schuldgefühlen nicht mehr geschlafen hat. Das war doch klar, daß die nicht durchhält. Ich hab noch nie erlebt, daß Mütter vor Gericht über ihre angeklagten Kinder sinnvolle Aussagen gemacht haben. Sie sind einfach immer befangen. Entweder aus Haß oder aus Liebe, jedenfalls nie sachlich. Warum also das Ganze? Um die wahren Schuldigen vorzuführen, die man, leider, nicht vor Gericht stellen kann.

Die wahren Schuldigen? Und wer sind die wahren Schuldigen Ihrer Meinung nach?

In den Augen der Richter die Mütter natürlich. Für alles werden sie verantwortlich gemacht. Das ist doch das allergrößte für die Richter, wenn es ihnen gelingt, eins von diesen armen Würstchen vor Gericht zu zerren, das den Verbrecher, den sie verurteilen sollen, geboren hat.

Sie übertreiben, Tulla.

Ja, ja. Ich übertreibe. Und woher haben die dann alle dies verdammte Schuldgefühl? Sie haben die alte Frau doch gesehen. Sie hat getan, was sie konnte, um die Tochter großzuziehen. Mehr war nicht drin neben Fischfabrik und abends Netze flicken und Haushalt und vielleicht auch noch das, was sie da drüben »gesellschaftliche Tätigkeit« genannt haben. Wieso steht sie nicht da und sagt: Ihr könnt mich alle kreuzweise! Meine Tochter ist eine wunderbare Frau. Seht sie euch doch an! Die hat ihre Kinder nicht umgebracht. Das ist in unserer Familie nicht üblich! Die hätte sich lieber selbst – oh, verflucht!

Ja?

Nichts, antwortet Tulla, sichtlich gebremst in ihrem Redefluß. Jedenfalls, daß die Mütter an allem die Schuld haben, ist ungerecht.

Marjas kleine Wohnung. Die winzige, unaufgeräumte Küche. Auf dem Tisch die Flaschen und Gläser, die sie in der Wohnung zusammengesucht haben. Gibt es denn braunes Licht? Das Licht, das durch die Fenster kommt, ist braun. In braune Dämmerung getaucht die Wände, das schmutzige Geschirr. Draußen vor dem Fenster der leere, verdrahtete Kasten, in dem das Essen aufbewahrt werden soll, Kühlschrankersatz. Gestern haben noch zwei Flaschen Wodka darin gelegen.

Du, wundere dich nicht über Lena. Laß sie in Ruhe. Sie ist nichts für dich. Sie ist eine harte Frau. Jetzt jammert sie. Seit Monaten jammert sie. Hättest sie aber vorher sehen sollen. Die erste am Wald, die erste an der Straße. Zwei so schöne Töchter. Es stimmt, daß sie nichts zu essen hatten. Nichts, verstehst du? Da hätte sie sie hergeben müssen. Aber Lena? Nein, das sind meine Töchter. Die bleiben bei mir. Der Staat soll mir den Mann wiedergeben, oder besser, er soll den Mann behalten und mir das Geld geben, was wir brauchen. Meine Töchter gehen nicht in das verdammte Heim. Es sind meine Kinder, verdammt noch mal. Versteht ihr, meine Kinder. Die gehen nicht in das Straflager, das ihr Heim nennt. Wir schaffen es auch so.

Geklaut haben sie, wenn der Wagen mit den Lebensmitteln kam. Was glaubst du, wie viele Leute den beklauen wollen. Dies ist nämlich nicht die einzige Stadt, in der man die Frauen zurückgelassen hat. Wo es nichts zu fressen gibt und kein Geld. Der Mann im Wagen weiß das. Er ist bewaffnet, was glaubst du? Er hat allen Grund aufzupassen. Er hat dann schon geschossen, bevor die Töchter überhaupt in die Nähe des Wagens kamen. Es war zu gefährlich. Was also tun? Sie hat sie nicht mit an die Straße genommen.

Es ist nicht wahr, was die über sie sagen. Es bricht mir

das Herz, hat sie gesagt. Aber sie mußte die Männer zu sich nach Hause mitnehmen. Sieh dich mal um. Sieh dich um. Was siehst du? Siehst du, daß die Wohnung groß genug ist, um zwei oder drei Männer, was sage ich, rülpsende, brüllende, schnarchende Kerle unterzubringen, ohne daß zwei junge Mädchen was von ihnen mitkriegen? Na, sag schon, wo würdest du sie hintun? Na klar, so eine wie du, was soll die schon wissen. Manchmal hat sie die Mädchen zu mir geschickt. Bis einer sie hier entdeckt hat und der Jüngeren an die Wäsche wollte. Ist doch wie ein Puff so eine Wohnung. Was kann so ein Besoffener wissen, wer dazugekört und wer nicht. Ich dachte, sie bringt mich um. Sie hat sie eingeschlossen, aber nur nachts. Irgendwann am Tag sind sie ihr weggelaufen. Während sie an der Straße gestanden hat, um Geld für Mehl und Fett zu verdienen, sind sie abgehauen. Sind nicht weit gekommen. Es gibt nämlich den Staat noch. Du merkst ihn nur nicht. Sie brauchen ihn, um uns niederzuhalten. Das merkst du dann.

Lenas Worte: Sie brauchen ihren Staat, um uns niederzuhalten.

Lenas Töchter haben sie geholt. Der Staat, in einem grünen Auto und mit Männern in Uniformen, die haben Abzeichen auf den Schultern. An den Abzeichen kannst du erkennen, wer wieviel Geld aus der Staatskasse kriegt. Davon können sie ihre Familien ernähren. Wenn sie wollen. Und uns können sie kujonieren. Den Frechen geben sie eins drauf solchen wie Lena. Du hättest sie sehen sollen. Kommt nach Hause, und die Töchter sind weg. Alle hatten es gesehen. Die Uniformierten sind mit ihnen in die Wohnung gefahren, damit sie ihre Sachen holen konnten. Hat Lena etwa nicht mit ihrem Leib dafür bezahlt, daß sie überhaupt Sachen hatten?

Das Licht ist jetzt schwarz. Diese Wohnung ist ein

schwarzes Loch in einer Stadt, die ein schwarzes Loch ist in einer Welt, die ein schwarzes Loch ist.

Sie hat uns beschimpft, als ob wir die Schuld hätten, daß sie an der Straße steht. In der Nacht hat sie sich wieder hingestellt. Am Morgen hat sie ein LKW in die Stadt mitgenommen. Sie wußte, wo ihre Mädchen waren. Der Staat hatte ihr einen Zettel dagelassen mit der Adresse. Sie hat das Geld für rote Hemden ausgegeben, auf denen McDonald's stand. Die im Heim haben sie rausgeschmissen: »Können die nicht lesen. Die Kinder brauchen Ruhe.« In einem halben Jahr solle sie wiederkommen. Ich sage dir, Lena ist eine harte Frau. Du hättest sie sehen sollen, als sie wieder hier war. Wir dachten, sie bringt sich um. Weil sie den Mädchen die Hemden nicht geben durfte, hat sie sie verkauft. Tagelang hat sie sich eingeschlossen. Hat mit niemandem gesprochen –

Entschuldigen Sie, sagt Bella. Ich war eben nicht ganz bei der Sache. (Oder doch? denkt sie.) Sie sprachen über die Mutter von Lara, glaube ich?

Ja, aber – fällt Ihnen etwas auf? Der Flur ist leer. Wir haben das Ende der Pause gar nicht bemerkt.

Tulla öffnet so leise wie möglich die Tür. Mit einem strafenden Blick der Richterin bedacht, nehmen beide ihre Plätze wieder ein. Die Vernehmung der Zeugin, die die toten Kinder entdeckt hat, beginnt gerade.

Schildern Sie uns einfach, was an diesem zehnten Mai neunzehnhundertneunundneunzig geschah, nachdem Sie aus dem Haus gegangen sind.

Bella kennt die Aussage der Frau aus den Akten. Während sie spricht, beobachtet Bella fast ausschließlich Lara G. Die nimmt die Zeugin nicht wahr. Sie schenkt der Frau auch dann keine Aufmerksamkeit, als die, versteckt, aber deutlich, zwischen der Schilderung des tatsächlichen Geschehens die Ansichten der Frauen aus der Siedlung über Lara zum besten gibt.

Sie hat sich wohl für etwas Besonderes gehalten. Ihre Kleidung war ja nicht immer nach unserem Geschmack, aber, na ja.

Wir haben nie geglaubt, daß ihre Kinder was Besonderes sind. Aber sie hat immer so getan, als ob.

Die Mädchen haben ihr ähnlich gesehen. Ich fand sie frech, aber sie tat ja, als ob sie nichts Schöneres gekannt hätte.

Um den Kleinen hat es bei denen Streit gegeben. Das wußte bei uns jeder.

An dieser Stelle wird Bella aufmerksam. Auch die Richterin, die die Zeugin bisher nicht unterbrochen hat, fragt nach.

Können Sie uns schildern, wie sich dieser Streit abgespielt hat? Worum ging es dabei?

Bella hat den geschiedenen Ehemann im Blick, während sie der Zeugin zuhört.

Also, ich war natürlich nicht dabei, wenn sie sich zu Hause gestritten haben. Aber das konnte man ein paarmal sehen: wie er, Herr G., meine ich, wie er also wütend aus dem Haus gekommen ist. Die Mädchen saßen schon im Auto. Und der Kleine hat geheult und ist hinter ihm hergerannt. Sie hat ihn dann zurückgeholt. Und ist mit ihm am Zaun stehengeblieben. Das Gesicht verzerrt und –

Frau Zeugin, unterbricht die Richterin den Redeschwall. Sie wohnen doch in derselben Straße wie die Angeklagte?
Allerdings. Deshalb –

Einen Augenblick, bitte. Ich sehe hier in den Akten, daß Ihr Haus die Hausnummer zehn hat. Ist das richtig?

Ja, das stimmt.

Und das Haus der Angeklagten hat die Hausnummer zwanzig. Sagen Sie uns doch bitte, wenn die beiden Häuser auf derselben Straßenseite liegen und durch Hecken und Gärten – also das sehe ich hier jedenfalls aus der Tatort-Zeichnung –, durch Hecken und Gärten voneinander getrennt sind, wie konnten Sie dann solche Szenen beobachten wie die, die Sie uns eben so anschaulich geschildert haben?

Die Zeugin schweigt verwirrt. Im Publikum ruft jemand laut: »Mit dem Fernrohr!« Im Saal ist eine leichte Unruhe zu bemerken. Peter G. lächelt. Weshalb lächelt er so erleichtert. Die Zeugin nimmt sich zusammen. An so einer lächerlichen Frage soll ihr Auftritt vor Gericht nicht scheitern.

Ich habe das so geschildert, sagt sie entschlossen, weil das bei uns in der Siedlung jeder wußte. Vom Haus gegenüber –

Frau Zeugin, Sie dürfen hier nur das aussagen, was Sie mit eigenen Augen gesehen haben, verstehen Sie? Dinge, die Sie vom Hörensagen zu kennen glauben, spielen hier keine Rolle. Frau Staatsanwältin, Herr Verteidiger, ich möchte die Vernehmung der Zeugin beenden. Gibt es Fragen von Ihrer Seite? Die Staatsanwältin schüttelt den Kopf. Der Verteidiger meldet sich zu Wort.

Ich hätte nur eine Frage: Sagen Sie bitte, nachdem Sie die Kinder gefunden, die Treppe gewischt und Frau G. an der Sandkiste gesehen haben, haben Sie die Polizei angerufen.

Allerdings.

Ich wüßte gern, ob Sie sich Frau G. genähert haben, bevor Sie zum Telefon gingen und dort blieben.

Worauf will er hinaus? Kann es sein, daß er auf die Idee gekommen ist, die von der Richterin demontierte Zeugin ein zweites Mal zu demontieren? Um sein Ansehen aufzubessern? Kann es wirklich sein, daß ihm nichts Besseres einfällt?

Das hab ich doch schon gesagt. Ich bin zum Telefon gegangen und hab angerufen. Dann hab ich mich hingesetzt und gewartet. Und da hab ich sie dann gesehen. An der Sandkiste, meine ich. Und hab sie nicht mehr aus den Augen gelassen, bis die Polizei gekommen ist.

Vom Wohnzimmer neben dem Telefon sind es etwa zwanzig Meter bis zur Sandkiste. Und Sie haben aus dieser Entfernung sehen können, daß die Angeklagte Blut an den Händen hatte?

Nein, das habe ich nicht. Ich dachte mir, daß das so sein könnte. Gesehen hab ich es erst, als man sie an mir vorbeigeführt hat. Da habe ich das Blut gesehen.

Danke, Frau Zeugin.

Sein Manöver ist tatsächlich noch dümmer gewesen, als Bella erwartet hat. Er hat nicht nur versucht, die Richterin zu imitieren, er hat es auch noch ohne Erfolg versucht. Unwillkürlich sieht Bella auf Lara G. Die steht da und wartet darauf, aus dem Saal geführt zu werden. Ihrem Gesicht ist nicht anzusehen, was sie über ihren Verteidiger denkt.

In der Pause bittet Bella die Journalistin um einen Gefallen. Sie weiß inzwischen, daß sie diese Tulla nicht besonders mag. Deshalb findet sie es schäbig, sie für eine kleine Erkundung einzusetzen, die sie selbst nicht übernehmen will. Sie tut es trotzdem. Um zu verhindern, daß Tulla mit dem Ergebnis zu ihr nach Hause kommt, verabredet sie sich mit ihr für den späten Abend auf dem Anleger Teufelsbrück.

Die Fortsetzung der Verhandlung nach der Pause bringt keine besonderen Erkenntnisse. Der Polizist, der, zusammen mit einer Kollegin, als erster am Tatort war, schildert die Situation, die er vorfand, und die Festnahme der Lara G.

Hat Frau G. der Festnahme Widerstand entgegengesetzt?

Nein, antwortet der Polizist. Wir hatten eher den Eindruck, daß sie uns gar nicht bemerkt hat. Wir haben die Kripo benachrichtigt und die Frau in unser Auto gesetzt, bis die Kollegen gekommen sind. Es standen eine Menge Nachbarn um den Einsatzwagen. Wir fragten uns, wo die alle so schnell hergekommen sind. Das hat die Frau G. aber nicht gekümmert.

Er schildert auch die Fahrt ins Untersuchungsgefängnis, während der seine Kollegin geweint und Lara G. ungerührt und stumm hinten im Auto gesessen habe.

Nichts Neues also, so kann Bella am Abend auch Kranz nichts Neues berichten.

Sicher ist, daß sie unter Schock stand, als die Polizisten sie mitgenommen haben, sagt Kranz, während er Bella zusieht, die Campari und Weißwein gleichmäßig auf zwei Gläser verteilt. Aber völlig unklar ist, weshalb sie sich noch immer in diesem Zustand befindet. Psychologisch gesehen –

Ach, psychologisch, das sollten Sie wirklich nicht so ernst nehmen. Was wissen schon die Psychologen über Menschen. Wenn überhaupt jemand etwas über diese Spezies weiß, dann, vielleicht, die eine oder andere Dichterin. Aber Psychologen? Die wollen doch oft nichts weiter, als die Menschen wieder funktionsfähig zu machen.

Ach ja? Und was sollen die Leute Ihrer Meinung nach tun? Nicht funktionieren?

Mein lieber Kranz, Sie wissen genau, was ich meine.

Ich weiß, was Sie meinen. Sie möchten nicht, daß die Menschen angepaßt sind. Ich weiß nur nicht, weshalb Sie in diesem aufgebrachten Ton mit mir reden.

Weil Sie nicht besonders glaubwürdig sind, mein Lieber. Und ich hab mir nun mal angewöhnt, die Menschen nach ihren Taten und nicht allein nach ihren klugen Worten zu beurteilen.

Kranz schweigt, während Bella ihn ungerührt beobachtet. Sie weiß, was in ihm vorgeht. Zum hundertsten Mal wägt er das Leben eines sehr gut bezahlten und anerkannten Polizeipsychologen gegen das Dasein eines Frühpensionärs ab. Allein die Tatsache, daß er es bisher, absichtlich oder nicht, vermieden hat, darüber nachzudenken, was er tun würde, wenn er plötzlich viel Zeit zur Verfügung hätte, sagt ihr genug. Wenn er aber seinen Dienstherrn – was für ein Wort! Wo leben wir denn? –, wenn er also seinen Dienstherrn nicht verlassen möchte, weshalb ihn dann nicht für besondere Dienste nutzen?

Ich brauche Ihre Hilfe, Kranz, sagt sie, und er, froh, das schwierige Thema verlassen zu können, sieht erleichtert auf. Haben Sie einen Anhaltspunkt? Ist Lara …

Nein, nicht in dieser Sache. Ich möchte alles wissen, was die Polizei über einen Mann zusammengetragen hat, dessen Namen ich nicht kenne. Sein Spitzname ist Eismann.

Kranz schweigt länger, als er nach Bellas Einschätzung zur Beruhigung seines Gewissens braucht. Als er antwortet, ist seine Stimme gedämpft, so als könnte ihn jemand hören, der ihn besser nicht verstehen sollte.

Wie kommt es eigentlich, sagt er endlich, daß Sie Ihre Hände immer dort im Spiel haben wollen, wo sie ganz bestimmt besser nicht sein sollten? Ich weiß ja, daß ich Sie nicht abhalten kann, zu tun, was Sie sich vorgenommen haben. Aber seien Sie vorsichtig, ich bitte Sie.

Was ist so Besonderes an diesem Widerling? Erklären Sie's mir. Was hat er, außer, daß er den Frischfleisch-Markt kontrolliert, weil seine Schläger das übliche Maß an Gewalt überschreiten?

Allein diese Beschreibung ist eine Unterschätzung. Es

stimmt, daß der Mann die Szene beherrscht, aber nicht, weil seine Schläger besonders brutal sind.

Sondern?

Aus zwei Gründen: Erstens ist er selbst besonders gerissen.

Ich vermeide das Wort »klug«, es erscheint mir eigentlich eher als Bezeichnung für anständige Menschen zu taugen. Zweitens, und das ist wohl in diesem Fall entscheidend, er hat Protektion von ganz oben.

Einen Augenblick ist es still. Bella denkt über einen Dienstherrn nach, der Verbrechen protegiert, was ihr, je länger sie darüber nachdenkt, desto natürlicher vorkommt.

Kranz denkt darüber nach, ob er es verantworten kann, Bella für ein paar Stunden die Akten zu überlassen. Er denkt dabei nicht an sich, sondern daran, daß die Kenntnis bestimmter Tatsachen für Bella gefährlich werden könnte. Der Eismann würde nicht zögern, unbequeme Mitwisser von der Bildfläche verschwinden zu lassen.

Die Sache mit der Protektion steht natürlich nicht in den Akten, sagt er schließlich. Ich hab das eher zufällig mitgekriegt. Es gibt da einen Kripomann, so einen ganz zähen, einen, der nicht locker läßt, wenn er sich in eine Sache verbissen hat. Man hat ihn vor ein paar Wochen abgelöst, versetzt und befördert in eine Dienststelle, die mit der Sache nichts zu tun hat. Der Mann war ziemlich erledigt, ich will sagen, den hat das sehr mitgenommen. Er hat nämlich ein Problem, er trinkt. Sie wissen ja, was solche Leute in schwierigen Situationen zu tun pflegen.

Und dann hat man ihn zu Ihnen geschickt, und er hat geredet.

Genau, antwortet Kranz. Er war ein paarmal da. Das erste Mal noch völlig betrunken. Dann hat er wohl gemerkt, daß er mit mir reden kann –

Anpasser, denkt Bella.

Ich hab unsere Gespräche auf den frühen Morgen gelegt. Es ging dann. Was er gesagt hat, klang einleuchtend. Das schwierigste ermittlungstechnische Problem in dieser Eismanngeschichte ist wohl gewesen, den Aufenthaltsort des Mannes herauszufinden, das Hauptquartier sozusagen. Es gibt genügend Frauen, die gegen ihn aussagen würden. Und Sie wissen, was das in dem Milieu heißt. Aber sie sagen nur aus, wenn der Kerl hinter Gittern verschwunden ist. Sie haben Angst. Es geht nicht nur um Prostitution und Mädchenhandel. Es geht um Mord. Und nicht nur um einen. Na, jedenfalls, als unser Mann herausgefunden hatte, wie und wo man den Eismann fangen konnte, da hat man ihn abgelöst.

Und Sie? Was haben Sie mit ihm gemacht?

Ich habe ihn entscheiden lassen: Öffentlichkeit, sein Alkoholproblem in der Presse, Akten, die plötzlich verschwunden sein werden, Fotos, von denen er weiß, die aber niemand außer ihm gesehen haben will, Kollegen, die ihm in den Rücken fallen, frühzeitige Versetzung in den Ruhestand wegen unheilbarer Trinkgewohnheiten –

– oder ruhiger Dienst in einer hübschen kleinen Dienststelle mit besserem Gehalt als vorher, ergänzt Bella. Lassen Sie mich raten, wofür sich Ihr Mann entschieden hat, ach was, raten. Es lohnt sich nicht. Geben Sie mir die Informationen?

Bella, Sie sollten ein bißchen vorsichtiger sein mit Ihrem Urteil. Natürlich hat er die Dienststelle vorgezogen, aber –

Lassen Sie uns davon aufhören, bitte.

Kranz, der die feste Zusage, Bella behilflich zu sein, noch immer hinausschieben möchte, versucht eine letzte Ausflucht.

Er heißt übrigens Brunner, der Mann, von dem ich Ihnen erzählt habe. Und Sie werden ihn bald beobachten können.

Er hat die Ermittlungen in der Sache Lara G. geführt und wird sicher vor Gericht auftreten.

Was glauben Sie, wie spannend es ist, einen opportunistischen Alkoholiker zu beobachten, der darauf bedacht sein muß, vor Gericht einen guten Eindruck zu hinterlassen? Also?

In drei Tagen, früher geht es nicht, antwortet Kranz ergeben.

Der Mond über dem Anleger ist nicht der Mond von Soho, den Bella sich, seit sie ihn zum erstenmal auf der Bühne gesehen hat, besungen von Polly Peachum und Mackie Messer: Die Liebe dauert oder dauert nicht/An dem oder jenem Ort … immer nur als kupferrote Riesenscheibe vorstellen konnte. Der Mond ist ein kleiner weißer Ball, sehr weit oben und sehr kalt. Sein Licht genügt trotzdem, um der näher kommenden Tulla einen langen, schlanken Schatten zu schenken. Bella löst sich von der Reling und geht ihr ein paar Schritte entgegen. Der Ponton schwankt kaum wahrnehmbar. Leise und unruhig schlägt das Wasser an seine Wände. Es ist kalt, so kalt, daß sie auch in einer Novembernacht auf Tulla gewartet haben könnte; aber von irgendwoher riecht es nach Frühling, deutlich wahrnehmbar über dem Geruch nach öligem Wasser.

Das kleine Restaurant auf dem Anleger ist überheizt. Außer einem verschlafenen Kellner und einem Mann und einer Frau, die sich gegenübersitzen und leise miteinander sprechen, ist niemand da. Der Ausdruck in den Gesichtern der beiden ist so voller Verzweiflung und Zuneigung zugleich, daß Bella neugierig wird auf den Inhalt ihres Gesprächs. Absichtlich wählt sie einen Tisch in der Nähe der beiden. Im Raum riecht es nach Rum-Grog, obwohl die einzigen Gäste Weingläser vor sich stehen haben.

Der Kellner kommt so geräuschlos an ihren Tisch, daß Bella ihn erst bemerkt, als er neben ihr hüstelt, um sich bemerkbar zu machen. Vielleicht ist er ein rücksichtsvoller Mensch, der den Kummer der beiden am Nachbartisch nicht durch unnötige Geräusche stören will.

Zwei Gläser und eine Flasche Weißwein, bitte, sagt Bella. Sie stellt fest, daß sie unwillkürlich mit leiser Stimme gesprochen hat, und ist neugierig darauf, ob Tulla ähnlich reagieren wird.

Wo haben Sie mich eigentlich hingeschickt, flüstert Tulla. Das ist ja ein übler Laden. Die arme Frau. Sie sah ziemlich mitgenommen aus. Da hätte ein ganzer Eimer Schminke nicht gereicht, um deren blaues Auge zu verdecken. Sie war nicht leicht zu knacken, sage ich Ihnen.

Wer hat Ihnen gesagt, daß Sie sie »knacken« sollten. Sie sollten nur etwas fragen. Haben Sie's geschafft?

Tulla zuckt die Schultern, um anzudeuten, daß das eine der leichteren Übungen für sie gewesen sei.

Und?

Tulla ist mit ihrem Glas beschäftigt und damit, einem lautlos vorüberziehenden Containerschiff zuzusehen. Ihre linke Hand wühlt in der Tasche ihres Jacketts.

Was sollen wir tun? sagt die Frau am Nebentisch.

Ich weiß nicht, antwortet er. Ich weiß nur, daß es so nicht mehr weitergeht.

Tulla legt einen zerknitterten Zettel auf den Tisch und schiebt ihn Bella hin. Die ersten Wellen, die der riesige Bug des Containers in Gang gesetzt hat, lassen den Ponton schaukeln. Bella betrachtet die Adresse auf dem Zettel und steckt ihn ein.

Ich möchte natürlich gern wissen, woran ich da vorhin unter Einsatz meines Lebens gearbeitet habe.

Hat man Sie bedroht?

Ach wo. Leute, die in so einer Bar verkehren, nehmen so eine wie mich doch gar nicht wahr. Aber draußen vor der Tür bin ich ausgerutscht. Mein linker Schuh stinkt immer noch, glaube ich.

Laß uns zum Anwalt gehen, sagt die Frau am Nebentisch.

Du meinst, wir sollen das Testament anfechten?

Bella fühlt sich ertappt und bestraft zugleich. Was hat sie erwartet? Eine Liebesgeschichte?

Ich verrate Ihnen etwas, sagt sie und sieht Tulla an. Ihre Stimme ist etwas lauter geworden. Ich hab einfach ein Problem mit Journalisten. Für eine gute Geschichte verkaufen Sie auch Ihre Großmutter, hab ich recht?

Natürlich haben Sie recht, antwortet Tulla.

Im Gegensatz zu Bellas Stimme ist ihre gleichmütig, der Blick, mit dem sie Bella ansieht, ausdruckslos.

Aber Sie müssen zugeben, daß Sie auch nicht besonders fair mit mir umgehen. Ich hab mich mit Ihnen zusammengetan, weil ich dachte –

Weil Sie dachten, Sie könnten mich aushorchen und Dinge erfahren, die Ihnen nützlich sein und Ihnen vor Ihren Kollegen einen Vorsprung geben könnten, nicht wahr?

Jeder muß sehen, wo er bleibt. Ich schlag' mich durch, so gut ich kann. Es ist besser, man sieht die Lage so nüchtern wie möglich. Solidarität ist was für achtundsechziger Märchenerzähler. Und das Wort Frauensolidarität ruft bei mir eine Art Gruseln hervor, ein Gefühl, so ungefähr wie in dem Märchen »Hans im Glück«, als man dem Jungen die Fische über den Leib schüttet. Aber so Sachen wie »Eine Hand wäscht die andere«, darüber ließe sich reden, in Grenzen natürlich, aber durchaus ehrlich.

Da hab ich unter dem Schlamm wohl noch ein kleines Goldstück gefunden? Sie haben mich überrascht –

Tulla will aufstehen. Bella hält sie zurück.

Entschuldigen Sie. Ich hab schon verstanden. Spielen wir also mit offenen Karten. Sie haben mein Wort. Die Geschichte gehört Ihnen, und beim Showdown sind Sie dabei. Dafür will ich das Recht, Sie, wenn nötig, noch einmal um einen Gefallen zu bitten.

Für den Fall suchen Sie sich am besten eine Gegend ohne allzuviel Hundescheiße aus. Wir sehen uns. Sie zahlen, nehme ich an.

Tulla steht auf und geht mit außerordentlich geräuschvollen Schritten durch das Restaurant, rumpelt die Eisentreppe hinunter, knallt über den Ponton, und noch, als sie schon den hölzernen Steg erreicht hat, der ans Ufer führt, sind ihre Schritte drinnen zu hören. Ein langer Schatten begleitet sie, dem Bella mit ihren Blicken folgt, während sie darüber nachsinnt, weshalb sie das Geräusch ihrer Schritte nicht gehört hat, als Tulla gekommen ist. Es kann nicht ganz leicht gewesen sein, in der nächtlichen Stille, ohne einen Laut zu verursachen, über den Steg gegangen zu sein. Jedenfalls muß eine bewußte Anstrengung dazu gehört haben.

Als sie das Restaurant verläßt, haben der Mann und die Frau am Nachbartisch Zettel mit Zahlen vor sich liegen; die Erbengeneration, von der alle Welt spricht, beim Zusammenzählen ihrer Besitzstände.

Was glaubst du? Daß wir darauf gekommen sind, weil wir Spaß haben wollten, ja? Waren ja weg, die Männer. Glaubst du das? Ich hab den Zettel aufbewahrt, auf dem stand, was wir noch hatten. Hier, warte.

Lenas Hände, die den Inhalt der Küchenschublade auf den Tisch schütten: Korken, eine verbogene Gabel, Kerzenstummel, Sonnenblumenkerne, eine zerknitterte rosa Plastiktüte mit der Aufschrift Elizabeth Arden.

Hier, da siehst du. Sie zeigt den Zettel, herausgerissen aus einem Schreibheft, zwei Kolonnen.

Was wir brauchen: Brot, Mehl, Fett, Zucker, Salz, Tee, Kohl, Kartoffeln.

Was wir haben: eine Dose Tomaten, drei Schnüre getrockneter Pilze, 1/8 Pud Zucker.

Lenas Stimme: hart.

Da war eine, eine Junge. Man hat sie irgendwann abgeholt. Sie hat einem mit der Flasche eins auf den Kopf gegeben. Sie hat gesagt, sie weiß, wie wir es machen müssen. Sie hat einen Freund, der würde seinen Kollegen die Stelle an der Straße nennen. An der Straße sollten wir es machen. Wenn ihr sie mit in die Wohnung nehmt, hat sie gesagt, machen sie zuviel Dreck. Ich sag, dir, ich war die erste, die mitgegangen ist. Große Kinder, großer Hunger. Kleine Kinder, kleiner Hunger. Immer am Tag bevor der Wagen mit den Lebensmitteln kam. Und wenn ich zurück war, habe ich aufgeschrieben: siebenhundert Rubel, das sind Mehl und Brot und Fett –

Lenas Stimme, die nicht weiterspricht. Ihr starres Gesicht.

Marja: Sie hat die Mädchen angelogen. Du kannst ruhig lügen, wenn deine Kleider nach Rauch stinken und dein Schlund nach Wodka. Lüg ruhig, jeder wird dir die Wahrheit ansehen. Sie sind weggelaufen. Man hat sie eingefangen. Möchte nicht wissen, wo sie gewesen sind. Vielleicht haben ihre Kleider nach Rauch gestunken? Vielleicht stank ihr Atem nach Wodka?

Lenas Schreie, ihre Fäuste, die auf Marja einschlagen.

Marjas schrille Stimme: Ja, das will sie nicht hören. Die Wahrheit gefällt dir nicht, wie?

Marja und Lena, in der Küche am Boden, beide weinend, zwischen den Korken und den Sonnenblumenkernen.

Sie haben sie behalten. In ein Heim gesteckt haben sie meine Mädchen. Gib Wodka, Marja, gib Wodka.

So kriegst du sie nie zurück. Laß sie, wo sie sind. Hast du ihnen vielleicht mehr zu bieten als die da? Die wollen doch gar nicht zurück.

Lena, die stiller wird.

Und ich, Bella, die den Zettel sorgfältig in die Schublade zurücklegt. Was weiß ich, weshalb Lena ihn aufbewahrt hat. Eine Dose Tomaten und drei Schnüre getrockneter Pilze für drei Erwachsene, will sie das präsentieren?

Irgendwann hat sie eine ruhige Stunde genutzt, um mit Lena zu sprechen. Da ist ihr die Bedeutung des Zettels erst wirklich klar geworden. Lena fühlt sich schuldig; schuldig daran, daß der Mann weggelaufen ist, daran, daß sie nichts mehr zu essen gehabt haben. Wenn sie nicht betrunken ist, verabscheut sie sich und die Männer, von denen sie Geld nimmt. Als die Mädchen weglaufen, ist das, als hätte sie versagt, als wäre sie nicht in der Lage, ihre Töchter zu guten Menschen zu erziehen, weil sie ihnen kein Vorbild gewesen ist. Dann hat sie das Bedürfnis, sich zu entschuldigen vor den anderen Frauen und vor sich selbst. Dann braucht sie einen sichtbaren Beweis dafür, daß sie getan hat, was sie konnte.

Was hätte ich denn tun sollen? Hier, siehst du?

Und sie kramt den Zettel hervor, auf dem steht, daß sie nichts mehr zu essen gehabt haben. Sie entschuldigt sich mit diesem Zettel vor den anderen, vor sich selbst, und irgendwann will sie es vor den Kindern tun, deren Liebe sie verloren hat und von denen sie dennoch hofft, daß sie zu ihr zurückkommen werden.

Ach, Lena. Da hast du einen Schuldschein ohne Schuld. Nichts kannst du damit anfangen. Er ist nutzlos. Du löst ihn niemals ein. Du holst ihn von Zeit zu Zeit aus der

Schublade, wenn du eine Ausrede brauchst für den Wodka. Mit Schuldschein trinkt es sich leichter.

Kranz kommt am zweiten Abend nach ihrem letzten Treffen mit Akten über den Eismann zu Bella. Es ist noch nicht ganz dunkel draußen. Die Abende werden schon länger, der Sommer läßt sich schon ahnen. Bella hat die Fenster geöffnet und hört auf den Gesang einer Amsel. Eigentlich möchte sie lieber allein sein. Sie hat den Gedichtband noch einmal zur Hand genommen, den sie aus dem Haus von Lara G. entwendet hat. Sie hat sich die Gedichte, die besonders gekennzeichnet sind, angesehen. Dann hat sie versucht, einen Zusammenhang zwischen den sehr unterschiedlichen Texten herzustellen. Sie ahnt, daß es einen Zusammenhang geben muß. Vielleicht war sie nicht konzentriert genug? Aber wie soll sie sich konzentrieren, wenn sie immer wieder durch nicht gekennzeichnete Zeilen abgelenkt oder, besser, zu anderen Gedanken hingelenkt wird? Eichendorffs sonderbare Interpretation von Dämmerung hat sie beschäftigt:

Hast du einen Feind hienieden,
trau ihm nicht zu dieser Stunde,
freundlich wohl mit Aug und Munde
sinnt er Krieg im tückschen Frieden.

Kranz muß es sich gefallen lassen, nach seinem Verhältnis zum Zwielicht befragt zu werden. Er glaubt, ein Gespräch über Lichtverhältnisse, die intime Stimmungen ermöglichen, könnte ihn Bella näher bringen. Deshalb sucht er sofort nach geeigneten Worten, um seine eigenen Empfindungen in der Dämmerung zum Ausdruck zu bringen.

Ich glaube, Dämmerung und Stille können Menschen einander näher bringen –

Oder eben nicht, sagt Bella schnell.

Ja, gerade dieses »Es könnte auch anders sein«, antwortet er, das ist es doch, was Eichendorff meint und was eine Begegnung in der Dämmerung nicht nur äußerlich in ein Zwielicht taucht. Sehen Sie, ein Beispiel: Wir beide sitzen uns gerade jetzt in der Dämmerung gegenüber. Ich sehe Sie an. Ich erkenne wohl Ihr Gesicht. Ich sehe das Lächeln um Ihren Mund, nein, nein, das denke ich mir nicht aus. Aber ich kann einfach nicht sicher sein, was es zu bedeuten hat. Lächeln Sie nachsichtig, so wie eine Mutter –

Vorsicht, Kranz, denkt Bella, du redest dich um Kopf und Kragen.

– oder einfach nur freundlich und offen, bereit, mir zuzuhören. Oder ist vielleicht eine kleine Zärtlichkeit in Ihrem Lächeln verborgen, die Sie nur jetzt zulassen, weil Sie nicht sicher sind, ob Sie –

Bella tastet nach dem Schalter der Lampe auf dem Tisch neben dem Sessel und macht das Licht an. Kranz unterbricht seine Rede und versucht so auszusehen, als hätte er sich in Bellas Augen nicht lächerlich gemacht.

Ich weiß nicht, sagt Bella, ich hab das Gefühl, daß die Interpretation von Gedichten nicht unbedingt Ihre Stärke ist. Darf ich sehen?

Sie streckt die Hand nach dem Aktenordner aus, den Kranz neben seinem Sessel auf den Fußboden gelegt hat.

Das ist die Zusammenfassung, sagt er. Die gesamten Akten hätte ich nicht einmal in meinem Kofferraum unterbringen können. Aber Sie brauchen eigentlich auch nicht mehr. Und Sie werden sehen: Der Mann ist brillant. Ich habe selten eine so präzise Formulierung von Ermittlungsergebnissen gesehen.

Holen Sie sich etwas zu trinken, antwortet Bella. Ich vermute, ich darf das nicht hierbehalten?

Sie beginnt zu lesen, während Kranz sich in der Küche mit Bier versorgt und dann beginnt, in dem Gedichtband zu blättern, den Bella bei seinem Kommen aus der Hand gelegt hat.

Kann ich Papier und Bleistift haben? fragt er irgendwann. Bella zeigt hinter sich auf den Schreibtisch, ohne zu antworten. Sie weiß nicht, wovon sie mehr beeindruckt sein soll: von der gründlichen Ermittlungsarbeit, die dieser Brunner geleistet, oder von der Präzision, mit der er seine Ergebnisse zusammengefaßt hat. Einmal hält sie einen Augenblick inne und versucht zu analysieren, was diese für einen Kripomann so ungewöhnliche Arbeit eigentlich so besonders macht. Er hat sein Herzblut an diese Sache verwendet, denkt sie. Noch beim Zusammenfassen der Ermittlungsergebnisse war er so voller Engagement und Haß, daß sein Schreibstil eine bösartige Eleganz angenommen hat, die ihm bei seinen sonstigen Fällen sicher nicht zur Verfügung steht. Die Untaten des Eismanns haben ihm seine Höchstform abverlangt, und er hat sie gegeben. Wie muß er sich gefühlt haben, als man ihm die Sache aus der Hand genommen hat?

Sie wirft einen kurzen Blick auf Kranz, der Zahlen und Wörter auf ein Blatt Papier kritzelt, die er aus dem Gedichtband abschreibt. Was hätte er anderes tun sollen, als Brunner in nüchternen Worten seine verschiedenen Handlungsmöglichkeiten aufzuzeigen. Entscheiden konnte der Mann nur selbst.

Es dauert fast zwei Stunden, bis sie die Akte gelesen hat. Bis auf die Tatsache, daß die Seiten herausgenommen worden sind, die sie wohl am meisten interessiert hätten, war die Lektüre aufschlußreich. Sie beschließt, mit diesem Brunner zu reden, ohne Kranz darüber zu informieren.

Kranz hat schon seit einer Weile das Buch zur Seite gelegt. Er sitzt da mit geschlossenen Augen, den Kopf an der Rückenlehne des Sessels, so daß Bella einen Moment lang überlegt, ob er eingeschlafen sein könnte. Sie hat Zeit, ihn zu betrachten, und was sie sieht, ist ihr nicht unangenehm. Dann merkt sie, daß Kranz gar nicht geschlafen, sondern sie beobachtet hat. Sie steht auf, um ihr Glas neu zu füllen.

Für Sie auch?

Nein, sagt Kranz, ich bin mit dem Wagen da. Was wollen Sie nun eigentlich mit dem Zeug?

Nur eine kleine Rechnung begleichen, antwortet Bella. Ich stell' mir vor, es ist besser, Sie wissen nicht so genau, worum es geht. Sie haben sich unter Umständen schon genug Unannehmlichkeiten gemacht. Wenn jemand dahinterkommt, daß Sie mir diese Akte gegeben haben –

Das darf auf keinen Fall passieren.

Es wird nicht passieren, sagt Bella, es sei denn, Sie vergessen das Ding im Auto und der Wagen wird gestohlen. Das würde dann wohl ein paar Schlagzeilen machen.

Wirklich, das finde ich nun überhaupt nicht komisch. Sie haben eine Art, mich auf den Boden zurückzuholen, die ziemlich ernüchternd wirkt. Dabei wollte ich Ihnen gerade das Ergebnis meiner Überlegungen zu den angestrichenen Gedichten mitteilen. Und war eigentlich schon auf ein Lob gefaßt.

Ich lobe, sagt Bella, ich verspreche es. Aber nicht mehr heute. Lassen Sie mir Ihre Notizen da. Ich werde mir alles ansehen, aber für heute ist es genug. Es ist spät. Ich würde gern schlafen gehen.

Bella geht nicht schlafen, nachdem Kranz das Haus verlassen hat. Sie macht sich aus dem Gedächtnis ein paar Notizen über Hinweise, die sie in Brunners Akte gefunden hat, und verwahrt den Zettel in einer Schublade des Küchenschranks. Dann schaltet sie den Fernseher ein, um sich vor dem Schlafengehen als würdiges Mitglied der Informationsgesellschaft zu geben. Die Mitteilungen, die ihr gemacht werden, lassen nicht ohne weiteres erkennen, welchen Wert sie haben, jedenfalls nicht für Bella.

Kinderpornografie im Internet kann neuerdings nicht nur einfach abgerufen werden, sondern die Benutzer können sich per Mausklick am Ablauf der Mißhandlungen beteiligen.

Die Nato hatte im Krieg gegen Jugoslawien Splitterbomben eingesetzt, die mit vierzehntausend Dollar das Stück als besonders preisgünstig und darüber hinaus als besonders wirksam galten. Eine Bombe des Typs CBU-87/B war in der Lage, jeden Menschen im Zielgebiet auf einer Fläche von 150 mal 1000 Metern zu töten. Etwa zehn Prozent der Bomben, statistisch gesehen etwa zwanzigtausend, waren nicht explodiert. Sie konnten erfahrungsgemäß noch lange nach dem Kriegsende töten, zumeist Kinder. Ein findiger Kriegsberichterstatter teilt mit, daß die Nato nicht-explodierte Splitterbomben noch immer nicht vollständig geräumt habe.

Bella, deren Interesse an Kinderpornografie sich, wenn überhaupt, darauf beschränken würde, die Anbieter dingfest zu machen, was aber, wie der Sprecher glaubwürdig versichert, leider nicht möglich ist, bleibt ratlos. Da sie, möglicherweise im Gegensatz zum Verteidigungsminister, im Splitterbombengeschäft nicht engagiert ist und sich, um der Regierung ihr Mißfallen auszudrücken, seit einiger Zeit auf die Seite der Nichtwähler geschlagen hat, kann sie, wenn sie aufrichtig ist, nicht einmal gegen die Verwendung von Steuern als Werbemittel für die Industrie protestieren. Es bleibt ihr also nichts anderes übrig, als den Versuch eines Anschlusses an die Informationsgesellschaft für diesen

Abend aufzugeben. Sie liest noch ein wenig, bevor sie ins Bett geht, einfach nur, um das dumm-freche Gesicht des Verteidigungsministers aus ihren Gedanken zu verbannen. Es gelingt nicht besonders gut. Sie hat eine unruhige Nacht.

Einmal wacht sie auf, hochgeschreckt durch einen Hochzeitstraum. Der Verteidigungsminister heiratet die Ministerin für Entwicklungshilfe. Sie hält ein Bündel Kinder mit abgerissenen Beinen im Arm. Die beiden sind auf einem Zeitungsfoto zusammen abgebildet. Die Unterschrift lautet: Bei der Ministerin überwiegt der Optimismus. Es gelingt ihr, noch einmal einzuschlafen.

Als sie am Morgen wach wird, hat sie das bohrende Gefühl, irgendein Detail in der Geschichte der Lara G. übersehen zu haben. Sie denkt darüber nach, während sie frühstückt, und auch noch, während sie unterwegs zur Gerichtsverhandlung ist, aber es will ihr nicht einfallen. Aus Erfahrung weiß sie, daß Fakten, die auf diese Weise versuchen, sich aus ihrem Unterbewußtsein loszumachen und zurück in ihr Bewußtsein zu kommen, nicht ohne Bedeutung sind. Aber sie weiß auch, daß sie warten muß. Manchmal hat sie Glück und hält plötzlich einen silbernen Fisch aus dem Meer der Träume in der Hand, mit dem sich etwas anfangen läßt.

Dritter Verhandlungstag

MUSS MAN IHN IN DIE WÜSTE SCHICKEN?

Im Prozeß gegen Lara G., die wahrscheinlich ihre Kinder ermordet hat, wird heute ein neuer Höhepunkt erwartet.

Der Kripo-Beamte, der durch seine mehr als nachlässigen Untersuchungsmethoden die Rekonstruktion des Tathergangs zumindest außerordentlich erschwert hat, wird heute seine Aussage machen. Aber: Machen wir es uns nicht zu leicht, wenn wir diesen Mann einfach der Nachlässigkeit zeihen, ohne auf die verheerenden Bedingungen einzugehen, unter denen unsere Polizei gezwungen ist, den Kampf mit dem Verbrechen aufzunehmen?

Kleinkriminalität, mit der wir alle schon zu tun hatten, organisierte Kriminalität, der auch einige von uns schon zum Opfer gefallen sind, ausländische Mafiabanden aus aller Herren Länder, deren reiche Anführer täglich in ihren Luxuslimousinen an uns vorbeigondeln, während ihre Handyknaben neben uns auf der Straße ihre finsteren Geschäfte betreiben, Wirtschaftskriminalität, die unser Land täglich in ungeheurem Ausmaß schädigt – und auf der anderen Seite eine Polizei, deren Mittel immer mehr gekürzt, deren Personalpläne immer häufiger zusammengestrichen werden. Gewiß, seit einiger Zeit »darf« auch der Bundesgrenzschutz Polizeigewalt ausüben und so die Länderpolizei unterstützen. Kritikaster allerdings behaupten, das sei »grundgesetzwidrig«. Nun, wenn das so ist, so muß man endlich Nägel mit Köpfen machen. Wir brauchen eine Bundespolizei und eine Euro-Pol, die diesen Namen verdient; bevor unser Land und Europa im Chaos untergehen.

Das Interesse der Öffentlichkeit an der Gerichtsverhandlung gegen Lara G. ist ungebrochen. Bella bemerkt allerdings eine gewisse Veränderung in der Zusammensetzung des Publikums, die sie unschwer mit der Vernehmung des für heute angekündigten Zeugen in Verbindung bringen kann. Mindestens zehn Polizisten in Zivil haben sich unauffällig unter die Zuhörer gemischt.

Besser, sind unter die Zuhörer gemischt worden, denkt sie. Traut der Dienstherr seinem Beamten nicht? Sollen die Kollegen den Mann einschüchtern, oder sind sie aus persönlichem Interesse anwesend? Immerhin steht einer der Ihren vor Gericht, und die Gruppensolidarität spielt bei der Polizei eine besondere Rolle. Aber während der Arbeitszeit? Der Gedanke ist abwegig, also muß es ein besonderes Interesse an der Aussage Brunners, zumindest an seinem Verhalten vor Gericht geben.

Bella betrachtet die Reihe der Journalisten. Außer Tulla, die heute in einem schwarzen, sackähnlichen Gewand erschienen ist und mit ihrem runden Gesicht und den dicken Brillengläsern einer Eule nicht unähnlich sieht, scheint niemand etwas bemerkt zu haben. Als sich ihre Blicke mit denen von Tulla treffen, zwinkert die Eule kurz mit den Augen und macht eine kleine, ruckartige Bewegung hin zum Zuschauerraum. Bella nickt, Zustimmung signalisierend. Waffenstillstand unter gegenseitiger Anerkennung der Stärke des Feindes sozusagen.

Lara G. sieht noch blasser aus als an den vergangenen

Tagen. Ihre Augen wirken sehr schmal, die dunklen, krausen Haare fallen in die Stirn, ohne daß sie einen Versuch macht, sie zurückzustreichen. Weder mit ihrer Kleidung noch mit irgendeiner Geste gibt sie zu erkennen, daß sie an der Gunst des Gerichts und der Zuschauer interessiert ist. Das Publikum zischt, während sie hereingeführt wird. Dieses Zischen, auch eine hinterhältig-feige kollektive Mißachtung des Gerichts, endet erst, als die Richterin ausdrücklich Ruhe anmahnt, bevor sie den Zeugen Brunner aufrufen läßt.

Bella hat bisher nicht darüber nachgedacht, ob sie diesen Brunner vielleicht noch aus der Zeit ihrer Arbeit bei der Kripo in Hamburg kennen könnte. Nun, als sie ihn in den Saal kommen sieht und gleich darauf seine Stimme hört, hat sie den Eindruck, daß sie ihm vielleicht schon einmal begegnet ist.

Brunner ist Anfang Fünfzig, sehr schlank, und sein Gesicht zeigt deutliche Spuren von übermäßigem Alkoholgenuß. Sie ist nicht sicher, ob er den Tag überhaupt noch ohne einen aufmunternden Schluck beginnen kann, und ganz sicher, daß er die Gelassenheit, mit der er die Fragen, die ihm gestellt werden, beantwortet, heute früh künstlich hergestellt hat. Trotzdem empfindet Bella seine Stimme und seine Bewegungen als angenehm. Gleichzeitig tut ihr der Mann leid. Er ist krank, daran besteht kein Zweifel, und seine Krankheit ist heimtückisch, denn der Versuch, sie zu überwinden, gleicht der Arbeit des Sisyphos.

Auf dem Richtertisch liegt, sorgfältig in durchsichtige Kunststoffolie verpackt, die Tatwaffe; eine große Axt, deren Anblick vom Publikum mit wohligem Schaudern genossen wird. Brunner wird gebeten, das Mordwerkzeug zu identifizieren, und er beschreibt, daß man es neben dem Bett der jüngsten Tochter am Boden gefunden habe. Dann schildert er präzise die Maßnahmen, die seine Leute und er am Tatort ergriffen haben, um die Spuren zu sichern.

Soweit das noch möglich war, sagt er.

Was meinen Sie damit? fragt die Richterin.

Brunner beschreibt, was Gericht und Publikum bereits nach der Vernehmung der ersten Zeugin zu ahnen begannen. Die Zeugin habe in einer reflexartigen Handlung, mit der sie vermutlich ihrem Schock habe entgegenwirken wollen, möglicherweise wesentliche Spuren vernichtet. Der Schock sei wahrscheinlich durch die eindeutigen Blutflekken auf der Treppe hervorgerufen worden.

Lassen Sie mich eine Frage stellen, die Ihre Arbeitsmethode bei der Spurensuche etwas näher beleuchtet, sagt die Richterin. Müssen wir davon ausgehen, daß Sie ausschließlich nach Spuren gesucht haben, die die Täterschaft von Frau G. beweisen sollten, oder haben Sie Ihre Spurensuche auch auf mögliche andere Tatverdächtige ausgedehnt?

Würden Sie bitte die Frage etwas anders formulieren, antwortet Brunner. Es fällt mir schwer, auf Entweder-oder-Fragen präzise zu antworten.

Er hat recht, denkt Bella und bewundert Brunners Gelassenheit.

Ich formuliere die Frage neu und wiederhole sie: Haben Sie am Tatort ihre Mitarbeiter angehalten, nach Spuren von weiteren möglichen Tatverdächtigen zu suchen?

Selbstverständlich.

Und haben Sie solche Spuren gefunden?

Nein, sagt Brunner sehr schnell und sehr deutlich. Zu schnell und zu deutlich, findet Bella.

Das Publikum atmet erleichtert auf. Es hat nicht wirklich damit gerechnet, aber allein der Gedanke, man könnte ihm die Hexe abspenstig machen, auf die es seinen Haß konzentriert, hat schon Unbehagen ausgelöst.

Die weitere Vernehmung Brunners bringt, außer der offenbar nur für Bella interessanten Tatsache, daß Brunner zufällig als erster am Tatort war und seine Kollegen erst zehn Minuten später eintrafen, keine neuen Erkenntnisse. Brunner spricht darüber, daß er versucht habe, mit der Frau am Sandkasten ein Gespräch zu beginnen.

Er sagt das, weil er weiß, daß die Nachbarin noch immer am Telefon saß und sie beobachtet hat, denkt Bella.

Die Frau habe nicht reagiert, obwohl er auf unterschiedliche Weise versucht habe, sie anzusprechen. Er sei dann nicht sicher gewesen, wie sie reagieren würde, wenn er sie anfassen und versuchen würde, sie zu seinem Auto zu bringen. Deshalb sei er neben ihr stehengeblieben und habe gewartet. Die Kollegen hätten sie dann, ohne daß sie Widerstand geleistet habe, mitgenommen.

Wurden die Blutspuren an ihrer Kleidung und an ihren Händen untersucht?

Selbstverständlich, sagt Brunner. Es hat sich ausschließlich um das Blut der beiden Mädchen gehandelt.

Ich will Ihnen sagen, worauf ich hinaus will. In ähnlichen Fällen – Bella wartet vergeblich auf den Einspruch des Anwalts, der durchaus zu Recht eine Vorverurteilung der Angeklagten aus den Worten der Richterin entnehmen könnte – sprechen wir von dem Phänomen des erweiterten Selbstmords. Die Person, die ihre Kinder tötet, versucht anschließend, sich selbst zu töten.

Wenn es dunkel ist, kommen ihre Boote über das Meer gefahren. Von weitem siehst du die Kette der Lichter näher kommen. Zuerst siehst du nur die Lichter. Jedes Boot trägt ein einziges Licht, eine Laterne am Bug. Da muß die Nacht still sein und ohne Mond und die See glatt und schwarz. Und dann, wenn sie näher gekommen sind, erkennst du die

Frauen im Heck oder am Bug. Still stehen sie da, und ohne ihre Hilfe bewegt sich das Boot. Sie tauchen auf aus der Schwärze, und du liegst am Strand und siehst sie an dir vorüberfahren. Du kannst sie nicht hören, aber du siehst sie. Es sind viele Boote, sehr viele, und du liegst am Strand und siebst auf die Lichter am Bug der Boote und auf die weißen Gesichter der Frauen. Und wenn sie an dir vorübergefahren sind, werden die Lichter kleiner, und die Rücken der Frauen werden eins mit der Nacht und dem schwarzen Wasser, und dann ist alles verschwunden, nichts ist mehr zu sehen, nur noch das Wasser kannst du hören, denn das Wasser ist niemals still, es redet, und es redet auch dann, wenn kein Wind weht. Und in dieser Nacht redet es mehr, so als hätten die lautlosen Boote es zum Sprechen gebracht.

Wohin sind die Boote gefahren, Marie?

Du weißt es, mein Kind, du und ich, wir wissen es.

Und die Frauen sind wirklich alle da unten? Alle in Vineta, Marie? Du hast sie gesehen. Du kennst ihre Geschichte. Wo sollten sie sonst sein?

Erzähl mir ihre Geschichte, Marie. Einmal noch.

Jede der Frauen steht da für tausend und abertausend andere Frauen. Ihre Geschichte ist sehr alt, und sie haben lange gebraucht, bis sie Vineta gefunden haben. Siehst du die, die den Zug der Boote heute nacht anführt? Eine Chinesin ist es. Man hat ihr die Füße zusammengebunden, bis sie rund und klein wie Kinderfäuste waren.

Sie hat Schmerzen, Marie.

Nein, mein Kind, sie hat keine Schmerzen mehr. Siehst du die Frau im Boot daneben? Sie hat eine merkwürdige Geschichte.

Erzähl sie mir, Marie.

Du wirst die Geschichte der Frau nicht verstehen, Kind. Es ist die Geschichte der Frauen ohne Geschichte.

So wie die der toten Baby-Mädchen? Die, die man weggeworfen hat, weil sie Mädchen waren?

Nein, diese hier haben gelebt. Sie haben gelebt und doch nicht gelebt. Eine von ihnen wollte Malerin sein. Nicht lange genug hat man sie leben und arbeiten lassen. Gestorben ist sie, als sie's nicht sein durfte. – Da, da fahren drei Boote dicht nebeneinander. Du wirst sie immer nebeneinander sehen. Sie haben dieselbe Geschichte, aber ein Boot war nicht groß genug, um ihre Zahl deutlich zu machen. Es sind die gefolterten, gemordeten, erschlagenen, verstümmelten Beutefrauen. In allen Kriegen sind sie die Opfer der Soldaten gewesen. Den Krieg mußt du hassen, mein Kind. Er tötet die Kinder und foltert die Frauen. Nun fahren sie über das Riff in eine Stadt ohne Kriege.

Auch ohne Männer, Marie?

Das kannst du dir doch denken, nicht wahr? Da, siehst du das kleine Boot da hinten, das so lustig hin und her schaukelt? Die Frau im Heck, sie ist eine Hure. Die Frauen haben lange beraten, ob sie dabei sein soll. Eigentlich hatte sie ein großes Boot gebraucht. So viele ihrer Schwestern haben sich zu Huren machen lassen. Was sollten ihre Erniedriger in Vineta?

Dürfen alle Frauen irgendwann über das Meer nach Vineta fahren, Marie?

Nicht alle, mein Kind, nicht gleich alle. Zuerst fahren nur die, die sehr unglücklich waren. Sie bauen die Stadt auf Dann, später, dürfen alle fahren.

Auch die, die ihre Kinder getötet haben?

Kind, was redest du da! Sei still.

Großvater fährt morgen mit dem Boot hinaus. Ich will mitfahren und mich beim Riff über den Bootsrand legen. Vielleicht kann ich dann die goldene Stadt sehen und die silbernen Türme und die Frauen in ihren langen schwar-

zen Kleidern. Vielleicht kann ich Großvater die Stadt zeigen.

Du wirst ihm nichts zeigen und nichts sagen. Willst du, daß die Stadt für immer verschwindet? *Laß Großvater aus dem Spiel. Der Alte ist sowieso schon zu neugierig. Lange Ohren macht er, wenn er um uns herumschleicht. Soll er seine Netze flicken und sie an anderen Stellen auswerfen. Soll er wegbleiben vom Vineta-Riff. Er wäre nicht der erste Fischer, der für seine Neugier mit dem Leben bezahlt. Kannst du schweigen? Kein Wort zu ihm, versprich es, kleine Lara.*

Ich kann schweigen, Marie.

Können Sie uns etwas über den Zeitpunkt sagen, an dem der Tod der Kinder wahrscheinlich eingetreten ist?

Die gerichtsmedizinische Untersuchung hat ergeben daß der Tod der Mädchen etwa gegen vier Uhr morgens eingetreten sein muß. Der Junge ist früher gestorben, vermutlich zwischen zweiundzwanzig und dreiundzwanzig Uhr am Abend davor.

Haben Sie eine Erklärung für die sehr unterschiedlichen Zeiten?

Nein, antwortet Brunner. Wieder eine Winzigkeit zu schnell, denkt Bella.

Wir haben Frau G. untersucht. Spuren von Medikamenten in ihrem Blut wurden nicht gefunden. Sie wies auch keine für einen Selbstmordversuch typischen Verletzungen auf. Aus der Sicht der Kripo weist nichts auf erweiterten Selbstmord hin.

Der Zeuge Brunner wird entlassen, nachdem die Staatsanwältin auf Fragen verzichtet und der Verteidiger nachdrücklich seiner Verwunderung über die schlampige Spurensicherung Ausdruck gegeben hat. Er kündigt an, er werde in seinem Schlußplädoyer ausführlich auf das Verhalten der Polizei eingehen. Bella fragt sich, weshalb er zum jetzigen Zeitpunkt darauf verzichtet, Zweifel an der Schuld der Angeklagten zu säen, und kommt zu dem Schluß, daß Gebauer seine Mandantin vermutlich selbst für schuldig hält. Lara G. hat Brunners Aussage nicht beachtet, jedenfalls keine erkennbare Regung gezeigt. Die Richterin verkündet das Ende der Verhandlung für den heutigen Tag. Bella weiß, daß das Gericht für den Nachmittag eine Besichtigung des Tatorts angesetzt hat. Sie hat beschlossen, nicht noch einmal in die Siedlung zu gehen. Sie fährt stattdessen am späten Nachmittag ins Schanzenviertel und erkundigt sich dort im Umkreis von zweihundert Metern von Brunners Wohnung nach dessen Stammkneipe, wohl wissend, daß Männer in Brunners Zustand sich gewöhnlich in der Nähe ihrer Wohnung abends den Rest geben. Als sie die Kneipe gefunden hat, eine merkwürdige Mischung aus Billardsalon, Café und Stehbierhalle, setzt sie sich in eine Ecke und wartet. Gemessen an russischen Trinkstuben, in denen man, bis zu den Knöcheln in einem Gemisch aus Bier und Pisse stehend, vor Gestank kaum atmen kann, sitzt sie im Paradies. Sie ist ziemlich sicher, daß Brunner nach dem Ende der Verhandlung nicht zurück in sein Büro gegangen ist. Während sie auf ihn wartet und dabei hin und wieder an einem Kaffee nippt, der zu lange auf der Wärmeplatte gestanden hat, überlegt sie, welche Taktik sie wählen soll, um mit ihm ins Gespräch zu kommen. Der Mann mag ein Alkoholiker sein, aber sein Abschlußbericht in der Eismannsache ist wirklich brillant. Sie entschließt sich, von Anfang an mit offenen Karten zu spielen. Abgesehen davon, daß es schwierig sein dürfte, hat er es auch nicht verdient, hinters Licht geführt zu werden.

Es dauert zwei Stunden, länger, als sie erwartet hat, bis

Brunner auftaucht. Er streift sie mit einem kurzen Blick – er hat mich im Gericht bemerkt und überlegt nun, ob ich etwas von ihm will; wenn er beschlossen hat, daß es so ist, wird er an meinen Tisch kommen – und stellt sich dann an den Tresen. Das Mädchen hinter der Bar gibt ihm, ohne daß er etwas gesagt hätte, eine Tasse Kaffee und einen großen Grappa. Die Art, wie sie ihn dabei anlächelt, läßt auf einen Grad von Vertrautheit schließen, der über den zwischen Bedienung und Gast üblichen hinausgeht. Bella stellt fest, daß Brunner sehr reserviert bleibt.

Einer von denen, die am Tag nicht gern an ihre nächtlichen Abenteuer erinnert werden wollen, denkt sie und fragt sich, woher ihr eigentlich dieses männliche Verhalten vertraut ist. Bevor sie noch dazu gekommen ist, die Liste ihrer verflossenen Liebhaber durchzugehen – irgendeiner muß darunter gewesen sein, der sich ähnlich verhielt –, hat Brunner sich zu ihr an den Tisch gesetzt.

Gratuliere, denkt Bella, ich hab ihn richtig eingeschätzt. Sie sieht Brunner fragend an. Der ist offenbar der Meinung, sie habe das Gespräch zu beginnen, und schweigt freundlich. Aus der Nähe betrachtet, sieht er müde aus und nicht unsympathisch.

Bella Block. Sie haben richtig gesehen, sagt sie schließlich. Ich war im Gericht. Keine Bange, ich will Sie nicht wegen der Sache Lara G. sprechen. (Täuscht sie sich, oder ist in Brunners Gesicht kurz so etwas wie Enttäuschung gewesen?) Ich möchte gern ganz offen mit Ihnen reden.

Brunner trinkt den Rest seines Grappas, nimmt einen sehr kleinen Schluck aus der Kaffeetasse, hält sein Glas hoch, ohne sich zur Theke umzuwenden, und sieht Bella abwartend an.

Es geht um den Eismann, sagt sie. Brunners Gesicht bleibt unverändert freundlich. Er wirkt wie ein guter Pokerspieler. Ist er wirklich so, oder hat ihn der Alkohol einfach nur unempfindlich gemacht?

Das Mädchen kommt an den Tisch, stellt ein Glas mit Grappa auf die Tischplatte und greift nach der Kaffeetasse. Brunner streckt die Hand aus und berührt ihren Arm, um ihr zu zeigen, daß sie die Tasse stehen lassen möge. Die kleine Geste wirkt sehr vertraut. Das Mädchen nimmt das leere Glas und geht zurück hinter den Tresen.

Was wollen Sie wissen? fragt Brunner.

Ich will wissen, wo er sich verkrochen hat. Brunner sieht sie abschätzend an. Offenbar überlegt er, ob die Frau, die vor ihm sitzt, eine Begegnung mit dem Eismann herstellen kann, deren Ergebnis auch ihn zufriedenstellen könnte.

Ich weiß, daß Sie mal Polizistin waren, sagt er schließlich. Ich habe mal gehört, Sie seien von dem Haufen weg, weil es Ihnen dort nicht mehr gefiel. Ich hab keine Ahnung, was Sie seit damals gemacht haben. Wäre für mich gar nicht uninteressant zu wissen. Ich brauch fünftausend netto, das ist das mindeste. Wie, schätzen Sie, schafft man das?

Ist ein hartes Brot. Ich hab Glück gehabt. Ich hab zwischendurch geerbt. Wenn ich ehrlich sein soll – sie zögert einen Augenblick mit der Antwort –, machen Sie's nicht. Nicht in Ihrer Verfassung.

Danke, das war ein ehrliches Wort. Wenn Sie etwas anderes gesagt hätten, wäre unser Gespräch nun wohl beendet gewesen.

Ihr Bericht, sagt Bella, die Zusammenfassung in der Eismannsache, Hut ab. Hatte nur einen Schönheitsfehler.

Ja?

Die wichtigste Seite hat jemand rausgenommen.

Woher hatten Sie die Akte?

Kranz, sagt Bella, der Psychologe. Sie kennen ihn.

Brunner macht ein Gesicht, als wollte er sagen: Sieh einer an, aber er sagt: Ich hab ihm gleich nicht getraut.

Kranz ist nicht das Problem, antwortet Bella.

Brunner greift mit der Rechten nach einem Bierdeckel und hält mit der Linken sein Glas in die Höhe. Diesmal dreht er sich halb zur Theke um und sagt: Bring mal einen Kugelschreiber.

Bis der Grappa und der Kugelschreiber da sind, herrscht Schweigen. Bella hat Gelegenheit, darüber nachzudenken, weshalb der Mann ihr gegenüber so bereitwillig Auskunft geben will. Sie hat eine Ahnung, möchte aber gern Gewißheit und nimmt sich vor, Brunner ein paar Fragen zu stellen, wenn er seine Malerei auf dem Bierdeckel beendet hat. Die Zeichnung, die er schließlich zu ihr hinüberschiebt, ist präzise und detailreich.

Hier, sagt er, das ist der Barmbeker Bahnhof. Ich weiß nicht, wie gut Sie sich in der Gegend auskennen. Deshalb hab ich's etwas genauer gemacht. Wenn man zum Haupteingang rauskommt, nach links, unter der Brücke durch, über die Straße, erste Straße rechts, Pestalozzistraße, glaube ich. Am Ende auf der rechten Seite. Ein flacher Bau, ziemlich lang gestreckt. Mehrere Firmen, Computer, ein Großhandel für Hunde- und Katzenfutter, zwei Büros für Schreibarbeiten, von der Sozialbehörde eingerichtet. Wiedereingliederungsmaßnahmen für arbeitslose Soziologinnen. Das Haus gehört der Stadt. Es ist voll unterkellert. Der Eingang zum Untergeschoß geht über den Großhandel. Ihr Mann sitzt unten.

Bella sieht ihn zweifelnd an.

Natürlich geht das, sagt Brunner. Ich sag doch: Das Haus gehört der Stadt. Haben Sie eine Waffe? Und als Bella nickt: Lassen Sie sie zu Hause. Wenn Sie allein hingehen, müssen Sie sich etwas Besseres einfallen lassen.

Wie viele?

Vier Mann, immer zwei im Wechsel. Ich wüßte zur Zeit niemanden, der besser bewacht ist. Obwohl solche Leute meist nicht besonders intelligent sind. Aber das wissen Sie selbst.

Danke, antwortet Bella. Sie nimmt den Bierdeckel auf, sieht noch einmal auf die Zeichnung und beginnt, ihn in kleine Teile zu zerkrümeln.

Wenn das erledigt ist, sagt sie, sollten wir vielleicht ein wenig über Sie reden.

Nein, sagt Brunner. Ich glaube nicht, daß wir das sollten. Man redet nicht über den Sand im Getriebe. Es sei denn, Sie brauchten welchen. Dann jederzeit. Er steht so unvermittelt auf und verläßt das Lokal, daß Bella überrascht ist. Einen Augenblick später sieht sie ihn draußen vorübergehen, ein wenig gebeugt, aber durchaus nicht schwankend.

Was hat Kranz gesagt? Entweder der öffentliche Skandal und die Entlassung oder der ruhige Job in einem langweiligen Abschnitt. Daß es für einen Mann von Ehre noch eine dritte Möglichkeit gibt, war ihm nicht eingefallen.

Während sie zurückfährt, denkt sie nicht mehr an Brunner. Zu Hause angekommen, ruft sie Tulla an und verabredet sich mit ihr. Tulla wird um ein Uhr nachts am Ausgang des Barmbeker Bahnhofs auf sie warten und eine Kamera und ihr Handy mitbringen.

Bella legt sich hin. Sie schläft tief und traumlos.

Als sie aufwacht, ist es elf Uhr abends. Sie läßt den Porsche stehen und fährt mit der Bahn in die Stadt. Auf dem Weg zur S-Bahn überfällt sie die weiche Frühlingsnacht und versetzt sie in genau die Stimmung, die sie nun braucht. Sie ist albern genug, ein paarmal »für dich, Eddy« zu denken und dabei lange vergessene zärtliche Gefühle zu empfinden. Tulla erwartet sie bereits.

Nachteule, denkt Bella belustigt bei ihrem Anblick. Zur Sicherheit faßt sie noch einmal in die Taschen ihres Parkas. Die Gaspatronen fassen sich glatt und kühl an. Manchmal können eben sogar noch die zurückgelassenen Reste einer verkommenen Armee auf sinnvolle Weise Verwendung finden. Sie schärft Tulla ein, sich nicht von der Stelle zu bewegen und den Katzenfutterladen im Auge zu behalten, bis sie wieder auftaucht.

Der Einbruch in den Laden ist einfach. Die Tür hat ein Schloß, das mindestens zwanzig Jahre alt ist. Durch die Ladenscheiben fällt genügend Licht von außen, so daß sie sich leicht orientieren kann. Sie bewegt sich leise und zielbewußt. Hinter dem Ladentisch findet sie eine Rolle mit Schnur. In einer Ecke entdeckt sie ein Waschbecken. Daneben hängt ein schmutziges Handtuch. Vorsichtig, ohne ein Geräusch zu machen, feuchtet sie das Tuch an. Die Eisentür, die am Fuß der Treppe den Weg in den Keller versperrt, ist geschlossen, aber nicht abgeschlossen. Zögernd bleibt sie davor stehen. Was sie vorhat, ist nicht ohne Risiko. Sie hat keine Erfahrung im Umgang mit russischen Gaspatronen. Wenn das Zeug nicht schnell genug wirkt – jetzt ist es zu spät, darüber nachzudenken. Entschlossen zündet sie die Patronen und schiebt sie durch die spaltbreit geöffnete Tür. Dann schließt sie die Tür und wartet.

Die Zeit vergeht unendlich langsam. Wenn der Keller zu groß ist, hat das Gas vielleicht eine zu geringe Wirkung. Jemand wird nachsehen wollen – aber es bleibt alles still. Einmal hört sie Schritte und Stimmen, aber nur kurz. Da muß sie sich zwingen stehenzubleiben. Zur Sicherheit wartet sie zehn Minuten, bevor sie die Tür öffnet und hinuntersteigt.

Am Ende des Kellergangs hängt eine Glühbirne von der Decke. Direkt darunter liegt ein Mann. Nahe bei ihm, in einer geöffneten Tür, liegt ein zweiter. Der Gasgeruch ist widerlich stark. Sie preßt sich das nasse, schmutzige Handtuch vors Gesicht, läuft den Gang entlang, stürzt in den Raum hinter der Tür, öffnet ein Fenster, sieht in einen verdreckten Kellerschacht, atmet tief durch. Sie wird sich beeilen müssen, auch wenn von den leblosen Männern keine Gefahr mehr ausgeht. Der Geruch wird über kurz oder lang einen späten Passanten aufmerksam machen. Schnell sieht sie sich um. Auf einem Ledersofa an der Wand liegt ein dritter Mann. Er trägt Lederhosen, für die er zu fett ist, und ein hellblaues Hemd. Der Eismann – er ist alt und häßlich, und er war einmal mächtig. Ihn verschnürt sie als ersten.

Der Keller hat nur ein Fenster, das sich öffnen läßt. Der Geruch wird unerträglich. Zurück ans Fenster, durchatmen. Dann die beiden anderen verschnüren. Dann die drei Männer nach vorn zerren, schön ordentlich nebeneinanderlegen, die Gesichter nach oben.

Halb ohnmächtig taumelt sie die Treppe hinauf und winkt Tulla. Erst im letzten Augenblick sieht sie den langsam auf der Straße vorüberfahrenden Polizeiwagen. Der Wagen hält an. Sie sieht Tulla über die Straße stürzen, neben den Polizisten stehenbleiben und wild auf sie einreden. Schließlich steigen die Männer aus und gehen widerwillig, dicht gefolgt von Tulla, auf die Ladentür zu. Erst als sie feststellen, daß der Laden aufgebrochen wurde, werden die beiden lebendig. Hinter dem Kassentisch hockend, beobachtet Bella den kleinen Trupp, der sich auf die Kellertreppe zubewegt

Von dort kommt der Gestank, hört sie Tulla sagen.

Bevor sie, noch immer betäubt und nur mühsam einen Hustenreiz unterdrückend, durch Paletten mit Katzenfutter geschützt, den Laden verläßt, sieht sie Tulla eifrig knipsend auf der Kellertreppe stehen. Ihr Blitzlicht erhellt in kurzen, scharfen Sekunden die Kindergesichter zweier Polizisten.

Auf dem Weg zum Bahnhof merkt sie, daß der Parka so widerlich nach dem Zeug aus den Gaspatronen riecht, daß sie ihn loswerden muß. Sie stopft ihn in den nächsten Papierkorb. Langsam geht es ihr besser. Die Nacht ist nun nicht mehr lau und frühlingswarm. Ihr wird kalt, und als sie feststellt, daß der letzte Zug schon vor einer Stunde gefahren ist, beginnt sie wirklich zu frieren. Dennoch zieht sie es vor, die Einladung eines Mannes, der sein Nachtlager unter der Eisenbahnbrücke aufgebaut hat, abzulehnen. Für den Weg zu Fuß nach Hause wird sie etwa drei Stunden brauchen. Wenn sie ankommt, wird ihr warm geworden sein, und Eos, die rosenfingrige Göttin der Morgenröte, wird gerade versuchen, die Wasser der Elbe rosa zu färben, passend zu ihrer Stimmung.

Bella ist gerade eingeschlafen, als das Telefon zu läuten beginnt und nicht wieder aufhört. Es ist Tulla, die anruft und, als Bella endlich abnimmt, verzweifelt fragt, was sie denn mit den Fotos nun machen solle.

Die Geschichte, ich brauche doch die Geschichte dazu! Die haben mir die erste Seite freigehalten wegen der Fotos, aber nur noch eine halbe Stunde!

Du lieber Himmel, nicht einmal Miß Marple hätte sich so eine dumme Geschichte geleistet. Ich werde wirklich alt. Also, passen Sie auf –

Bella erklärt die Hintergründe, soweit sie ihr bekannt sind, spricht vom Eismann und seinen Freunden ganz oben, die ihn bisher geschützt haben.

Kann ich mich auf Sie berufen?

Nein, sagt Bella, das können Sie nicht. Ich würde meinen Informanten gefährden. Schreiben Sie die Geschichte so, daß die Staatsanwaltschaft Anklage erheben muß, auch gegen die Gönner bei der Polizei, aber schweigen Sie über

Ihre Quelle. Und als sie spürt, daß Tulla skeptisch bleibt: Sie ist noch für andere Enthüllungen gut. Das, so nimmt sie jedenfalls an, wird Tulla den Mund verschließen.

Nach dem Gespräch ist ihr Schlafbedürfnis erst einmal verschwunden. Sie kramt die Adresse der Barfrau hervor, die Tulla ihr besorgt hat, und ruft die Frau an. Sie hat vorgehabt, sich wegen der frühen Störung zu entschuldigen. Es ist sechs Uhr am Morgen, eine Zeit, in der, wie sie vermutet, Barfrauen noch schlafen. Sie verzichtet darauf, als sie am Telefon im Hintergrund Kinderstimmen hört.

Erinnern Sie sich? Die doppelten Wodka mit Orangensaft.

Doch nicht schon am frühen Morgen, oder? Ich bin ziemlich beschäftigt, da gehen Sie besser zu Aldi.

Daß man bei dem Job, und dann auch noch mit Kindern, morgens schon versuchen kann, komisch zu sein, scheint Bella eine erstaunliche Leistung.

Ich bitte Sie um einen Gefallen. Nicht für mich, für Eddy. Seid doch mal ruhig, verdammt noch mal. Das Gebrüll verstummt augenblicklich. Ja?

Ich glaube, er hat kein Telefon. Bitte, gehen Sie nachher bei ihm vorbei, und bringen Sie ihm das Morgenjournal von heute. Mit einem Gruß von Bella.

Bella? Was soll das heißen? Einfach nur Bella?

Er weiß schon, wer gemeint ist.

Wenn er überhaupt noch was weiß. Ist gut. Ich mach das für Sie. Und nach einer kleinen Pause: Wieso gehen Sie nicht selbst?

Ich schaff's nicht, noch nicht, antwortet sie. Irgendwann bestimmt, nur jetzt noch nicht. Aber ich möchte, daß er sich freut.

Kommen Sie mal wieder vorbei, sagt die Frau nach einer kleinen Pause. Dann legt sie auf.

Die Zeit bis zur Fortsetzung der Verhandlung verbringt

Bella in einem sonderbar wachen Zustand, den sie seit ihrer Rückkehr nicht mehr gespürt hat. Sie ist darüber nicht unbedingt glücklich. Es ist länger als drei Jahre her, daß sie in einer Sache ermittelt und sich damit auf die Verhältnisse im Land eingelassen hat. Zuletzt hat sie eine Geschichte, die sie Olga zuliebe angenommen hat, in den Osten geführt. Später nannte sie die bei sich »Ein Fall mit Liebe«. Dann war sie als Dolmetscherin nach Odessa gefahren. Sie hatte nicht wissen können, daß sich durch diese Reise ihr Leben verändern würde.

Hatte es sich denn wirklich verändert?

Eine Zeitlang hat sie geglaubt, in dem fremden Land glücklicher sein zu können. Sie hat in Odessa Viktor kennengelernt, einen idealistischen russischen Physiker, der die Wissenschaft seiner Heimat vor dem Verfall retten wollte. Mit ihm ist sie nach Rußland gegangen. Irgendwann ist sie ohne Viktor weitergezogen und in der Stadt der Frauen gestrandet. All ihre Erlebnisse haben ihre Fähigkeiten zu physischem und psychischem Überleben bedingungslos gefordert, und sie hat sie einigermaßen heil an Körper und Seele überstanden. Nicht ein einziges Mal hat sie in der ganzen Zeit an Deutschland gedacht. Sie ist zurückgekommen, weil sie müde geworden war und Hunger hatte und Sehnsucht nach einem sauberen Bett.

In Hamburg hat sie dann ruhig und zurückgezogen gelebt, froh, allein zu sein und Zeit zu haben, über ihre Vorstellung von Glück nachzudenken. Und nun ist es, als hätte die kurze und, wie sie im nachhinein findet, unüberlegte Aktion gegen Eddys Peiniger sie auf eine bestimmte Weise aufgeweckt. Es scheint ihr auf einmal nicht mehr erlaubt, unangenehme Dinge einfach zu übersehen.

Sie verläßt ihr Haus nur, um sich am Elbufer beim Laufen Bewegung zu verschaffen. Wenn sie dabei, was unvermeidlich ist, den ständig wachsenden Gebäudekomplex der Rüstungsfirma DASA am gegenüberliegenden Ufer zu Gesicht bekommt, denkt sie an Geschlechterreihen von Rüstungsgewinnlern, die ihre luxuriösen Villen auf den schönsten Plätzen des Landes erbauen. Je mehr tote Frauen und Kinder, desto größer und schöner die Häuser. Das Land kommt ihr verändert vor, und gerade die Dumpfheit seiner Bewohner, die sich die täglichen Lügen und Schönredereien der Politiker anhören, ohne zu zweifeln, erscheint ihr als ein Zeichen des Verfalls.

Sie möchte darauf verzichten, aber sie zwingt sich dazu, mittags und abends die Nachrichten zu hören und genau hinzusehen. Sie hört und sieht erstaunliche Dinge, über die aber nur sie allein erstaunt zu sein scheint. Es ist, als hätten die Medien, die sich ihrer Aufgabe, »vierte Gewalt« zu sein, lange gerühmt haben, vergessen, daß nicht Hofberichterstattung ihre Aufgabe ist. Dann sitzt sie da und beobachtet, wie mit alltäglichen Skandalen, verursacht von Politikern, von denen nichts anderes zu erwarten ist als eben alltägliche Skandale um Bereicherung, Bestechung, Vorteilnahme, Steuerhinterziehung, Unterschlagung, abgelenkt wird von dem großen Verbrechen, das täglich begangen wird: vom Krieg, an den sich die Menschen wieder gewöhnt haben.

Manchmal liegt sie nun nachts wach und grübelt. Ist der Krieg gegen Jugoslawien nur ein erster Test gewesen? Was ist als nächstes geplant? Weshalb haben sich an die Spitze der Kriegsbefürworter Schriftsteller und Intellektuelle gesetzt und mit ihrem, wie sie offenbar immer noch glauben, guten Namen die Leichenhügel gedeckt?

Sie hat beobachtet, daß es inzwischen Kommentatoren gibt, die das Instrumentarium der Kriegshetze auf beeindruckende Art beherrschen. Sie haben dem gläubigen Publikum erklärt, im Kaukasus, zwischen Schwarzem und Kaspischem Meer, stünden deutsche Interessen auf dem Spiel. Wenig später, da waren die Gehirne der Gläubigen gut vorbereitet, hat die Regierung ihre Befürchtung vor einer weiteren Destabilisierung des Kaukasus bekundet. Perfider und perfekter konnte das Zusammenspiel der Männer aus den verschiedenen Abteilungen der Macht nicht funktionieren.

Und, gib es ruhig zu, Bella, auch wenn die Erkenntnis dich traurig stimmt:

Unterwürfiger und bereitwilliger können die Handlangerdienste der Frauen in Regierung und Parlament nicht sein, denen man eingeredet hat, sie seien beteiligt an der Ausübung der Macht; während sie doch in Wirklichkeit nichts weiter sind als Aushängeschilder.

Eine Zeitung brachte das Porträt der Wehrbeauftragten einer ehemals alternativen Partei. Bella fand es schwer zu beurteilen, was abstoßender war: die öffentliche Häme, mit der die Zeitung die Bloßstellung der Frau betrieb, oder die Hilflosigkeit, mit der sie sich in ihrer fatalen Lage zurechtzufinden suchte.

Den Krieg rechtfertigen und »dabei Frau bleiben« möchte sie gern.

Eine gewisse Nähe zu den Soldaten wird ihr dafür lobend vom führenden Militaristen der Opposition bescheinigt.

Irgendwann später wird Bella klarwerden, daß ihr neu erwachtes Interesse an der Wahrnehmung von Kriegsstimmungen im Land durchaus auch mit dem Fall Lara G. zu tun hat. Ihre Beobachtungen sind sozusagen die Wellen, auf denen ihr Unterbewußtsein eine bestimmte Wahrnehmung an die Oberfläche transportiert. Noch allerdings sind ihr Zusammenhänge dieser Art nicht bewußt. Trauer und manchmal sogar Ekel bestimmen ihre Gefühle, während sie versucht, sich nach langer Abwesenheit wieder zurechtzufinden.

Vierter Verhandlungstag

DAS WAHRE GESICHT DER LARA G.

Stellen Sie sich eine Frau vor, wild und leidenschaftlich, auf dem Höhepunkt ihrer Sexualität und ihrem Mann in blinder Liebe zugetan. Sie wird verlassen, weil der Mann sich einer Jüngeren zugewandt hat. Was wird sie tun?
Das Phänomen selbst ist bekannt. Viele unserer Politiker und Wirtschaftsleute schöpfen aus einer Verbindung mit einer jüngeren Frau neue Kraft. Wer wollte sie deshalb verurteilen? Schließlich profitieren wir alle davon. Ein schlimmes Los, natürlich, bleibt der Zurückgebliebenen. Dem sie sich nur mit Anstand stellen kann. Nicht so Lara G., deren gemeines Verbrechen heute erneut das Gericht beschäftigen wird. Lara G., verlassen und doch nicht verlassen, denn die Sorge für ihre Kinder hätte sie voll in Anspruch nehmen können, nimmt sich einen Liebhaber; einen jungen, wohl schon aus Rache, wie denn Rache ja Überhaupt ihr Motiv gewesen sein könnte für die scheußliche Tat. Der Liebhaber, Raimund A., wird heute vor Gericht aussagen. Man wird gespannt sein dürfen auf das grelle Licht, das seine Aussage auf die nach wie vor schweigende Angeklagte werfen wird. Ein schönes Bild wird in diesem Licht wohl kaum entstehen können.

Der Andrang des Publikums am vierten Verhandlungstag hat sich in einen Ansturm verwandelt. Die Nase der Öffentlichkeit wittert Sex. Sex und Blut, was für eine belebende Mischung.

Bella betrachtet das Publikum und stellt fest, daß die kleine Frau mit den rosa Löckchen heute unvorteilhaft aussieht. Sie trägt ein blaßgrünes Kostüm, das ihre Haut wächsern erscheinen läßt. Bella schätzt das Alter der Dame auf siebzig bis achtzig. Zum ersten Mal sieht sie wirklich alt aus. Der Schwarm ihrer Verehrer scheint etwas kleiner geworden zu sein. Auch die Rangordnung scheint sich verändert zu haben. Bella wird durch Tullas Erscheinen davon abgelenkt, festzustellen, in welcher Weise.

Tulla sieht so ungewöhnlich aus, daß der Gerichtsdiener sie um ihren Personalausweis bittet, obwohl er sie eigentlich kennen müßte. Er sieht ihr entgeistert nach, als sie an ihren Platz schreitet. Und auch Bella kann nicht umhin, sie länger als sonst anzusehen. Tullas Gewand besteht aus einer Art Toga. Eine Unmenge weißen Stoffs umhüllt oder verhüllt oder verhängt oder verkleidet ihren Körper. Es ist nicht auszumachen, auf welche Art der Stoff zusammengehalten wird. Auf jeden Fall scheint es irgendwo eine kritische Stelle zu geben, die die Trägerin dazu zwingt, eine vorsichtige Haltung einzunehmen, um zu verhindern, daß die weiße Pracht sich plötzlich am Boden um ihre Füße wikkelt. Die Füße allerdings scheinen auf eine derartige Attacke vorbereitet zu sein. Sie stecken in goldenen Sandalen. Tulla ist durch die ungewöhnliche Fußbekleidung mindestens zwanzig Zentimeter größer geworden. Zusammen mit dem zwanzig Zentimeter hohen, turbanähnlichen Gebilde, das ihren Kopf ziert, erreicht sie eine Gesamtlänge von etwa zwei Metern, für eine kleine Person wie sie eine beachtliche Höherentwicklung. Schuhe, Gewand und Turban erzwingen einen geradezu königlichen Gesamteindruck, der durch die Haltung der Trägerin verstärkt wird.

Was oder wen stellt sie dar? überlegt Bella. Ist ihr der Erfolg durch die Aufdeckung der Eismanngeschichte zu Kopf gestiegen? Ist sie nun die Königin der freien Presse? Wer hat ihr geraten, sich so zu verkleiden?

Ihre Überlegungen werden durch das Erscheinen der Staatsanwältin unterbrochen. Was ist los? Weshalb sieht die heute so aus, als würde sie am liebsten nach Hause laufen und sich verkriechen? Bellas Blick geht hinüber zum Richtertisch, nun schon in der stillen Erwartung, auch dort besondere Beobachtungen machen zu müssen. Ihre Erwartungen erfüllen sich nicht. Aufmerksam, umsichtig, gelassen-bürokratisch legt die Richterin ihre Akten vor sich aus, spricht mit den Beisitzern, mustert mit einem langen Blick das Publikum, vergewissert sich durch einen fragenden Blick auf die Protokollantin, daß die bereit ist, und verkündet die Fortsetzung der Verhandlung. Die nun schon beinahe zum leeren Ritual gewordene Frage an den Verteidiger, ob seine Mandantin sich zum Reden entschlossen habe, wird von Gebauer mit »Nein« beantwortet. Die Richterin wirft einen prüfenden Blick auf Lara G.

Sie schaden sich selbst, Frau G. Es ist Ihre Entscheidung, wie Sie sich vor Gericht verhalten wollen. Als Angeklagter stehen Ihnen verschiedene Möglichkeiten offen. Die Variante, die Sie gewählt haben, trägt leider überhaupt nicht zur Aufklärung der Tatumstände bei. Damit schaden Sie sich unter Umständen selbst. Ich nehme an, daß Ihr Herr Verteidiger Ihnen das bereits klargemacht hat. Das Gericht hält es dennoch für seine Pflicht, Sie ausdrücklich darauf hinzuweisen.

Sie macht eine kleine Pause und beobachtet Lara G. beinahe streng.

Wir werden heute Raimund A. vernehmen. Bitte, überlegen Sie sich, ob Sie zu seinen Äußerungen Stellung nehmen wollen. Herr Verteidiger, ich bitte auch Sie, in diesem Sinn auf Ihre Mandantin einzuwirken.

Was erwartet sie von der Aussage des Liebhabers, überlegt Bella. Und als es ihr plötzlich klar wird, muß sie beinahe lachen. Es ist natürlich nicht nur das Einser-Examen, das die junge Frau da vorn auf den Richterstuhl befördert hat. Es ist mindestens zu gleichen Teilen auch ihre Herkunft. In ihren Kreisen gilt es als unfein, vor den Augen der Welt einen jugendlichen Liebhaber zu empfangen. Es bedeutet das Überschreiten von Konventionen, dem man nur mit hochgezogenen Augenbrauen und diskretem Naserümpfen begegnen, deren handelnde Personen man nur mit einem »Nicht-zur-Kenntnis-Nehmen« bedenken kann.

Die Richterin, für die es unmöglich ist, sich vorzustellen, daß Lara G. für die Verachtung, die in einer solchen Haltung liegt, unempfindlich sein könnte, weil sie ihr Leben nicht nach den Konventionen der Upper class lebt, hat gerade versucht, ihr eine Chance zur Rechtfertigung zu geben.

Das ist fair und dumm zugleich, denkt Bella. Weshalb eigentlich nehmen die Leute immer an, daß ihre eigenen moralischen Vorstellungen auch für andere gelten müssen.

Die Ungerührtheit, mit der Lara die Rede der Richterin über sich ergehen läßt, würde Bella Bewunderung abnötigen, wenn sie nicht längst schon den Verdacht, fast schon die Gewißheit hätte, daß die Angeklagte die Worte überhaupt nicht wahrnimmt.

Der Zeuge Raimund A. wird aufgerufen. Das Publikum beobachtet sein Erscheinen mit gespannter Aufmerksamkeit. Es war bekannt, daß ein jugendlicher Liebhaber zu erwarten sein würde. Sein Foto war in allen Zeitungen gewesen. Unzählige Reporter hatten versucht, von ihm eine interessante Geschichte zu bekommen; je nach Linie des

Blattes, für das sie arbeiteten, rührselig, sozialkritisch, moralisierend oder nüchtern, sollten sie die Stationen seines Lebens erzählen. Alle hatten selbstverständlich auf ihre Weise sein Verhältnis zu Lara G. interpretiert: als sexuelle Hörigkeit, als leichtsinniges Vergnügen, als Mutter-Sohn-Inzest, als Verführung eines (fast) noch Minderjährigen, als große Leidenschaft, als hilfloses Aneinanderklammern zweier Gescheiterter. Das Gericht brauchte nur noch zu wählen, welcher Variante es den Vorzug geben wollte. Inwieweit die Art des Verhältnisses mit dem Tod der Kinder in Verbindung zu bringen wäre, würde dann die einzig noch zu beantwortende Frage sein.

Die Staatsanwaltschaft hatte in der Anklageschrift der Vermutung der sexuellen Hörigkeit des Raimund A. Raum gegeben. Von Raimund A. erwartet man nun Aufklärung.

Bella ist enttäuscht, als sie den Zeugen zu Gesicht bekommt. Raimund A. ist dreiundzwanzig Jahre alt. Sein Aussehen, sein Auftritt erinnern an einen Engel, einen Engel mit blonden Locken und weichen Bewegungen, sozusagen die positive Ausgabe eines Engels. Einen verworfenen, einen bösartigen Engel hätte sie Lara zugetraut. Nicht aber dieses gelockte Jüngelchen, das sogar von jedweder Eitelkeit frei zu sein scheint. Schön, sanft und langweilig, ist ihr Urteil, und es soll sich während seiner Aussage fast bestätigen. Von der Richterin dazu aufgefordert, sein Verhältnis zu der Angeklagten zusammenhängend und von Anfang an zu schildern, erklärt er in ruhigem, gleichmäßigem Ton:

Ich habe Lara auf dem Jahrmarkt kennengelernt. Sie war dort mit den Kindern. Ich hab an der Würstchenbude ausgeholfen. Ich verdiene so nebenbei Geld für mein Psychologiestudium. Das Bafög ist ja nicht so hoch. Ich konnte sehen, daß sie nicht so viel Geld hatte, weil sie den Kindern entweder nur Pommes oder nur Würstchen kaufen wollte.

Ich hab dann umsonst ein paar Pommes dazugetan. Später sind die Kinder noch einmal zurückgekommen. Sie wollten wieder Pommes, und Lara, ich meine, der Mutter war das ziemlich peinlich. Sie hat mich dann eingeladen, die Kinder zu besuchen (an dieser Stelle ruft ein Mann im Zuschauerraum: »Die Kinder?« und hat ein paar Lacher auf seiner Seite), und dann – der Zeuge stockt einen Augenblick, bevor er, zu gleichmütig, findet Bella, fortfährt –, dann haben wir miteinander geschlafen.

Schlaf jetzt, Großvater. Schlaf einfach, und sei uns nicht mehr böse. Fischer können nicht schwimmen, sagt Marie. Auch du hast es gesagt. Weil sie sonst versuchen würden, unser Geheimnis zu entdecken. Weshalb bist du über das Riff gefahren? Die schwarzen Frauen lassen sich nicht entdecken. Nicht von dir, Großvater, sie haben dir Swantewitt geschickt. Und auch nicht von den anderen Fischern. Die sich über den Rand der Boote legen, um ihre Geheimnisse auszuspähen, ziehen sie in die Tiefe. Sie behalten die Fischer dort unten, bis sie gestorben sind. Bleich und tot schicken sie die Körper zurück. Du siehst aus, als hättest du bei den schwarzen Frauen geschlafen, und dein Schlaf ist so tief, daß du nie mehr aufwachen wirst. Du hast sie gesehen, aber du durftest sie nicht sehen. Ich werde zu ihnen gehen, wenn ich groß bin. Sie werden mir ein schwarzes Gewand schenken, und ich werde zu ihnen gehören. Wir werden nachts über das Meer fahren, über alle Meere, und die anderen Frauen in unsere Boote nehmen. Es gibt noch viele, die an der Stadt mitbauen werden, sagt Marie. Schwarze Frauen aus Afrika werden wir holen, die nicht mehr lieben können, weil man sie verstümmelt hat. Lasteselfrauen, die keinen Namen haben, werden zu uns kommen. Sie sind stark. Du hast die schwarzen Frauen gestört, Großvater. Ich mag dich, aber du durftest sie nicht stören. Sie haben den Sturm geschickt, der dich über Bord gezogen hat. Du bist nicht schuld, Großvater. Du hast es nicht besser gewußt. Nur ich und Marie, wir hätten es dir sagen können. Aber wir dürfen nicht reden.

Ist die Initiative dazu von Ihnen ausgegangen?

Niemand im Saal traut dem blonden Engel zu, eine Frau wie Lara zu verführen, und so ist die Überraschung groß, als Raimund A. die Frage der Richterin mit »Ja« beantwortet. Er macht eine kleine Pause, bevor er mit sanfter Stimme erklärt: Sie hat mir gefallen. Ich wußte ja, daß sie allein lebt. Wenn ich mal so sagen darf: Solche Frauen sind meistens dankbar dafür. Sie haben genug mit den Kindern zu tun und stellen wenig Ansprüche.

Und wenn man sie lange genug kennt, kann man seine Wäsche mitbringen, nicht wahr?

Mit dem bewußt harmlos ausgesprochenen Satz gewinnt die Richterin unerwartet Bellas Sympathie.

Ja, natürlich, antwortet der Engel, vollkommen unbeeindruckt. Aber so war es bei uns nicht. Es waren ja Semesterferien. Ich war viel unterwegs, so daß sich alles ein bißchen hingezogen hat. Im Semester wäre es dann günstiger gewesen. Aber so im Februar, da wollte sie dann nicht mehr.

Würden Sie das etwas näher beschreiben? Was ist im Februar geschehen?

Also, um es klar zu sagen: Sie hat mich vor die Tür gesetzt.

Das Selbstbewußtsein des Engels scheint durch die Bekanntgabe dieser Tatsache in keiner Weise beeinträchtigt worden zu sein. Zwischen ihm und den Zuhörern hat sich so etwas wie ein Sympathiestrom aufgebaut, der den Jüngling über alle Klippen trägt.

Zwischen ihr und ihrem geschiedenen Mann hat es, glaube ich, Ärger wegen der Kinder gegeben. Das hat mich natürlich nicht so sehr interessiert. Es ging mich ja auch nichts an. Jedenfalls war sie immer sehr nervös, wenn er die Kinder abgeholt hat. Das war ja dann eigentlich unsere Zeit. Die Kinder waren zwar nett, aber wenn man mal allein sein will – Ich bin nicht der Typ, der einer Frau Vorwürfe macht –

Bella spürt das starke Bedürfnis, dem Jüngling ein paar Ohrfeigen zu geben. Sie sieht zu Tulla hinüber. Die hat möglicherweise gerade den Neuen Mann entdeckt. Jedenfalls hängt sie verzückt an den Lippen des Blonden.

Deshalb habe ich auch wirklich nur ganz vorsichtig darauf hingewiesen, daß sie doch auch ein Recht darauf hat, ein Recht als Frau, meine ich, ihre Sexualität auszuleben. Ich habe versucht, ihr klarzumachen, daß sie nicht nur Mutter ist. Der Jüngling macht eine Pause. Die Gefühle der Zuhörer scheinen nicht mehr eindeutig zu sein. Bisher hat Lara für sie die Pflicht gehabt, Mutter zu sein, und sonst gar nichts. Nun erscheint dieser sympathische junge Mann und billigt ihr eine eigene Sexualität zu. Immerhin ist er Student. Vielleicht versteht er etwas von solchen Sachen. Die Jugend wird ja heute schon ganz anders aufgeklärt. Früher durfte man noch nicht einmal hinter vorgehaltener Hand solche Dinge sagen, die heute in jeder Zeitung stehen. Es gibt Wissenschaftler, die sich mit so etwas beschäftigen. Der Junge vielleicht später auch. Immerhin studiert er Psychologie. Und die Kinder waren ja nicht zu Hause. Da mußte sie auf niemanden Rücksicht nehmen. Kinder sollen ja nicht unbedingt alles mitbekommen.

Ja, und dann; ich kann mich noch genau an die Szene erinnern. Wir haben in der Küche gestanden. Aus dem Küchenfenster kann man die Straße entlangsehen. Herr G. ist mit den Kindern weggefahren. Sie stand da und sah ihnen nach. Ich bin dann von hinten an sie herangetreten. Ich kam aus dem Bad und hatte mir ein Handtuch umgewickelt. Ich habe versucht, mit ihr zu reden. Es war eigentlich nicht so viel Zeit. Ich hatte am Abend noch Arbeitsgruppe und – dann hat sie sich umgedreht und hat mich angesehen und hat nur gesagt: Zieh dich an und verschwinde. Und komm nie mehr in dieses Haus zurück.

Im Gerichtssaal ist es still. In die Stille hinein fragt die Richterin: Und Sie, was haben Sie daraufhin getan?

Ich hab mich vor ihr gefürchtet. Da bin ich gegangen.

Was meinen Sie damit: Sie haben sich gefürchtet?

Wie ich es sage. Sie war weiß im Gesicht, und ihre Augen waren so – böse. Hexe, sagt Raimund A. plötzlich und heftig.

Sieh an, denkt Bella, die Niederlage hat ihm doch zu schaffen gemacht.

Bitte? fragt die Richterin streng.

Der Zeuge wagt es nicht, das Wort zu wiederholen. Seine offenbar nur vorgetäuschte Gelassenheit ist verschwunden. Der Richterin, die möglicherweise noch weitere Fragen an ihn gehabt hätte, ist sein Zustand nicht verborgen geblieben. Sie verzichtet darauf, die Anhörung fortzusetzen, und fordert den Zeugen auf, den Saal zu verlassen.

Vielleicht besteht die Notwendigkeit, Sie noch einmal vorzuladen, sagt sie. Deshalb können Sie nun nicht im Zuschauerraum Platz nehmen. Das Gericht möchte verhindern, daß Sie durch den Gang der Verhandlung in irgendeiner Weise beeinflußt werden.

Bella meint, in ihrer Stimme eine kleine Verachtung zu spüren.

In der Pause kann sie nicht vermeiden, mit Tulla zusammenzutreffen. Die bedankt sich überschwenglich für den tollen Tip, der ihr zu einer Reportage über den Eismann verholfen hat.

Wenn Sie mehr solche Informationen haben, stehe ich bereit, sagt sie. Man sollte es eigentlich nicht glauben. Ich denke, Sie haben mich inzwischen so gut kennengelernt, daß Sie wissen, was ich von Männern halte. Und wie Sie sehen, gehöre ich bewußt zu den Frauen, die sich nur für sich selbst anziehen. Diese alberne Behauptung, wir wollten für die Männer schön sein, ist doch nichts weiter als ein äußerst durchsichtiges Manöver, um auch noch unser Äußeres auf den Geschmack des Herrn zu trimmen. Wo doch die Frauen inzwischen sowieso keinen eigenen Gedanken mehr im Kopf haben. Also, darüber wollte ich jetzt eigentlich gar nicht reden. Wovon war ich ausgegangen? Ach ja, dieser Raimund A., bezaubernd, finden Sie nicht? Es gibt sogar in solchen Verhandlungen Lichtblicke, wenn es auch nur wenige sind. Offenheit zwischen den Geschlechtern ist nun einmal die Voraussetzung für grundlegende Veränderungen. Das ist jedenfalls meine Meinung.

Bella, die eine entschiedene Gegnerin von Offenheit zwischen den Geschlechtern ist, sieht sich hilfesuchend um. Tulla und sie stehen in einem leerem Raum. Die Leute auf dem Gang ziehen es vor, das weiße Gewand, den Turban und die goldenen Koturnen aus einem gehörigen Abstand zu bewundern.

Ich glaube, ich werde mich an einer Reportage über neues männliches Bewußtsein versuchen, sagt Tulla. Da gibt es doch total gegenläufige Entwicklungen. Einmal dieser Drang zur Bundeswehr, dann wieder die jungen Väter. Dieser Raimund verkörpert doch schon ein ganz anderes Männerbild. Sanft, den Bedürfnissen der Frauen gegenüber aufgeschlossen, freundlich zu Kindern –

Entschuldigung, sagt Bella, ich will noch ein Wort mit Frau Schubert reden. Sie wendet sich ab und geht in die Kantine, obwohl sie gar nicht sicher ist, die Staatsanwältin dort anzutreffen. Unterwegs denkt sie darüber nach, daß diese Tulla ihr von Mal zu Mal unsympathischer wird. Dabei hat sie am Anfang ihrer Bekanntschaft angenommen, in ihr eine Verbündete zu finden. Das Durcheinander von pseudofeministischen Überlegungen und opportunistischem Journalistenverhalten, das ihre Äußerungen, ihre Haltung bestimmt, könnte sie wütend machen, wenn es nicht so traurig wäre.

Renate Schubert freut sich, Bella zu sehen.

Die Pause wird länger dauern, höre ich. Es scheint eine heftige Diskussion im Richterzimmer in Gang gekommen zu sein. Jedenfalls wurde ich in dieser Richtung informiert. Haben Sie Lust, mit mir ein Stückchen durch die Anlagen zu wandeln?

Die Blumenbeete, die zu »Planten un Blomen« gehören und die Wallanlagen schmücken sollen, sind nicht ganz so prächtig, wie Bella sie sich vorgestellt hat. Gärtner sind damit beschäftigt, die abgeblühten Frühlingsblumen aus den Beeten zu entfernen und die Sommerbepflanzung einzusetzen. Aber es riecht nach frischer Erde, der Lärm der Straße klingt nur gedämpft herüber, und die blühenden Büsche der Traubenhyazinthen verbreiten den bittersüßen Duft, der den direkten Zugang zur Kindheit öffnet, wenn man ihn allein und in der Dämmerung wahrnehmen kann. Jetzt, am Tag und unter dem Eindruck der Verhandlung, bedeutet er für Bella immerhin einen Hinweis darauf, daß es noch eine andere Wirklichkeit gibt, eine, die nicht zerstört, sondern tröstet.

Das ist die Wiese Zittergras
und das der Weg Lebwohl,
dort haust der Hase Immerfraß
im roten Blumenkohl.

Hat meine Mutter mir manchmal vorgesagt, als ich klein war, sagt Bella. Der Vers ist ihr so spontan in den Kopf gekommen, daß sie ihn ausgesprochen hat, ohne zu bedenken, wie er auf ihre Begleiterin wirken könnte.

Da hatten Sie Glück mit Ihrer Mutter, antwortet die Schubert. Meine hat eigentlich nur darüber geredet, daß ich nicht oft genug Klavier übe.

Ja, da hatte ich wohl Glück mit meiner Mutter, denkt Bella. Besonders an diesem Sonntag, als sie mich gezwungen hat, Lenins »Staat und Revolution« mit ihr zu diskutieren, während ich viel lieber in die Nachmittagsvorstellung von »Gilda« gegangen wäre. Andererseits: Die Menschwerdung des Affen, da hab ich etwas gelernt. Sie sagt: Und? Was halten Sie inzwischen von der ganzen Geschichte?

Soll ich Ihnen etwas verraten? Die Staatsanwältin reagiert unerwartet heftig auf Bellas Frage. Am liebsten würde ich die Anklage zurückziehen. Nicht weil mir die Beweise fehlten, oh, nein, einfach nur so. Weil ich das alles nur noch schwer ertragen kann: das geifernde Publikum, die naive Richterin –

Aber heute war sie doch –

Ja, ja, ich weiß. Trotzdem. Ich kann diese Karrieremädchen nicht leiden. Und dann diese Lara G. Wen will sie eigentlich strafen? Uns oder sich selbst? Es ist doch einfach unmöglich, monatelang kein Wort zu sagen, ohne menschlich zu verkümmern. Wenn ich gewinne, dann wird sie für ein paar Jahre hinter Gittern verschwinden. Das wird kein Vergnügen, wie Sie sich vorstellen können. Woher will sie die Kraft nehmen –

Sie sind heimlich noch immer auf ihrer Seite, nicht wahr?

Ich bin nicht auf ihrer Seite, ich vertrete die Anklage, und die lautet auf heimtückischen Mord an drei unschuldigen Kindern.

Haben Sie erwogen, ob die Möglichkeit besteht, die Anklage auf Mord fallenzulassen und in Totschlag zu ändern?

Hatten Sie den Eindruck, daß die polizeilichen Ermittlungen dafür irgendeinen Anhaltspunkt ergeben haben? fragt die Schubert zurück. Oder die Aussagen der Zeugen?

Nein, obwohl ich ein merkwürdiges Gefühl hatte, als dieser Polizist ausgesagt hat, denkt Bella. Irgend etwas an seiner Aussage, vielleicht nur an seinem Verhalten, während er da stand und sprach, hat mich stutzig gemacht. Ich muß noch einmal mit ihm reden. Besonders jetzt, seit ich weiß, daß es ihm nicht mehr darauf ankommt, die Wahrheit zu sagen. Seit er weiß, daß die Art, wie von der Wahrheit Gebrauch gemacht wird, von Umständen abhängt, die seine Vorgesetzten bestimmen.

Kann ich nicht sagen, sagt sie. Ich hatte nur so ein Gefühl –

Ach, wissen Sie, das mit den Gefühlen in einer Verhandlung ist so eine Sache. Für Sie mag es sich lohnen, ihnen nachzugehen. Ich halte mich besser an die Fakten. Wollen wir umkehren? Übrigens: Habe ich Sie eigentlich schon gefragt, weshalb Sie den Prozeß so aufmerksam verfolgen?

Ja, antwortet Bella. Und ich habe damals geantwortet: Ich beobachte die Verhandlung nur aus privatem Interesse.

Ja?

Ich will offen sein. So ganz privat ist das Interesse nicht, oder sagen wir besser: Im Grunde geht es um das private Interesse eines Freundes. Er glaubt an die Unschuld der Lara G. Und er möchte, daß ich Anhaltspunkte dafür finde.

Die Sie dann diesem unglaublichen Verteidiger mitteilen würden, damit er in die Lage versetzt wird, seine Mandantin auf eine Weise zu verteidigen, die diesen Namen verdient.

Ja, so ungefähr.

Viel Glück, sagt die Schubert. Wenn ich mir überlege, was für eine schlechte Figur dieser Mann bisher abgibt, täten Sie vielleicht doch besser daran, mir Bescheid zu sagen, falls Sie etwas entdecken, das die Frau entlasten könnte.

Vor ihnen auf dem Weg steht eine Schubkarre, beladen mit ausgegrabenen Tulpenzwiebeln. Langstielige rote, weiße und gelbe Blüten hängen, in ihr Schicksal ergeben, vom Rand der Karre herab. Bella berührt im Vorübergehen ein paar weiße Blütenblätter und genießt die sanfte Berührung in den Fingerspitzen.

Ist vielleicht wirklich keine schlechte Idee, antwortet sie. Im stillen nimmt sie sich endgültig vor, diesen Brunner noch einmal aufzusuchen. Sie muß mit ihm reden. Aber worüber? Nach der Verhandlungspause ist das Gericht einzig zu dem Zweck erschienen, um zu erklären, daß die Verhandlung für den heutigen Tag geschlossen sei. Der nächste Termin sei auf den übernächsten Tag festgesetzt worden. Man werde dann mit der Aussage des geschiedenen Ehemanns die Verhandlung fortsetzen.

Zu Hause findet Bella eine Nachricht von Eddys Freundin in der Post. Sie nimmt an, daß die Frau sich bedanken möchte, und beschließt, sich nicht bei ihr zu melden. Sie versucht, den Polizisten in seinem Büro zu erreichen, hat aber kein Glück. Vielleicht hält er nicht durch bis zum frühen Nachmittag, überlegt sie. Während sie im Auto sitzt, um noch einmal in Brunners Stammkneipe zu fahren, läuft das Radio. In einer Sendung, die als »kulturphilosophisch« angekündigt wird, salbadert ein Rundfunkjournalist mit einem ADAC-Angestellten und einem Freizeitforscher über das Thema »Mensch und Geschwindigkeit«. Ihre Erkenntnisse gipfeln in der Behauptung, der Mensch sei eigentlich ein auf Geschwindigkeit angelegtes Wesen, für das durch die Möglichkeit, Auto zu fahren, endlich eine lange verweigerte Vervollkommnung seiner Persönlichkeit in Aussicht gestellt werden könne. Die Sendung endet mit der Feststellung des offenbar als Sachkundiger für Geschwindigkeit geltenden ADAC-Mannes: Der Mensch habe als Autofahrer, weil schnelles Fahren eben auch erotisch sei, mehr Chancen bei Frauen.

Bella hat die Trennung der Begriffe Mensch und Frau zum erstenmal in Rußland erlebt. (Der Mensch nimmt sich einen Hund und eine Frau.) Sie hat diese Sichtweise (und Lebensweise) bisher einer trotz Dostojewski, Tolstoi und Tschechow in ihrer Basis noch rückständigen Gesellschaft zugerechnet. Trotzdem ist sie nur kurz überrascht. Wenn man Männer lange genug reden läßt, kommt man immer an den Punkt, an dem sie ihre wahre Verfassung zeigen. Man hätte die Sendezeit der drei einfach begrenzen müssen.

Der kulturphilosophischen Lektion folgt der Bericht über eine Werbeveranstaltung der Rüstungsindustrie. Aus Angst vor einer Kürzung des Wehretats haben die Konzerne den Verteidigungsminister als ihren obersten Propagandisten beauftragt, eine Konferenz einzuberufen. Nichts Geringeres als der Verlust der Führungsrolle Deutschlands in Europa wird beschworen für den Fall, daß weniger Steuergelder den Bau von Transportflugzeugen, von fehlenden Präzisionswaffen für die Luftwaffe, von Ausrüstungen für elektronische Kampfführung, von Schiffselektronik, Satellitenaufklärung im elektronischen Verbund und modernen Transportpanzern verhindern würden.

Bella schaltet das Radio aus. Deutschlands Führungsrolle in Europa von, wie der Sprecher betont, besonders ausgewählten Journalisten erklärt zu bekommen, weckt unangenehme Assoziationen in ihr. Nimmt Peter G. wohl teil an der Werbeveranstaltung?

Sie geht zu Fuß durch das Viertel, in dem Brunners Stammkneipe liegt. Geöffnete Ladentüren, schwatzende alte Frauen auf den Straßen, türkische Musik aus ein paar Kneipen, das Zischen einer Espressomaschine aus einem italienischen Laden, die ersten Tische und Stühle der Cafés auf den Straßen demonstrieren Lebendigkeit. Bella denkt an die Friedhofshecken in der Wohngegend von Peter G. Wo der Tod wohnt, ist es jedenfalls still.

Was für ein Gedanke. Es gibt keinen einzigen Hinweis auf seine mögliche Täterschaft. Denkst du an den Fall Lara G., Bella, oder hast du noch die fehlenden Präzisionswaffen im Kopf? Hör auf zu spekulieren. Kümmere dich um die Fakten. Frag, zum Beispiel, diesen Brunner.

Aber Brunner kommt nicht. Sie wartet eine Stunde, die sie lesend verbringt, bevor sie das Mädchen hinter dem Tresen nach ihm fragt.

Der hat Urlaub, sagt das Mädchen. Er wollte drei Tage mit Marie wegfahren.

Marie? Bella spürt einen kleinen Stich, den sie aufmerksam registriert.

Seine Tochter. Soll ich ihm was ausrichten, wenn er wieder auftaucht?

Nein, danke, sagt Bella. Ich komm wieder vorbei.

Kommen Sie mal abends, antwortet das Mädchen. Da ist mehr los. Nachmittags – sie blickt über die Tische hin. Bella folgt ihrem Blick. Das Lokal hat eine Menge Tische. Gleichmäßig verteilt und weit voneinander entfernt sitzen vier ältere braungekleidete Frauen auf schwarzen Stühlen an schwarzen Tischen vor bunten Eisbechern. Neben einer der Frauen schläft ein grauer Hund auf dem abgetretenen Holzfußboden. Die Frauen sind die einzigen Gäste.

Ich verstehe, antwortet Bella. Aber die Damen sind wenigstens friedlich.

Ich hab nichts gegen ein bißchen Zoff. Der Job ist langweilig genug, sagt das Mädchen noch, bevor Bella das Lokal verläßt. Sie findet es merkwürdig, daß ein Mann wie Brunner eine Tochter hat, mit der er in Urlaub fährt. Sie hat ihn eher als den typischen einsamen Wolf gesehen. Vielleicht geht beides, Überlegt sie. Als sie feststellt, daß sie im Begriff ist, sich Gedanken darüber zu machen, wie unterschiedlich Mütter und Väter die Aufzucht ihrer Nachkommen zu bewältigen versuchen, verbietet sie sich weitere Überlegungen zu diesem Thema. Sie flucht auf Kranz, der ihr den Fall Lara G. aufgeschwatzt und sie damit auf ein Gelände gelockt hat, das sie von Anfang an als vermint hätte erkennen können. Liebe, Eifersucht, Ehe, Kinder, widerwärtige Nachbarn, klägliche Liebhaber, der ganze gewöhnliche Alltagssumpf, mit dem sich die Frauen herumschlagen. Was hat sie damit zu tun? Was geht es sie an, auf welche Art sich die Leute das Leben schwermachen?

Was geht es dich an, wie wir leben. Hau ab. Geh dahin, wo du hergekommen bist. Ja, sie ist krank, die liebe Lena. Hat sich erkältet beim Rock-Hochheben. Na und? Was willst du tun? Was willst du, daß wir tun? Ihr Essen ans Bett bringen? Kannst ihr den Wodka heiß machen. Das wird ihr gefallen, deiner Lena. Und mir gleich mit.

Marjas aufgebrachtes Gesicht. Das grelle Licht. Schnee und Sonne. Fünfzig Grad minus letzte Nacht. Marjas Enttäuschung am Morgen, als sie die Sektflasche aus dem Kasten vor dem Fenster nehmen will. Kristalle aus Eis und Sekt und Glas. Bella hat ihr die Kristalle aus der Hand geschlagen. Die wütende Stimme. Die heulende Marja am Küchentisch.

Hau ab, du machst alles nur noch schlimmer. Was willst du von uns?

Plötzlich ihr heimtückischer Blick. Soll sie vor diesen Frauen Angst haben? Unter dem Schnee liegt die Pistole. Ich weiß die Stelle. Der Blick aus dem Fenster. Unmöglich, die Waffe zu finden unter der meterhohen Schneedecke. Und wieder Marja, den Kopf auf die Arme gelegt, heulend vor Wut über die zerfrorene, zerborstene Glückseligkeit aus der Flasche. Rest vom Lohn der letzten Fahrt mit dem LKW. Es kommen nicht mehr viele. Der Schnee.

Peter G. ist zweiundvierzig Jahre alt, vier Jahre älter als seine geschiedene Frau. Die Auskünfte über ihn, die Bella aus den Akten entnehmen kann, sind nicht besonders umfassend. Aber sie sind ausreichend für den Fall, weil von Anfang an davon ausgegangen wurde, er käme als Schuldiger nicht in Frage. Er ist Maschinenbauingenieur und hat vor dem Zusammenbruch der DDR in einer Firma gearbeitet, die ein getarntes DDR-Außenhandelsunternehmen im Westen war. Er war kein Kommunist (ein Leumundszeugnis des Verfassungsschutzes liegt der Akte bei), galt aber als zuverlässig entspannungsfreundlich, so daß seine Arbeitgeber ihm vertrauten. Die Heirat mit Lara hat ihm ein paar Schwierigkeiten eingetragen, weil der andere Staat eine gut ausgebildete Ingenieurin nicht so einfach gehen lassen wollte, aber aufgrund guter Beziehungen, weil Lara ein Kind von ihm erwartete und weil er trotz allem als fachlich erfolgreich und zuverlässig galt, bekamen die beiden schließlich die Erlaubnis zu heiraten.

Das war zwei Jahre bevor Peter G. arbeitslos wurde, weil die Firma, bei der er angestellt war, zusammenbrach wie die DDR. Peter G. machte sich kurz entschlossen selbständig. Woher er das Anfangskapital dafür hatte, bleibt unklar. Auf jeden Fall scheinen sich seine ehemaligen Kontakte bei der nun folgenden Ausplünderung und Umstrukturierung der neuen Bundesländer als nützlich erwiesen zu haben.

Lara, die nach ihrer Heirat mit dem Kind in den Westen gekommen ist, ein zweites Kind bekommen und zunächst ihr Leben als Hausfrau verbracht hat, beginnt im Betrieb ihres Mannes zu arbeiten. Die Firma, die sich auf den Abbau von veralteten und die Planung von modernen Industrieanlagen spezialisiert hat, konsolidiert sich, erreicht aber nie überdurchschnittliche Wachstumsraten. Neben Lara sind dort ein paar Ingenieure beschäftigt; eine kleinere Firma, die wenig Überlebenschancen hat und von dem ungewöhnlich hohen Arbeitseinsatz der G.s über Wasser gehalten wird.

Lara bekommt nach vier Jahren noch einmal ein Kind, einen Sohn, und setzt wegen körperlicher Erschöpfung anschließend ein halbes Jahr mit der Arbeit aus, bevor sie zurück in die Firma geht. Es wird angedeutet, daß Peter G. nach der Geburt des dritten Kindes hin und wieder außereheliche Beziehungen hatte. Die Ehe wird als normal beschrieben. Als das jüngste Kind vier Jahre alt ist, lernt Peter G. seine jetzige Frau kennen. Er hält einen Vortrag über eine von ihm und Lara gemeinsam entwickelte und zum Patent angemeldete, Zeit und Geld sparende Abbaumethode veralteter Industrieanlagen und die gleichzeitige Wiederverwertung des abgebauten Schrotts. Er hält den Vortrag vor dem Vorstand des Rüstungsunternehmens, das der Familie seiner jetzigen Frau noch immer zu einem Teil gehört, und wird von deren Bruder zu einer Abendgesellschaft eingeladen.

Dort, in einem Haus am Falkensteiner Ufer, mit dem Blick aus hohen Fenstern in einen dezent ausgeleuchteten Park, begreift Peter G., daß er bisher das falsche Leben gelebt hat und daß sein täglicher Kampf um den Erhalt seiner lächerlich kleinen Firma seinen wirklichen Fähigkeiten nicht entspricht.

Er verliebt sich in die Schwester seines Gastgebers und die sich in ihn. Ein halbes Jahr später, seine und Laras Firma steht vor dem Konkurs, reicht er die Scheidung ein. Im Scheidungsurteil wird festgelegt, daß er, bis Lara die gemeinsamen Kinder so weit großgezogen hat, daß sie wieder einer Erwerbstätigkeit nachgehen kann, für ihren und den Unterhalt der Kinder Sorge zu tragen hat. Er bietet an, Lara ein Haus zu beschaffen, die Miete dafür zu übernehmen und einen angemessenen Unterhalt zu zahlen.

Lara willigt ein. Über eine Abfindung für gemeinsam entwickelte Projekte oder Patente wird nicht gesprochen. Zwischen den geschiedenen Eheleuten wird eine Sorgerechtsvereinbarung getroffen, die Peter G. das Recht einräumt, die Kinder an jedem zweiten Wochenende zu sich zu holen Diese Verpflichtung hält er pünktlich ein.

Der Tag, an dem die Kinder getötet worden sind, war ein Sonntag. Die Kinder – alle drei oder nur die Mädchen? – sind abends vom Vater zurückgebracht worden. Es bleibt unklar, ob der Vater das Haus überhaupt noch betreten hat oder ob er die Kinder aus dem Auto aussteigen ließ und weggefahren ist, ohne seine geschiedene Frau zu sehen.

Bella legt den Bericht nachdenklich aus der Hand. Im Gegensatz zu der Arbeit Brunners im Fall Eismann sind diese Feststellungen eher oberflächlich. Offenbar hat Brunner seinen Arbeitsstil geändert. Was ist der Grund? Solidarität mit Peter G.? Eigentlich nicht recht vorstellbar, jedenfalls paßt es nicht zu dem Bild, das sie sich von Brunner gemacht hat. Die Sicherheit, daß er es nicht gewesen sein kann? Woher könnte er diese Sicherheit nehmen? Oder einfach nur diese große Müdigkeit, die einen überkommt, wenn man gerade gelernt hat, am Sinn seiner Arbeit zu zweifeln?

Brunner macht drei Tage Urlaub, und in zwei Tagen wird Peter G. als Zeuge gehört werden. Sie wird keine Gelegenheit haben, ihrer diffusen Beunruhigung durch ein Gespräch mit dem Polizisten vor der Verhandlung einen konkreten Inhalt zu geben.

Sehr spät am Abend kommt Kranz. Bella, die versucht hat, ihren Gedanken eine andere Richtung zu geben, und die dabei festgestellt hat, daß sie diesmal die Gedichte ihres Großvaters noch melancholischer stimmen als sonst, ist über die Ablenkung froh.

Kranz nimmt den Band mit den Gedichten in die Hand, betrachtet das Foto auf der Innenseite, fragt: Alexander Block – sehen Sie ihm eigentlich ähnlich?

Überhaupt nicht, antwortet Bella, und nun legen Sie, bitte, das Buch weg.

Sie lieben ihn und sein Land, ja? Kranz fragt mitfühlend, aber Bella verspürt wenig Lust, mit ihm über ihren Großvater zu reden. Und von ihrer letzten langen Reise durch Rußland sind Erinnerungen zurückgeblieben, mit denen sie nur selbst fertig werden kann.

Wir sind so weit wie am Anfang, sagt sie. Allerdings bin ich mir ziemlich sicher: Es gibt irgendeinen weißen Fleck in der ganzen Geschichte. Der Polizist, dieser Brunner, könnte ihn vielleicht erklären, aber er ist nicht da.

Ach ja, Brunner, sagt Kranz. Sie haben ihn nicht zufällig in der letzten Zeit getroffen? Es gab ein paar sehr spektakuläre Festnahmen in einer bestimmten Sache. Vielleicht haben Sie die Fotos in den Zeitungen gesehen. Ist übrigens eine traurige Geschichte, das mit Ihrem Freund Eddy –

Nein, antwortet Bella, ich habe diesen Brunner nicht getroffen. Weshalb sollte ich? Die Fotos habe ich gesehen. Am Kiosk, glaube ich, hübsche Aufnahmen. Brunner wird sich gefreut haben. Genauso wie Eddy, hoffe ich. Ich weiß übrigens, daß es so traurig um ihn nun auch wieder nicht bestellt ist. Es sieht eher so aus, als würde er heute besser umsorgt als früher. Es gibt eine ganze Menge junger Frauen, die ihm aus alter Anhänglichkeit die Treue halten. Ganz zu schweigen von dieser Waltraud, mit der er zusammenlebt. Gut, er sitzt im Rollstuhl, aber eigentlich glaube ich nicht, daß man ihn bedauern muß.

Er ist tot, sagt Kranz. Es tut mir leid, daß gerade ich Ihnen das sagen muß. Ich dachte, Sie wüßten es schon.

Kranz schweigt. Auch Bella spricht nicht. Einen kleinen Augenblick lang hat sie die absurde Idee, sie könnte schuld sein an Eddys Tod.

Seine Freundin hat angerufen, sagt sie endlich. Ich nehme an, sie wollte mir Bescheid geben. Woher wissen Sie eigentlich davon?

Aus der Zeitung. Irgendeine findige Journalistin hat aus dem Eismannfall eine Geschichte mit allen Schikanen gemacht. Und bei ihren Recherchen ist sie wohl auch auf Eddy gestoßen. Man hat jedenfalls versucht, in seine Wohnung zu kommen. Die Frau, mit der er zusammengelebt hat, war so frei, die Reporter die Treppe hinunterzuwerfen. Die haben dann in der Gegend herumgefragt und erfahren, daß der Mann einen zweiten Schlaganfall bekommen hat und sofort tot war. Wenn die gekonnt hätten, wären sie vermutlich noch ins Leichenschauhaus eingedrungen.

Bitte, sagt Bella, hören Sie auf. Holen Sie uns etwas zu trinken aus der Küche. Ich möchte mich besaufen und furchtbar sentimental werden. Sehen Sie mich nicht so entgeistert an. Es ist alles in Ordnung. Es ist alles in Ordnung.

Während Kranz etwas zu trinken holt, geht Bella an den Schreibtisch und notiert auf einem Zettel: Barfrau anrufen.

Ich schreib mir nur auf, was ich morgen unbedingt tun

muß, sagt sie, als Kranz mit der Flasche und zwei Gläsern erscheint. Kann gut sein, daß ich es morgen früh nicht mehr so genau weiß.

Sind Sie sicher, daß Sie das Richtige vorhaben?

Meinen Sie jetzt? Oder morgen?

Jetzt, antwortet Kranz und stellt das gefüllte Glas auf den Tisch neben dem Sessel am Fenster. Das Glas ist beschlagen. Und sind Sie sicher, daß Sie mich dabeihaben wollen? Ich möchte nicht, daß es Ihnen morgen leid tut.

Bella nimmt das Glas auf. Sie wird die eiskalte, ölige Flüssigkeit trinken, und nach dem zweiten oder dritten Glas wird ihr klarwerden, daß sie eigentlich nicht weitertrinken muß. Dann wird sie ein paar von den alten Liedern spielen, Kranz die Geschichte erzählen, wie sie Eddy kennengelernt hat und daß ihre Freundschaft durchaus nicht platonisch war und ein Billardtisch in einem Hinterzimmer und ein ausgedientes Klavier eine Rolle dabei gespielt haben. Dann wird Kranz, wenn er nicht ganz unempfindlich ist für Geschichten, in denen von Sex die Rede ist, versuchen, das Gespräch auf ihrer beider Beziehung zu bringen, um herauszufinden, ob er Eddy vielleicht ersetzen könnte. Darauf wird sie sagen, daß Eddy unersetzbar sei, und Kranz bitten, mit ihr sein Glas auf den toten Freund zu erheben. Dann wird sie ins Bett gehen und Kranz erlauben mitzukommen. Über das, was sie miteinander anfangen werden, kann sie sich jetzt noch keine Gedanken machen.

Gegen Mittag läßt sich ein Schwarm Krähen zwischen den Büschen vor den Fenstern nieder. Bella erwacht von ihrem Geschrei, bleibt noch einen Augenblick liegen, bevor sie aufsteht, um ans Fenster zu gehen und den Krähen zuzusehen. Die Vögel zanken sich um die Reste aus einer Abfalltüte, die jemand nachts zwischen die Büsche geworfen haben muß. Krähen, die zwischen frischgepflügten Ackerfurchen nach Futter suchen oder auf verschneiten Feldern die Illusion einsamer Wintertage hervorrufen, haben sehr wenig zu tun mit Artgenossen, die sich um die Reste von Großstadtmüll streiten; selbst wenn sie zwischen blühenden Forsythien herumhüpfen und ihre rabenschwarzen Federn einen hübschen Kontrast zu den gelben Blüten abgeben. Ihr Anblick ist eher geeignet, eine trübselige Stimmung hervorzurufen. Bella, die sich ihre gute Laune unter keinen Umständen verderben lassen will, wendet sich vom Fenster ab. Das Bett, auf das ihr Blick fällt, kommt ihr ungewöhnlich zerwühlt vor. Eine winzige Sekunde nur braucht sie, bis ihr bewußt wird, was in der Nacht geschehen ist. Eddy ist tot. Sie hat sich betrunken. Kranz – oh.

Sie zieht einen Morgenrock über und geht hinunter, um sich einen Kaffee zu kochen. In der Küche findet sie fertigen Kaffee auf der Warmhalteplatte der Kaffeemaschine. Neben ihrer Tasse liegt ein Forsythienzweig, dessen Blüten zu vertrocknen beginnen. Er stammt vermutlich von einem der Büsche vor dem Fenster. Sie probiert den Kaffee. Er ist ungenießbar. Wahrscheinlich hat Kranz ihn schon vor Stunden gekocht. Der Zweig läßt sich vielleicht noch retten. Sie stellt ihn in eine Vase und trägt die Vase ins Schlafzimmer. Den ganzen Tag unter Kranz' Blüten zu sitzen würde bedeuten, ihm unangemessen viel Platz einzuräumen.

Später, als sie, mit frischem Kaffee versorgt, am Schreibtisch sitzt und versucht, ihre Gedanken zu ordnen, fällt ihr die Notiz vom Vorabend in die Hände. Sie ruft die Barfrau an und erfährt, daß der Termin für Eddys Beerdigung noch nicht feststeht. Sie hinterläßt ihre Adresse, bittet darum, rechtzeitig benachrichtigt zu werden und seiner Freundin Grüße auszurichten. Sie spürt keine Traurigkeit, nur so etwas wie Ruhe und ein Gefühl, das sie mit keinem anderen Wort beschreiben kann als: Zuversicht. Da sie nicht gewillt ist, einer mit Kranz verbrachten Nacht so viel Bedeutung beizumessen, daß sie als Ursache für ihre positive Stimmung herhalten könnte, verbannt sie ihn aus ihrer Erinnerung. Statt dessen beginnt sie noch einmal, sich mit allen Fakten des Falls Lara G. auseinanderzusetzen. Irgendwo liegt die Lösung. Sie ist sich sicher, daß sie die Wahrheit schon in der Hand gehabt hat, ohne sie zu begreifen. Aber in ihrem Unterbewußtsein ist sie vorhanden. Was kann sie tun?

Sie müßte einfach mit jemandem reden. Mit wem soll sie sprechen, um vielleicht dem noch Verborgenen näher zu kommen. Kranz? Im Augenblick besser nicht. Er könnte leicht falsche Vorstellungen von ihrem Verhältnis entwikkeln. Tulla? Ausgeschlossen. Man kann ihr nicht vertrauen.

Mit Renate Schubert? Sie hat keine neuen Fakten und ist mit Arbeit überlastet. Brunner wäre gut, aber er ist nicht da.

Und Gebauer? Bella greift zum Hörer und ruft Gebauer an. Sie bekommt einen Termin für den Abend. Als sie auf die Uhr sieht, stellt sie fest, daß es bereits fünfzehn Uhr ist, gerade noch Zeit, ein Stück am Elbufer entlangzulaufen, das Haus aufzuräumen, ein Bad zu nehmen und sich so anzuziehen, daß Herr Gebauer von der Ernsthaftigkeit ihres Anliegens auch durch Äußerlichkeiten überzeugt sein wird.

Gebauers Büro befindet sich in einer gewöhnlichen Dreizimmerwohnung in einer gewöhnlichen Gegend in einem gewöhnlichen Mietshaus. Sie liegt im zweiten Stock und ist aufgeteilt in ein Wartezimmer, einen Raum für die Schreibkraft und Akten und ein Zimmer für den Anwalt, mit Akten. Bella hat Gelegenheit, die letzten Mandanten zu beobachten, die sich umständlich verabschieden, während sie im Wartezimmer sitzt und die Tür zum Flur offensteht. Sie beobachtet zwei junge Männer, unbeholfen in Worten und Gesten, aber breit in den Schultern und nach der neuesten Mode gekleidet. Gebauer begleitet die beiden bis zur Tür. Sie ist überrascht über den dankbaren Ausdruck im Gesicht seiner Mandanten. Als er ihr entgegenkommt, klein, dicklich, zerknittert und mit weniger Haaren auf dem Kopf, als es seinem jugendlichen Alter entspricht, ist er unerwartet in ihrer Achtung gestiegen.

Das Übliche, sagt er, während er sich hinter seinen Schreibtisch setzt und Bella mit einer Handbewegung auf den Stuhl davor verweist. Irgend jemand hat mal ausgerechnet, wie viele Milliarden Schaden jedes Jahr durch jugendliche Randalierer entstehen. Gewaltig, sage ich Ihnen. Irgend etwas stimmt nicht mit diesen jungen Männern. Aber das scheint der Gesellschaft egal zu sein. Anscheinend können wir uns das Ganze leisten.

Was das betrifft, antwortet Bella, können wir uns offensichtlich eine Menge leisten, allein die dreißig Milliarden jedes Jahr, die durch gewalttätige Ehemänner an Schaden verursacht werden. Und wenn Sie dann noch die Kosten dazurechnen, die durch die Kriege entstehen, an denen wir inzwischen beteiligt sind –

Mögen Sie einen Kaffee? fragt Gebauer, ich trinke ihn um diese Zeit mit Cognac.

Kaffee ja, aber keinen Alkohol, bitte, antwortet Bella.

Während Gebauer mit der Kaffeemaschine hantiert, beginnt er von sich aus das Gespräch über Lara G.

Ich sage Ihnen ganz offen: Ich weiß nicht, was ich noch tun kann, um sie zur Vernunft zu bringen. Ich habe wirklich alles versucht. Ich überlege, ob ich das Mandat niederlegen soll. Das einzige, was mich davon abhält, ist, daß ich weiß, dem nächsten Verteidiger wird es genauso gehen. Außerdem will ich auch gern gleich zugeben, daß meine Verteidigung vielleicht nicht immer unbedingt elegant wirkt. Aber was soll ich machen? Sie redet nicht, und ich weiß nichts. Außer, was in den Akten steht, natürlich.

Ist Ihnen in den Ermittlungsakten irgend etwas aufgefallen? Irgendeine Kleinigkeit vielleicht, die doch noch auf Peter G. als Täter hinweisen könnte?

Daran denken Sie. Ehrlich, ich hab mich das am Anfang natürlich auch gefragt. Man verteidigt ja lieber jemanden, von dessen Unschuld man überzeugt ist. Außerdem, ich kann's Ihnen ja ruhig sagen: Wenn ich Fälle habe, meistens Frauen, die ich selten wirklich durchschaue, dann bespreche ich die Sache mit meiner besseren Hälfte. Ich versteh nicht viel von Frauen, wissen Sie. Meine Frau hat mir schon manchen nützlichen Tip gegeben. Zu Lara G. hat sie gesagt: Ausgeschlossen, die hat ihre Kinder nicht umgebracht. Such dir einen anderen Schuldigen, irgendwo in der Akte wirst du ihn finden. Ich versichere Ihnen: Ich habe gesucht. Ohne Ergebnis. Ich plädiere nicht auf »schuldig« und mildernde Umstände, bisher jedenfalls noch nicht. Aber ich bin dicht davor, das können Sie mir glauben.

Bella ist überrascht von Gebauers Offenheit. Sie glaubt ihm, daß er, seiner Frau zuliebe, alle Fakten gründlich geprüft hat. Sie selbst hat von Anfang an nicht an Laras Unschuld geglaubt. Es ist Kranz gewesen, der sie mit seinen Zweifeln angesteckt hat. Und das undurchsichtige Verhalten dieses Brunner.

Das Gericht hat für morgen Peter G. als Zeugen angekündigt. Sie werden also keinen Anhaltspunkt haben, um seine Glaubwürdigkeit zu erschüttern?

Nichts, bisher jedenfalls, und ich wüßte nicht, was bis morgen noch geschehen sollte. Er ist mir nicht sympathisch, dieser Mann. Ich halte nichts von Männern, die die große Liebe entdecken, nachdem sie mit der kleinen ein paar Kinder in die Welt gesetzt haben. Das ist alles immer sehr durchsichtig. Aber um ihm etwas am Zeug zu flicken, reicht das, leider, nicht.

Und die Richterin? Was glauben Sie, wie wird die mit ihm umgehen?

Was die tun wird? Sie wird ihn so lange befragen, bis seine Unschuld absolut glaubhaft ist, denke ich. Sie ist ehrgeizig, sehr genau, und was sie am wenigsten gebrauchen kann, ist ein Fehlurteil. Ich glaube, sie ist in Ordnung. Ein bißchen jung vielleicht. Aber irgendwohin muß der Staat ja mit seinen Einser-Kandidaten. Und, wenn Sie mich fragen, es wurde auch langsam Zeit, daß die alte Generation von den Richtertischen verschwindet. Da waren ein paar Leute dabei, deren heimliche Sympathien noch immer ganz anderen Zeiten gegolten haben. Unangenehme Leute, sage ich Ihnen.

Bella hat keine Lust, sich Gebauers Schwierigkeiten mit alten Nazi-Richtern anzuhören, obwohl sie sehr genau versteht, wovon er spricht, und annimmt, daß er recht hat.

Haben Sie eigentlich das psychologische Gutachten des Sachverständigen gelesen? fragt sie. Was halten Sie davon? Es macht mir die Arbeit nicht leichter, antwortet Gebauer. Er begleitet Bella zur Tür. Sein Atem riecht leicht nach Cognac, seine Kleidung wirkt noch ein wenig zerknitterter, und die rundliche Hand, die er Bella zum Abschied reicht, ist warm und feucht.

Ich würde gern mit ihr sprechen, sagt sie. Was glauben Sie, habe ich eine Chance?

Gebauer antwortet nicht gleich. Mit einem Blick, der vom Nachdenken abwesend ist, sieht er Bella an. Einmal geht die automatische Treppenhausbeleuchtung aus, und sie stehen einen kurzen Augenblick im Dunkeln, bis unten im Haus jemand die Tür aufreißt und ein Fahrrad in den Hausflur scheppert.

Ich glaube nicht, sagt Gebauer. Aber ich werde es versuchen. Unten auf der Straße ist der Autoverkehr weniger geworden. Linienbusse fahren an ihr vorbei. Sie wirken in der Dämmerung wie schnurrende, hellerleuchtete, fahrende Rechtecke. Wenn sie mit leisem Zischen halten, entlassen sie aus ihrem Inneren aufrecht gehende, gekrümmte, steife oder bewegliche, immer aber gegen den hellen Hintergrund dunkle Gestalten. Ein paar Jugendliche kommen ihr entgegen, Bierdosen in den Händen, auf dem Weg zur Stabilisierung der Schadensquote durch Randalieren. In den Vorgärten der älteren Mietshäuser beginnt der Flieder zu blühen. Ein Mann auf einem Fahrrad überholt sie. Sie erkennt Gebauer. Auf dem Gepäckträger transportiert er eine Plastiktüte, aus deren Öffnung ein Bündel Akten hervorsieht. Sie ist davon überzeugt, daß es sich um die Akten zum Fall Lara G. handelt. Er wird nach Hause radeln, seiner Frau von ihrem Besuch erzählen, und gemeinsam werden sie noch einmal versuchen, entlastende Argumente zu entdekken.

Es wird ihnen nicht gelingen, denkt sie und wirft den Fliederzweig weg, den sie in der Hand gehalten hat.

Fünfter Verhandlungstag

DER UNGLÜCKLICHE MANN

Die Zeiten, in denen wir leben, sind nicht einfach. Mit aller Kraft, die dazu nötig ist, muß unser Land sich daranmachen, eine umfassende Modernisierung von Wirtschaft und Gesellschaft vorzunehmen.

Niemand bleibt davon unbeeinträchtigt. Das Leben, das Zusammenleben verändert sich. Neue Gesetze treten an die Stelle der alten, überholten. In Zeiten wie diesen gibt es eine Institution, die den Menschen Halt und Geborgenheit geben kann, um sie im schwierigen Alltag besser bestehen zu lassen: die Familie.

Es besteht kein Zweifel daran, daß beide Eheleute ihren Teil zum Überleben der Familie beitragen müssen: die Frau, soweit sie nicht arbeiten muß, durch die Erziehung der Kinder, der Mann in dem Bemühen, den gnadenloser werdenden Konkurrenzkampf zu bestehen und sich und seiner Familie einen angemessenen Lebensstandard zu schaffen. Allerdings: Was hier beschrieben wird, ist der Idealfall. Schon ein Blick auf Freunde und Nachbarn zeigt, wie weit wir davon entfernt sind.

Verschrobene Ideen, deren Entstehen in Zeiten des Überflusses möglich war, haben das Zusammenleben zwischen Männern und Frauen, den Zusammenhalt vieler Familien unmöglich gemacht oder mindestens erschwert.

Niemand wird etwas dagegen haben, daß Frauen einer Arbeit nachgehen. Schon immer hat die Frau zum Unterhalt der Familie beigetragen, wenn es nötig war. Derlei Selbstverständlichkeiten allerdings mit sogenannten Emanzipationsideen zu verbinden (als ob unsere Frauen nicht längst emanzipiert wären!), wie es uns seit Jahren Feministinnen einreden wollen, kann nur in Chaos und Unglück für alle Beteiligten enden.

Die Frauen sind, wer wollte es leugnen, das stärkere Geschlecht. Sie müssen wissen, daß dem Mann aufgrund seiner freiwillig übernommenen Aufgaben und seiner geringeren seelischen (nicht körperlichen!) Kraft engere Grenzen der Belastbarkeit gesetzt sind. Will eine Frau eine glückliche, funktionierende Familie, so wird sie sich danach richten. Sie wird sich hüten, ihren Mann durch überzogene Forderungen, auf welchem Gebiet auch immer, unglücklich zu machen.

Was hat dies alles aber mit dem Fall Lara G. zu tun, über den wir sonst an dieser Stelle berichten?

Sehr viel, denn heute steht der Mann als Zeuge vor Gericht, den bösartige Zungen hinter vorgehaltener Hand schon bereit waren, des Mordes an seinen eigenen Kindern zu bezichtigen. Aber niemand hat darüber nachgedacht, was es für einen Mann bedeutet, seine Kinder zu verlieren, weil er eine andere Frau liebt. Sollte er bei einer Frau bleiben, von deren Kälte und Rechthaberei (von Feministinnen wohl Emanzipation genannt!) wir uns in den vergangenen Tagen im Gerichtssaal überzeugen konnten?

Peter G. geht heute einen schweren Gang. Er muß aussagen gegen die Frau, die ihn unglücklich gemacht und der er dennoch ein Haus finanziert hat. Gegen die Frau, der er ein eigenes Leben ermöglicht und die ihm dafür genommen hat, was er am meisten liebte: seine Kinder.

Der Ansturm der Zuschauer am fünften Verhandlungstag ist so groß, daß das Gericht beschlossen hat, in einen größeren Saal umzuziehen. Obwohl die Menschen nun davon ausgehen könnten, einen Platz im Zuschauerraum zu bekommen, ist die Erregung, die Ungeduld groß, mit der sie den neuen Saal zu erreichen suchen. Die Älteren, die fürchten, auf dem spiegelglatten Linoleumboden auszugleiten und zu stürzen, wenn sie zu laufen begännen, kommen beinahe zu spät. Sie müssen sich auf den hinteren Plätzen drängen. Jahrelang haben sie die besten Plätze durch rechtzeitiges Anstehen und ein gutes, weil auf persönlicher Bekanntschaft beruhendes Verhältnis zum Wachpersonal ergattert. All das ist plötzlich nichts mehr wert. Wütend, beleidigt, gekränkt, von liebgewordenen Nachbarn getrennt, sitzen sie auf den Hinterbänken und starren verbittert nach vorn.

Dort, in der ersten Reihe, sitzen wie immer die Reporter, nur können die von hinten sie jetzt nicht mehr beobachten. Auch Tulla sitzt da, in einen dunklen, korrekten Anzug gekleidet, so, als hätte sie im Anschluß an die Verhandlung noch einen sehr wichtigen Termin wahrzunehmen.

Oder als repräsentierte sie ihre Zunft bewußt elegant, überlegt Bella, weil sie neuerdings von deren Bedeutung überzeugt ist. Ihr Blick geht über die Zuschauerreihen hinweg. Sie sucht nach der Frau mit den rosa Löckchen, deren Anblick ihr inzwischen beinahe vertraut geworden ist. Sie entdeckt die alte Dame schließlich, eingezwängt zwischen zwei kräftigen Frauen. Die großen Handtaschen, die die Frauen auf dem Schoß halten, verdecken sie beinahe. Bella kann nicht genau erkennen, welche Farbe ihr Kostüm heute hat, irgendein Karo in Lila und Grün vielleicht, sie sieht nur die verzweifelten Blicke der Trägerin, die sich vergeblich müht, einen der Herren, die sie sonst begleiteten, auf ihre mißliche Position aufmerksam zu machen und ihn zum Handeln zu bewegen.

Deren Interesse allerdings scheint heute einzig und allein Peter G. zu gelten, der neben seinem Anwalt Platz genommen hat. Er macht den Eindruck eines leidgeprüften, aber gefaßten Mannes, der bereit ist, auch noch die letzte Prüfung zu bestehen, die ihm ein unerbittliches Schicksal auferlegt hat. Manchmal, aber nur selten, wendet er den Blick, wie Trost suchend, der jungen Frau zu, die auf der Bank hinter den Reportern sitzt und die Augen nicht von ihm wendet. Sie sitzt da in der Haltung der allzeit bereiten Trostspenderin, der Mitleidigen, der Frau, die weiß, was der Mann braucht. Selbst die zarten, nach vorn geneigten Straußenfedern an der Kappe auf ihrem Kopf scheinen sich der Richtung ihrer Blicke angepaßt zu haben.

Dann erscheint Gebauer an der Seite seiner Mandantin. Er entdeckt Bella und bewegt ein paarmal den Kopf, eine verneinende Bewegung. Sie wird Lara G. also nicht treffen. Bella meint, einen beinahe verzweifelten Ausdruck in Gebauers Augen wahrgenommen zu haben, bevor er sich neben Lara G. niedersetzt und beginnt, in den Akten zu blättern, die er vor sich auf den Tisch gelegt hat. Bella hat Zeit, Lara G. zu betrachten.

Sie trägt dasselbe dunkelblaue Kostüm wie sonst. Ihr Gesicht, ihre Gestalt scheinen magerer, blasser zu sein. Sie ist ungeschminkt wie immer. Zum ersten Mal fällt Bella der Ring auf, den sie an der rechten Hand trägt; ein grober, einfacher Reif aus Weißgold oder Silber mit einem dicken Stein, der ein Mondstein sein könnte. Sie ertappt sich bei dem heftigen Wunsch, die Frau da vorn nur ein einziges Mal lachen sehen zu können. Wie ist sie mit ihren Kindern umgegangen? Wie war das, als sie ihnen die ersten Worte vorgesprochen hat, als sie, ungeduldig die ersten Schritte versuchend, hinfielen. Jede Mutter tröstet ihre Kinder auf ganz besondere Weise. Wie hat Lara G. ihre Kinder getröstet, wenn sie weinten? Wenn sie schlafen gingen: Hat sie ihren Kindern vor dem Einschlafen etwas vorgesungen? Hat die Frau da vorn all die üblichen mütterlichen Gesten gebraucht, bevor sie die letzten, die todbringenden Bewegungen vollbracht hat?

Wie ist das gewesen? Die Mädchen gehen schlafen, wie immer. Liebevoll sagt die Mörderin ihnen gute Nacht?

Der kleine Junge ist unruhig. Er kann abends oft nicht einschlafen. Dann beruhigt ihn die Mutter; die Mörderin?

Sie bringt ihn ins Bad, setzt ihn in das warme Wasser, spielt mit ihm. Sie muß die Tür von innen abschließen, denn es kann ja sein, daß eins von den Mädchen noch einmal ins Bad will. Sie hockt am Boden neben der Wanne, steht auf, lächelt dem Jungen zu, schließt die Tür ab, geht zurück, lächelt, beugt sich nieder, drückt den Jungen unter Wasser. Das Kind wehrt sich heftig. Bleibt sie neben der Wanne stehen, als der Junge sich nicht mehr bewegt?

Was tut sie, nachdem sie das Bad verlassen hat? Sie weiß doch, was kommen wird. Wo hat sie die Axt versteckt?

Irgendwann geht sie nach oben und vergewissert sich, daß die Mädchen schlafen. Da hält sie das Mordwerkzeug noch nicht in den Händen. Wo hat sie es abgestellt, damit die Mädchen sie nicht zufällig damit entdecken?

Dann betritt sie das Zimmer der Großen – oder hat sie die Jüngere zuerst getötet? Sie muß darüber nachgedacht haben. Kann eine Mutter, die liebevoll mit ihren Kindern umgeht, über so etwas nachdenken?

Wie kann sie weiterleben, nachdem sie diesen Teil von sich selbst, diese niemals wirklich von ihr zu trennenden Leben zerstört hat?

Wenn sie ihre Kinder getötet hat, kann sie es nicht.

Wie eine plötzliche Erkenntnis, die einen körperlichen Schock auslöst, empfindet Bella den Gedanken. Sie kann nicht weiterleben. Wenn sie ihre Kinder getötet hat, wird sie ihnen folgen.

Aber weshalb hat sie es dann nicht längst getan? Weshalb hat sie den Weg nicht beschritten, der ihr als einzig gangbarer vorkommen muß? Weshalb hat sie sich nicht selbst getötet? Weil sie unschuldig ist?

Da eröffnet die Richterin den fünften Verhandlungstag und ruft Peter G. in den Zeugenstand. Bella zwingt sich, ihre Aufmerksamkeit seinem Auftritt zuzuwenden.

Nichts von dem, was er sagt, widerspricht den Angaben, die sie aus den Akten kennt. Sie meint eine kleine Unsicherheit bei ihm zu spüren, als das Gericht ihn über sein Verhältnis zu den Kindern befragt. Auch die Richterin muß die Veränderung bemerkt haben, jedenfalls wird ihre Haltung aufmerksamer, wird der Ton ihrer Fragen eindringlicher.

Peter G. beschreibt die Persönlichkeiten der Mädchen mit bewundernswert einfühlsamen Worten. Seine Große sei ein kluges, temperamentvolles Mädchen gewesen, schlank, sportlich begabt, mit zwölf schon die Schnellste ihres Jahrgangs beim jährlichen Sportwettkampf in der Schule, Klassensprecherin und beliebt bei Lehrern und Mitschülern.

Die Jüngere, sein Blondschopf (die Richterin fragt ihn an dieser Stelle, ob er eine Pause machen möchte, aber Peter G. schüttelt stumm den Kopf), sei ein nachdenkliches Kind gewesen, vielleicht sogar noch klüger als die zwei Jahre ältere, aber in sich gekehrter, stiller, ein Mädchen, das ihn und seine Frau mit plötzlichen Fragen erstaunte.

Ihre zweite Frau hatte ein gutes Verhältnis zu den Kindern?

Bella blickt auf das Gesicht unter dem kleinen schwarzen Hut. Es drückt Schmerz aus.

Meine Frau hat die Kinder geliebt, sagt Peter G.

Sie lügen mich an, Marie. Sag mir die Wahrheit. Bitte.

Die Richterin läßt ihm Zeit, seine Fassung wiederzugewinnen, bevor sie die Befragung fortsetzt. Sie spricht mit anteilnehmender Stimme. Und auch im Publikum ist niemand, der dem trauernden Vater und der jungen Stiefmutter sein Mitgefühl versagt. Nicht nur ihm, wie man bisher geglaubt hat, auch seiner Frau ist großes Leid zugefügt worden durch die entsetzliche Tat.

Ich muß Sie fragen, damit wir uns ein genaueres Bild machen können. Wir haben sonst niemanden, der – die Richterin zögert, weiterzusprechen. Sie versucht, unbedachte Wörter zu meiden, um den Schmerz des Vaters nicht zu vergrößern. Schließlich sagt sie: Wir haben sonst niemanden, der dem Geschehen so nahe stand. Es hat im Verlauf der Verhandlung gelegentlich Hinweise darauf gegeben, daß das Verhältnis zwischen Ihnen und Ihrem Sohn schwieriger war als das zu den Mädchen. Nachbarn haben berichtet, daß Sie das Kind von sich gestoßen haben sollen. Nicht mitgenommen, zum Beispiel, wenn Sie die Mädchen abholten. Möchten Sie etwas dazu sagen?

Weshalb möchtest du mir nicht sagen, was geschehen ist, Marie? Ich bin alt genug. Sie sind tot. Ich weiß es. Ich will nicht, daß sie tot sind. Sie sollen wiederkommen, bitte, Marie, sie sollen nicht tot sein. Wir wollen sie zurückholen. Komm, Marie.

Peter G. nickt, schweigt lange, bevor er antwortet. Als er spricht, ist seine Stimme gefaßt. Er ist bereit, auch Fehler einzugestehen.

Das Verhältnis zu meiner geschiedenen Frau hat sich verschlechtert, seit der Junge da war. Ich – ich wollte keine Kinder mehr haben. Meine Situation war nicht so, daß –

Er sucht nach einem passenden Wort, weil er vermeiden will, zu sagen, daß er sich keine Kinder mehr leisten wollte. »Leisten« im Zusammenhang mit Kindern ist ein häßliches Wort, und er ist zu klug, um sich durch eine unbedachte Äußerung die Sympathie des Publikums zu verderben. Er ist nicht klug genug, zu spüren, daß Überlegungen dieser Art möglicherweise nicht zu dem tiefen Schmerz passen, den seine Haltung immer noch ausdrückt.

Ich hatte das Gefühl, daß ich meine ganze Aufmerksamkeit den Töchtern widmen sollte, sagt er schließlich. Ich war auch beruflich sehr angespannt. Es kann durchaus sein, daß ich dem Jungen gegenüber nicht immer so aufmerksam gewesen bin. Das hat sich dann sehr geändert, als meine zweite Frau den Kleinen kennengelernt hat. Sie hat ihn von Anfang an in ihr Herz geschlossen. Vielleicht habe ich ihn auch in der Zeit erst richtig lieben gelernt. Man öffnet sein Herz leichter, wenn –

Hier unterbricht Peter G. seine Rede und sieht ganz unvermittelt seine Frau an. Sie lächelt ihm aufmunternd zu.

Und der Junge hat die Besuche bei uns sehr genossen. Auch die Mädchen, alle drei. Ich möchte sagen, die Kinder waren nicht nur gern bei uns. Wir, meine Frau hat ihnen den Aufenthalt so angenehm wie möglich gemacht. Schließlich haben sie, sie haben – er unterbricht sich und wartet einen Augenblick, um seine Stimme wieder zu beherrschen.

Sie haben den Wunsch geäußert, ganz bei uns bleiben zu

dürfen. Auch der Kleine, alle drei, sagt er dann schnell, so als fürchte er, die Worte könnten ihm undeutlich geraten vor Schmerz, wenn er langsamer spräche.

Ganz ruhig, mein Kind. Ich werde dir alles erzählen. Ich werde dir die Wahrheit sagen. Ich hab dir immer die Wahrheit gesagt. Das weißt du. Bleib ganz still, meine Kleine. Du mußt lernen, daß die Toten tot sind. Niemand kann sie holen. Woher auch? Sieh mal, deine Freunde haben einen langen Weg zurückgelegt, bevor sie zu uns gekommen sind. Sie wollten sich bei uns ausruhen. Dann wollten sie weitergehen, in ein anderes Land. Sie haben ein Boot genommen, das ihnen nicht gehört hat. Du weißt, daß gestohlene Boote Unglück bringen. Sie sind zur falschen Zeit über das Meer gefahren. Wenn der Raps vor dem Wasser blüht und die See lila färbt, dann darf man nicht fahren. Dann muß man die See liegen lassen, wie sie ist. Als sie umgekehrt sind, war es zu spät. Das Boot ist vollgelaufen. Sie hatten nicht schwimmen gelernt, die Kinder nicht und auch nicht die Mutter. Jetzt schlafen sie auf dem Grund. Schlaf jetzt, mein Kind, schlaf.

Vor der Nacht, in der die Kinder starben, haben Sie sie am Abend nach Hause gebracht. Ist das richtig?

Ja.

Haben Sie das Haus Ihrer geschiedenen Frau damals betreten?

Nein. Die Kinder sind ausgestiegen und allein hineingegangen. Es war nicht immer erfreulich, dort in dem Haus. Ich wollte eine Szene vor den Kindern vermeiden.

Sie sind dann zurückgefahren und sind in der Nacht nicht mehr dort gewesen?

Nein, dazu bestand keine Veranlassung. Ich war nach

dem Sonntagabend, an dem ich die Kinder abgeliefert habe, niemals mehr dort.

Ich habe keine weiteren Fragen, sagt die Richterin. Sie sieht auffordernd zuerst die Staatsanwältin und dann den Verteidiger an.

Keine weiteren Fragen, sagt die Schubert. Gebauer schüttelt den Kopf.

Wir danken Ihnen für Ihre Bereitschaft, auszusagen, Herr G. Sie haben uns sehr geholfen. Wir machen eine Pause bis vierzehn Uhr und setzen dann die Verhandlung fort. Die Richterin verläßt den Saal. Bella beschließt, in der Kantine des Gerichts zu essen. Gefühle, auch unechte, wenn sie gekonnt vorgetragen werden, machen sie hungrig. Als sie den Saal verläßt, hat sie einen kurzen Augenblick den Eindruck, als sähe Lara G. sie an. Aber als sie sich vergewissern will, schaut sie nur noch auf deren Rücken und das strenge Gesicht der Aufseherin, die die Angeklagte hinausführt.

Die Behauptung, daß die Einnahme von Essen mit Kultur zu tun habe, kann auf das Essen in der Kantine nicht zutreffen. Kultur ist, wie der ganze Mensch lebt; das ist eine weit verbreitete Meinung. Die Umstände, unter denen die Mahlzeiten genossen werden, gehören dazu oder sollten jedenfalls dazugehören.

Der Raum ist überfüllt, laut und stinkt: nach Kohlrouladen, schwitzenden Robenträgern, Turnschuhen und Vanillesoße. Das zumindest sind die Gerüche, die sie unterscheiden kann. Das Rauchen während der Mittagszeit ist in der Kantine nicht erlaubt. Deshalb fehlt das Element, das die verschiedenen Gerüche hätte verbinden und dem Ganzen wenigstens einen gemütlichen Anstrich hätte geben können.

Bella findet einen schmalen Platz in einer äußersten Ecke des Raumes inmitten einer Gruppe von Jurastudenten. Sie entdeckt Tulla in der Gruppe erst, als sie schon sitzt, sie kann deshalb deren Unterhaltung mit den jungen Leuten verfolgen, während sie sich bemüht, dem Nudelgericht auf ihrem Teller Geschmack abzugewinnen.

Aber Sie, als angehende Richterinnen und Richter, was halten Sie von der Verhandlungsführung? Meinen Sie nicht, daß die Vorsitzende den Herrn G. ein bißchen zu sehr mit Glacehandschuhen angefaßt hat?

Bella, die inzwischen davon überzeugt ist, daß Tulla niemals eine Frage stellt, deren Antwort sie nicht für ihre Arbeit gebrauchen kann, fragt sich, was diese Frage wohl bezweckt.

Wieso das denn? fragt ein junger Mann zurück, dessen Äußeres und dessen Wortwahl ihn mit ziemlicher Sicherheit nicht für ein Richteramt geeignet erscheinen lassen. Spätestens am Messer-und-Gabel-Gespräch dürfte er scheitern, überlegt Bella und wartet auf die Fortsetzung seiner Antwort.

Ich fand ihn ganz okay. Von dem war doch sowieso nichts zu holen. Alles einwandfrei: kein Motiv, Alibi, keine Spuren am Tatort. Und die Nummer mit der Stimme war auch ziemlich echt. Nee, der ist in Ordnung. Oder ist hier jemand anderer Meinung?

Sagt Ihnen eigentlich der Name »Medea« etwas? Worauf will sie hinaus?

Keiner der Studenten antwortet. Schließlich sagt ein Mädchen: War das nicht die, die zwanzig Jahre darauf gewartet hat, daß ihr Mann zurückkommt?

Ja, Schätzchen, entgegnet Tulla. Du meinst Holofernes, nicht wahr?

Sie wird einen Artikel schreiben, in dem sie erklärt, daß

Bildung und Ausbildung von Jurastudenten sie als ungeeignet dafür erscheinen lassen, irgendwann als Richter über Schicksale von Menschen zu urteilen. Das, was sie gerade gehört hat, wird sie als Beispiel angeben. Hätten die jungen Leute richtige Antworten gegeben, würde sie wahrscheinlich das Gegenteil schreiben. Vermutlich bezeichnet sie das, was sie da gerade tut, als Recherche. Bella schiebt ihren Teller beiseite und steht auf.

Nehmen Sie den Teller bitte mit, sagt eine der Studentinnen neben ihr. Die Frauen geben wieder uns die Schuld, wenn nachher etwas herumsteht.

Schuldbewußt nimmt Bella den Teller auf und balanciert die Reste der italienischen Küche durch das Gedränge hinüber zum Abstellwagen. Sie ist noch nicht dort angekommen, als Tulla sie eingeholt hat. Zusammen verlassen beide die Kantine.

Ich habe meine Meinung geändert, verkündet Tulla, als sie vor der Tür angekommen sind. Haben Sie ihn beobachtet? Krokodilstränen, mehr kann frau doch dazu nicht sagen. Weshalb verläßt so einer wohl seine Familie? Weil sie ihm auf die Nerven gegangen ist! Natürlich hat das Geld eine Rolle gespielt. Aber Geld allein ist nicht entscheidend. Außerdem, was hinderte ihn, der Neuen ein Kind zu machen, wenn sie unbedingt eins wollte? Die ist vielleicht naiv. Ihr nehme ich's ab. Ein Herzchen, will mir scheinen. Aber der und Familie? Nie! Es ist ein Jammer, daß die Polizei so versagt hat. Man kann ihm nichts nachweisen. Und weil es ja jemand gewesen sein muß, wird man ihr die Sache anhängen. Haben Sie gehört, was unsere zukünftigen Hüter der Gerechtigkeit auf meine Frage nach Medea geantwortet haben? Ich möchte es nicht glauben. Haben Sie Lust, mit mir gegenüber noch einen Kaffee zu trinken?

Genau in dem Augenblick, als Bella eine ablehnende

Antwort geben will, sieht sie Brunner. Er kommt den Gang entlang und sieht sich um, als suchte er jemanden. Einen Augenblick lang glaubt sie, er suche sie. Auf gar keinen Fall möchte sie im Beisein von Tulla mit Brunner zusammentreffen. Dann sieht sie, daß Gebauer den Gang entlangkommt und Brunner sich ihm, offenbar erleichtert, zuwendet. Den Anwalt hat er gesucht. Ist er deshalb einen Tag früher zurückgekommen?

Die Männer sind stehengeblieben, dann legt Gebauer seine Hand auf Brunners Arm, als wollte er ihn am Weitersprechen hindern. Schließlich gehen sie zusammen weg. Bella wartet mit ihrer Antwort, bis die beiden hinter einer Biegung des Ganges verschwunden sind.

Nein, sagt sie, heute nicht. Mir ist gerade eingefallen, daß ich noch eine Verabredung habe. Sie läßt Tulla stehen und geht schnell die Treppe hinauf.

Ganz oben, beinahe unter dem Dach, daran erinnert sie sich aus früheren Tagen, gab es einen schmalen Gang, auf dem eine Bank stand. Der Gang wurde selten benutzt. Die Türen rechts und links waren verschlossen. In metallenen Rahmen steckten darauf kleine, vergilbte Karten, bemalt mit altmodisch anmutenden Buchstaben: A–Bu oder C–Da. Vor den Fenstern des Ganges konnte man Tauben auf den Dachrinnen hocken sehen. Ihr Gurren war oft der einzige Laut, der die Stille da oben durchbrach. Dorthin wird sie jetzt gehen, um dem Trubel im Gericht, Tullas Fragen, aber auch dem Lärm auf der Straße, der sie erwartet, wenn sie das Gericht verläßt, zu entgehen. Sie faßt nach dem schmalen Buch in ihrer Jackentasche: Nicht Block, sondern Johannes Bobrowski steht auf der Titelseite, und: Reclam Leipzig, DDR, 3,– M.

Schon als sie auf dem letzten Treppenabsatz ankommt, sieht sie, daß der Gang versperrt ist. Eine Wand aus Brettern, die in der Mitte als Tür ein Einstiegsloch bekommen hat, verhindert das Betreten des Ganges. Ein Mann, eher ein Jüngling, in der Uniform der Bundeswehr sitzt auf der obersten Stufe, hat seinen Kopf an die Wand gelehnt und schläft. Seine Waffe hat er neben sich gelegt. Er schreckt auf, als Bella sich bemerkbar macht, springt auf, greift nach der Waffe, legt sie aber wieder zur Seite, als er erkennt, daß da eine Frau die Treppe heraufgekommen ist; noch dazu eine ältere Frau.

Nanu, sagt Bella, was ist denn hier passiert? Früher war da oben mal mein Platz für ein ruhiges Stündchen während der Verhandlungspausen.

Sie steigt zwei oder drei Stufen hoch, dem Soldaten entgegen, der sie aufmerksam mustert.

Bleiben Sie lieber unten, sagt er, Sie sehen ja, hier ist jetzt kein Durchgang mehr.

Und was ist da nun? Hinter dem Verschlag?

Haufenweise Papier, antwortet der Soldat, Akten. Die Bundeswehr braucht Platz.

Krieg, sagt Bella. Das breitet sich aus, wie? Kriecht in jeden leeren Raum, in die Gänge und in die Gehirne. Nistet sich ein. Wie Sie da oben. Unter den Dächern stehen schon bewaffnete Männer. Kennen Sie die Geschichte von Biedermann und den Brandstiftern?

Nein, sagt der Soldat, die kenn ich nicht. Aber ich weiß, was passiert, wenn wir unseren Auftrag nicht erfüllen. Kommen Sie lieber nicht hoch.

Ich werde mich hüten.

Sie wendet sich ab, um zurückzugehen, dreht sich aber noch einmal um.

Sagt Ihnen das Wort Kaunas etwas?

N-nein, antwortet der Soldat. Wir haben Schulung. Da erfährt man das Nötigste. Aber darüber haben sie uns nichts gesagt. Kaunas? Nein. Kaukasus, das ja. Aber Kaunas? Nein. Nie gehört.

Die Menschenrechte im Kaukasus. Meinen Sie das?

Genau, sagt der Soldat, die Menschenrechte. Unser Kommandant sagt –

Bestellen Sie Ihrem Kommandanten einen Gruß, und sagen Sie ihm, er sei pervers und obendrein ein Idiot. Und Sie sollten sich überlegen, ob Sie solchen Leuten Glauben schenken wollen.

Sie dreht sich um und geht voller Wut die Treppe wieder hinunter.

Was regen Sie sich denn auf, Mutter? ruft der Soldat ihr nach. Ist doch bloß Papier, was da oben liegt. Sie hat sich dumm benommen. Kaunas 1941:

Wirst du über den Hügel
gehen? Die grauen Züge
– Greise und manchmal die Knaben –
sterben dort. Sie gehen
über den Hang, vor den jachernden Wölfen her –

Johannes Bobrowski hat so beschrieben, was er im Zweiten Weltkrieg als Soldat in Kaunas beobachtet hat. Das blutige Geschäft der Wehrmacht. Was soll so ein Dummkopf von Geschichte wissen. Seine Vorgesetzten verhindern doch, daß er etwas begreift. Ohne Krieg ist ein Mann kein Mann. Nun dürfen sie wieder und nicht nur so lächerliche, langweilige Dinge, wie Grenzen sichern. Bomben werfen und mit Kindern spielen. Peter G.: Rüstung produzieren, Massenmord möglich machen und seine Kinder lieben. Mir wird übel, wenn ich an ihn denke.

Ihr wird wirklich übel. Sie sucht eine Toilette. Da steht sie dann in einem weißgekachelten Raum, im Hintergrund tropft leise, aber stetig ein Wasserhahn, und sieht aus dem geschlossenen Fenster.

Unten, im Hof des Strafjustizgebäudes, stehen Brunner und Gebauer zusammen. Brunner redet, Gebauer hört zu. Das dauert eine ganze Weile, dann verabschiedet sich Gebauer und geht zurück in das Gebäude. Brunner überquert den Innenhof und verschwindet im Torweg zur Straße.

Die Verhandlung wird nach der Pause mit der Vernehmung einer Zeugin fortgesetzt, die dem bisher noch ahnungslosen Publikum eine herbe Enttäuschung bereiten wird. Die Richterin läßt Karin Gundlach rufen, eine Studentin, die als Untermieterin im Haus gegenüber von Lara G. gewohnt hat.

Ich bin ungefähr zur gleichen Zeit eingezogen wie die Frau mit ihren Kindern, sagt sie. Sie sieht dabei freundlich zu Lara G. hinüber, läßt sich auch nicht durch deren unzugängliches Gesicht einschüchtern. Mein Zimmer lag im ersten Stock. Und die Straße zwischen den Häusern ist ja nicht breit. Mein Schreibtisch stand unter dem Fenster. Deshalb habe ich auch den Möbelwagen gesehen und die Sachen, die gebracht wurden. Ich fand – sie stockt, und als die Richterin sie zum Weitersprechen ermuntert, sagt sie schnell: Ich fand, die Sachen paßten nicht zu der Frau und den Kindern.

Möchten Sie uns das erklären?

Ja. Also, die Frau hat sehr gut ausgesehen, die Figur und die Art, wie sie sich bewegte und ihre Kleider trug. Und die Kinder waren ihr ähnlich. Sie waren so ein schöner Anblick alle zusammen. Sie ist sehr liebevoll mit den Kindern umgegangen, auch ein bißchen streng, weil sie ihre Spielsachen selbst ins Haus tragen mußten. Aber sie haben das, glaube ich, gern gemacht, stolz. Nur, die Möbel, der Teppich, alles war alt und ziemlich scheußlich. Das ist mir aufgefallen. Später, eigentlich das ganze Jahr über, während ich da gewohnt habe, da habe ich Frau G. und die Kinder oft beobachtet. Im Garten und wenn sie mit ihnen einkaufen gegangen ist oder sonst irgendwohin. Ich glaube, sie haben viel von Aldi geholt. Für Familien ist es da wahrscheinlich günstig.

Hatten Sie den Eindruck, daß Frau G. ihre Kinder unterschiedlich behandelte? Jemanden vorzog oder vielleicht zurücksetzte?

Nein, auf gar keinen Fall. Das war ja gerade so schön. wie sie zusammengehörten. Die Mutter und die Kinder.

Frau Gundlach, aus den Akten sehe ich, daß Sie sich dem Gericht aus eigenem Antrieb als Zeugin zur Verfügung gestellt haben. Würden Sie uns erklären, welches Motiv Sie dafür hatten?

Ich habe gehört, wie die Leute in der Siedlung über Frau G. gesprochen haben, vorher und erst recht, nachdem diese furchtbare Sache passiert war. Das Polizeiauto, in dem sie gesessen hat, stand unter meinem Fenster. Ich meine, es wußte doch niemand, ob die Frau schuldig ist oder nicht. Da hab ich gedacht, ich melde mich, vielleicht nützt es ihr. Die wollten ihr doch alle nur schaden.

Nun, Frau Gundlach, ein Gericht ist nicht dazu da, jemanden unter allen Umständen zu verurteilen. Wir bemühen uns nach Kräften, die Wahrheit zu finden. Ich glaube, Sie können sich durchaus darauf verlassen, daß unsere Tätigkeit der Angeklagten nicht schadet.

Ich weiß. Entschuldigen Sie bitte. Es war nicht meine Absicht, daran zu zweifeln. Es war nur so widerlich, wie da alle um dieses Auto herumgestanden haben.

Die Zeugin schweigt verwirrt. Ein tapferes Mädchen, denkt Bella.

Sind Sie in der Nacht, in der die Kinder getötet wurden, zu Hause gewesen? Haben Sie vielleicht irgendwelche Vorgänge beobachtet, die uns Aufschluß über das Geschehen geben können?

Ja, ich war zu Hause.

Im Saal ist es sehr still. Eine Taube läßt sich auf dem Sims unter dem mittleren Fenster nieder. Sie spreizt die Schwanzfedern und dreht sich im Kreis. Ihr fettes Gurren ist der einzige Laut, der die Stille durchbricht.

Sie schlafen in unserer Stadt, ja, Marie? Die Frauen müssen sie einlassen. Weshalb sagst du nichts?

Ich weine, Kind. Warte, das geht gleich vorbei.

Ich habe nichts gesehen. Erst am Morgen, als ich mich an den Schreibtisch gesetzt habe, sah ich gegenüber den Dakkel einer Nachbarin im Garten und Frau G. Sie stand neben der Sandkiste und bewegte sich nicht. Ich habe sie eine Weile beobachtet. Ich dachte dann, daß vielleicht irgend etwas nicht in Ordnung ist. Ich wollte hinübergehen und nachsehen. Ich mußte mich aber erst waschen und anziehen. Ich gehe immer gleich nach dem Aufstehen an den Schreibtisch. Und als ich dann nach unten kam, war das Polizeiauto schon gekommen, und Frau G. saß auf der Rückbank, und die Leute haben sie beschimpft. – Ich hab dann gesagt, sie sollten doch die Frau in Ruhe lassen. Man konnte ja sehen, daß es ihr nicht gut ging. Dann fingen sie an, mir irgendwelche Sachen zu sagen. Ich hab vergessen, was es war. Ich bin dann wieder ins Haus gegangen. Ich wußte ja noch immer nicht, was geschehen war. Vom Fenster aus habe ich dann gesehen, daß man drei Kästen in das Haus gebracht hat, diese gräßlichen Kästen – die Tür war ja auch auf. Und die Kinder waren nicht zu sehen. Die ganze Zeit über hatte ich sie nicht gesehen. Da hab ich mir dann gedacht, daß mit ihnen etwas Furchtbares passiert ist. Als die Wagen weggefahren sind, kam meine Wirtin ins Haus zurück. Sie hat dann erzählt, die Frau G. hätte ihre Kinder umgebracht. Ich habe das nicht geglaubt. Ich glaube es auch heute noch nicht. Sie hätten sie mit ihren Kindern sehen sollen. So, wie ich sie gesehen habe.

Ich weiß alles.

Was weißt du schon, Kind.

Du hast mich belogen. Heute haben sie sie begraben. Man hat ihnen auf dem Friedhof eine Ecke hinter dem Zaun gegeben. Ich hab es genau gesehen. Es war niemand dabei, als sie begraben wurden. Niemand aus dem Dorf. Nur die Träger und ich. Es gab keine Rede und keine Blumen. Als ich sie gefragt habe, warum man die Mutter und die Kinder in der Ecke vergräbt, haben sie mich weggejagt. Das Boot ist nicht mehr da. Wie konnten sie ertrinken, wenn sie im Boot gesessen haben. Ich weiß alles. Ich hab ihnen zugehört. Als sie die Gräber zugeschüttet hatten, haben sie sich an die Mauer gesetzt und ihr Brot gegessen.

Du hast ihnen heimlich zugehört?

Die Mutter hat das Boot angebohrt und ist mit den Kindern in den Tod gefahren. Warum hat sie das getan, Marie?

Sie ist von weit her gekommen. Der Krieg hat sie vor sich hergetrieben. Sie war müde. Ich glaube, sie hatte keine Hoffnung, mein Kind. Sie war müde. Sie wollte einfach nur schlafen.

Und werden die Frauen sie einlassen?

Ich glaube schon, daß sie sie einlassen werden. Sie sind vor dem Krieg geflohen. Und sie sind mit dem Boot gekommen.

Du hättest es mir ruhig sagen können, Marie. Ich werde

sie doch sehen, an dem Sonntag. Du weißt schon. Ich bin müde. Jetzt will ich schlafen.

Das Publikum ist enttäuscht von der Aussage der Studentin. Es ist unruhig im Saal, und es wird erst wieder still, als Gebauer der jungen Frau eine Frage stellt:

Sie haben eben sehr anschaulich beschrieben, daß Frau G. mit ihren Kindern durchaus liebevoll umgegangen ist. Würden Sie uns auch noch mitteilen, in welchem Verhältnis Sie zu meiner Mandantin gestanden haben?

Ich? Die Studentin ist ehrlich überrascht.

Bella begreift. Gebauer will den Wert der Zeugenaussage dadurch erhöhen, daß deutlich wird: Die Aussage war kein Freundschaftsdienst.

Ja, Sie. Immerhin waren Sie Nachbarinnen.

Aber, ich hab sie doch gar nicht gekannt. Ich hab sie wirklich nur hin und wieder vom Fenster aus gesehen. Vielleicht sind wir mal auf der Straße aneinander vorübergegangen. Aber sie hat mich bestimmt nicht bemerkt. Eigentlich war sie immer nur mit ihren drei Kindern beschäftigt.

Ich danke Ihnen, sagt Gebauer. Ich habe keine weiteren Fragen. Oder doch: Wohnen Sie noch immer in diesem Zimmer?

Die Richterin verzieht das Gesicht, so als wollte sie sagen: Diese Frage ist hier nun wirklich überflüssig.

Nein, antwortet die Zeugin. Ich bin dort ausgezogen. Bald nach der Sache bin ich ausgezogen.

Nach dem Ende der Verhandlung ist Gebauer schnell verschwunden, schneller noch, als man Lara G. aus dem Saal geführt hat. Bella kann ihn nicht mehr sprechen. Wieder hat sie das Gefühl, als hätte Lara G. sie angesehen, und wieder scheint es sich um eine Einbildung gehandelt zu haben. Die Angeklagte verläßt den Saal, ohne sich nach ihr umzudrehen.

Im Geschäftszimmer erinnert sich eine ältere Angestellte an sie und gestattet ihr, das Telefon zu benutzen. Sie versucht Brunner zu erreichen, hat aber kein Glück. Als sie auf die Straße tritt, hat sie plötzlich Lust, zu Fuß nach Hause zu gehen. Nach ein paar Schritten gerät ihr Entschluß bereits ins Wanken, denn die Ausdünstungen und der Lärm des Feierabendverkehrs übertönen eindeutig jeden Frühlingsgeruch und jedes Vogelgezwitscher. Da hält Kranz neben ihr. Froh, ihren Entschluß nicht ausführen zu müssen, steigt sie zu ihm ins Auto. Kranz, der Bellas Erleichterung selbstverständlich als Freude darüber interpretiert, ihn getroffen zu haben, ist bester Stimmung.

Zu dir? fragt er strahlend, und als Bella nicht antwortet: Zu mir?

Weder noch. Ich möchte irgendwo in Ruhe etwas essen. Und, wenn es geht, dabei auf irgendeine Form von Wasser sehen.

Ich weiß, wohin ich dich bringen werde. Erinnerst du dich? Ziemlich am Anfang unserer Bekanntschaft, ungefähr vor sieben oder acht Jahren, da haben wir zusammen in der Bar des Atlantik gesessen. Es gab ein paar Polizisten, die in üble Dinge am Hoffnungsberg verwickelt waren. Du hast damals versucht, ihnen das Handwerk zu legen.

Und du hast versucht, sie zu schützen.

Habe ich nicht. Aber du hast mich trotzdem als Opportunisten beschimpft.

Und? Was war falsch daran?

Bella, Menschen können sich ändern. Und deshalb fahren wir jetzt in den Atlantikgrill. Du bekommst etwas zu essen und kannst das Wasser der Alster bewundern. Und ich werde dir dabei zusehen und auf die Vergangenheit trinken.

Die Gegenwart interessiert dich weniger? Du wirst alt, mein Lieber. Typisch für alte Leute ist, daß sie sich mehr für die Vergangenheit interessieren als für die Gegenwart. Erinnerst du dich noch? Lara G.? Gerichtsverhandlung?

Erzähl: Gibt es etwas Neues?

Leider nichts, was uns weiterbrächte. Eine Zeugin hat sie als liebevolle Mutter beschrieben. Das Publikum hat das nicht gut aufgenommen. Unter dem Dach des Gerichtsgebäudes hat sich die Bundeswehr eingenistet. Und, das ist vielleicht doch interessant, dieser Brunner ist einen Tag früher, als er vorhatte, aus dem Urlaub zurückgekehrt und hat sofort ihren Anwalt aufgesucht. Ich wüßte gern, was die beiden miteinander zu besprechen hatten. Aber ich konnte Brunner nicht erreichen. Außerdem habe ich das Gefühl, sie hat versucht, mit mir Kontakt aufzunehmen. Vielleicht will sie mich sprechen.

Wer?

Diese Lara. Es ist nur so ein Gefühl. Mehr nicht. Und dann ist da natürlich noch der Ehemann. Vorbildlich. Wahrscheinlich gab es keine Frau im Publikum, die ihn nicht sofort gegen ihren eigenen eingetauscht hätte.

Und du? Was denkst du über ihn?

Er ist mir nicht sympathisch, aber ich habe nach wie vor nicht den geringsten Zweifel daran, daß er mit dem Mord an den Kindern nichts zu tun hat.

Später sitzen Bella und Kranz an einem Fenster mit Blick auf die Alster. Kranz hat darauf bestanden, vor dem Essen an die Bar zu gehen. Die Stätte der Niederlage in eine Stätte des Triumphs verwandeln, hat er gesagt. Und Bella, deren Empfindsamkeit gegenüber militärischen Redewendungen in der letzten Zeit gewachsen ist, hat ihn darauf aufmerksam gemacht, daß dann vielleicht Amselfelder Spätburgunder das richtige Getränk für ihn wäre. Woraufhin Kranz beinahe ganz auf den Aufenthalt an der Bar verzichtet hätte.

Ein wenig verstimmt ist er allerdings immer noch. Während Bella mit Vergnügen die Speisekarte studiert und ihr Essen bestellt, starrt er schweigend vor sich hin. Erst als er begreift, daß sie nicht die Absicht hat, seine schlechte Laune zur Kenntnis zu nehmen, gibt er diese Haltung auf.

Es ist nicht einfach mit dir, sagt er lachend.

Mit dir schon, antwortet Bella und lächelt freundlich zurück.

Das Licht vor den Fenstern läßt sich nun vielleicht am besten mit »blaue Dämmerung« beschreiben, ein Licht, das es nur im Mai gibt. Die Zweige der Weiden über dem Wasser sind von dunklem Blau, dunkler noch als das Wasser und heller als die Rümpfe der Boote, die, schwarzen, leise schaukelnden Klumpen gleich, auf dem Wasser liegen.

Wie schön das aussieht, diese Höhlen, die die Zweige über den Uferrändern bilden, sagt Kranz. Man könnte sich darin verkriechen, wenn man Kind wäre und Verstecken spielte. Das war überhaupt eines meiner größten Vergnügen: Verstecken spielen an den ersten warmen Frühlingsabenden.

Kranz wartet auf Zustimmung, aber Bella schweigt. Sie versteht, wovon er gerade gesprochen hat, aber ein anderes Bild hat sich in ihrem Kopf vor das Bild geschoben, das Kranz entworfen hat; ein Bild, auf dem die von Zweigen und Uferwiesen gebildeten Räume auf ganz andere Weise genutzt werden.

Im Sommer, sagt sie schließlich, im Sommer liegen auf den Wiesen um die Alster, um alle Seen, glaube ich, da ist es an der Alster wie überall, junge Leute in Badeanzügen oder ohne. Sie liegen da und sonnen sich. Und in den Höhlen, unter den Zweigen sitzen ältere Frauen. Meist sitzen sie allein da. Ich stelle mir vor, sie würden auch gern in der Sonne liegen. Scham hindert sie daran. Sie schämen sich ihrer alten Körper. Verstehst du? Sie schämen sich. Sie haben dieses ganze Leben hervorgebracht, das sich da vor ihnen auf den Wiesen und im Wasser vergnügt. Aber sie schämen sich, weil sie alt werden und alte Frauen häßliche Frauen zu sein haben. Deshalb hocken sie unter den Zweigen und hoffen, daß die Schatten ihnen gnädig sein mögen.

Was für eine traurige Vorstellung. Außerdem: Du wirst nie alt werden, sagt Kranz, und er sieht Bella so verliebt an, daß sie über ihn lachen muß.

Tut mir leid, sagt sie, das kommt davon, daß wir über Höhlen und Versteckspielen gesprochen haben. Vielleicht verbirgt sich in uns beiden ein Hang zur Sentimentalität. Das wäre allerdings fatal. Es würde die Dauer unserer Beziehung sicher wesentlich verkürzen.

Dann bin ich zuversichtlich, antwortet Kranz. Du bist nun wirklich die unsentimentalste Frau, der ich in meinem langen Leben begegnet bin.

Wie wenig er von mir weiß, denkt Bella und trinkt Kranz freundlich zu.

Später beschließen sie, weder zu Kranz noch zu Bella nach Hause zu fahren, sondern das Atlantik als neutralen Ort zu nutzen. Allerdings hat Bella gegen den »neutralen Ort« protestiert, und auch mit dem Wort »Ausweichquartier« ist sie nicht einverstanden gewesen. Schließlich haben sie sich nach längerem Abwägen zwischen »Luxusherberge«, »Nachtasyl« und »Schlafkammer« auf Nachtasyl geeinigt. Und die Stimmung zwischen ihnen ist so gut, daß Bella das Bedürfnis verspürt, Kranz von Viktor zu erzählen.

Bist du sicher, daß du darüber sprechen willst? Ich möchte nicht, daß es dir hinterher leid tut und unser Abend darunter leidet.

Kann sein, daß du recht hast. Er fiel mir nur gerade ein, vielleicht, weil wir vorhin über Sentimentalität gesprochen haben. Kannst du dir einen sentimentaleren Menschen vorstellen als einen Wissenschaftler, der beschließt, aus Odessa nach Sibirien umzusiedeln, weil er annimmt, er könnte dort den Untergang der russischen Wissenschaft aufhalten?

Ja, antwortet Kranz, damit habe ich überhaupt keine Mühe. Ich stelle mir einfach eine Frau vor, die ihm folgt.

Oh, sagt Bella. Und nach einer Pause. Vielleicht habe ich dich unterschätzt? Vielleicht sollte ich dich ernst nehmen?

Noch später liegt sie wach neben dem schlafenden Kranz und lauscht auf einzelne kleine Nachtgeräusche: das sehr gedämpft heraufklingende Fahrgeräusch eines Autos, das leise Öffnen und Schließen einer Tür auf dem Gang, das zurückhaltende Summen irgendeiner großen Maschine, die damit befaßt ist, für das Wohlbefinden der Hotelgäste zu sorgen. Sie zwingt sich, weder an Lara G. zu denken noch an Viktor. Aber wenn sie an ihn denkt, dann geht sie in ihren Erinnerungen beinahe automatisch den Weg, der sie am Ende in die Stadt der Frauen geführt hat, und sie weiß, daß sie nicht mehr schlafen wird. Also versucht sie, sehr müde und nicht ganz nüchtern, in ihrem Kopf die Zeilen eines Gedichts von Nelly Sachs zusammenzusuchen, das in Lara G.s Buch besonders gekennzeichnet war:

O Schwester
wo zeltest du?

Im schwarzen Geflügelhof
lockst du die Küken deines Wahnsinns
fütterst sie groß

Darüber, endlich, schläft sie ein.

Im Traum trifft sie eine Gruppe von Männern, die unter sich das Spiel »Alt werden« gespielt haben. Nun fordern sie die herumstehenden Frauen zum Mitspielen auf. Auch sie schließt sich der Gruppe an. Sie gehen zusammen durch einen Park. Dort werden Pornofilme mit jungen Frauen gedreht. Die Männer befragen sie, und die Frauen erzählen freimütig von ihrer Arbeit. Irgend jemand beschließt, daß nun alle sich ausziehen sollen. Einige Männer spielen nackt Fußball, andere, die nicht mitspielen wollen, setzen sich zu den nackten Frauen. Auch Kranz sitzt dort, hält sein Geschlechtsteil in der Hand und spricht darüber, daß es nicht groß werden will. Sie geht an der Gruppe vorüber, traurig, daß sie sich nicht dazusetzen kann. Ihr Körper ist zu alt. Eine lange, einsame Straße taucht auf, sie geht darauf entlang, kommt vorbei an einem abgebrochenen Haus, steigt auf die Trümmer. Die Trümmer sind aus rosafarbenem Marmor. Sie versucht über die Marmorstücke zu steigen. Sie sind schön, von riesigen Ausmaßen und zu schwer, um sie hinabzustoßen. Da geht sie zurück auf die Straße, vorbei an einer Gesellschaft am Gartenzaun eines Einfamilienhauses. Männer und Frauen stehen da, zwei der Frauen sind nackt. Sie erwarten Besuch. Ein Auto kommt und fährt in die Gruppe hinein. Sie geht durch Räume, die mit feinem Geschmack gestaltet sind, und trifft auf eine Gesellschaft, in deren Mittelpunkt ein schöner älterer Mann steht, der darüber klagt, daß seine Karriere nicht besonders erfolgreich gewesen sei. Er sei nur Ministerialdirigent für alle Bundesländer geworden. Bella geht an ihm vorbei, traurig, allein zu sein. Sie geht weiter, geht durch einen hohen Flur und setzt sich dort auf eine Bank. Kranz kommt, noch immer nackt, und setzt sich neben sie. Er habe sie nicht allein lassen wollen, sagt er. Dicht nebeneinander und stumm bleiben sie auf der Bank sitzen. Langsam verwandelt sich der Fußboden des Flurs in einen dunkelblauen Fluß. Zwei plumpe schwarze Kähne schaukeln darauf. Sie sind weit weg und sehr klein, aber schaukelnd kommen sie näher, werden größer und größer.

Sie erwacht durch die Sonne, die auf die Vorhänge scheint. Das Zimmer schwimmt in frühem goldenem Licht. Neben ihr liegt Kranz, noch immer schlafend. Leise zieht sie sich an und verläßt den Raum. Sie zahlt unten an der Rezeption die Rechnung. Neben ihr steht ein Herr, der von dem Preis, den seine Krokodillederbörse gekostet hat, eine vierköpfige Familie vier Wochen lang ernähren könnte. Er würde es sicher auch tun, wenn er Bedürftige kennen würde, die schuldlos – das wäre natürlich wichtig – ins Unglück geraten wären.

Bella beschließt, zu Fuß zurück zum Strafjustizgebäude zu gehen. Dort hat sie am Tag vorher ihr Auto geparkt. Auf dem Weg an der Alster entlang, vielleicht beim Anblick der Ruderboote, fällt ihr der Traum wieder ein. Sie hält ihn aus verschiedenen Gründen für bedenkenswert, ja geradezu für eine Aufforderung, sich über ihre Zukunft Gedanken zu machen. Wozu sollten Träume sonst gut sein?

Offenbar gibt es in ihr eine gewisse Angst vor dem Alter, davor, als häßlich zu gelten und allein zu sein. In einer Gesellschaft, die dem Jugendwahn verfallen ist, handelt es sich dabei um einen natürlichen Reflex auf äußere Umstände, die Frauen im Alter eine besonders häßliche Rolle zuweisen. Keine Frau kann sich dem vollkommen entziehen. Die kleine Szene am Ende, sie und Kranz, dicht aneinandergedrängt auf einer Bank sitzend, ist wohl eindeutig als Wunsch zu interpretieren, der Einsamkeit und der Verachtung im Alter zu entgehen. Wie alle Wünsche ist er zugleich Illusion. In Wirklichkeit werden Männer früher gebrechlich und geistig unbeweglich, und im allgemeinen sterben sie auch früher. Ihre Gemeinsamkeit mit Kranz im Alter würde sich voraussichtlich irgendwann auf das Verhältnis von Krankenschwester und Patient reduzieren. Am Ende, nach einigen Jahren als Krankenschwester, würde sie trotzdem allein bleiben. So jedenfalls geht es sehr vielen Frauen, die sich allerdings, nun ganz ohne Aufgabe, die ihre Existenz in den Augen der Öffentlichkeit noch legitimieren könnte, auch noch überflüssig und schuldig fühlen. Manche fühlen sich sogar schuldig daran, daß sie die Rentenkassen belasten, ohne einen entsprechenden Gegenwert zu bieten, ohne sich nützlich zu machen.

Wie gefährlich doch Träume sind! Sie, Bella, wird das selbstgewählte Schicksal dieser Frauen jedenfalls nicht teilen. Und kein noch so verlockender Traum wird sie in diesem Entschluß wanken machen. Sie wird allein bleiben, ihren Kopf und ihren Körper fit halten und bis ans Ende ihrer Tage glücklich sein; oder unglücklich, wie es sich gerade ergibt. Aber sie wird niemals abhängig sein.

So, durch nüchterne Überlegungen gestärkt, gelobt seien ein Frühlingsmorgen an der Alster und ein klarer Kopf, erreicht sie den Stephansplatz. In einem Café im ersten Stock, das um diese Zeit noch nicht überfüllt ist, beschließt sie zu frühstücken. Während sie auf den Kaffee wartet, holt sie den kleinen Band mit Bobrowskis Gedichten aus der Tasche. Der Dichter eignet sich eigentlich nicht dazu, beim Frühstück gelesen zu werden. Der Abend wäre ihm angemessener. Trotzdem blättert sie im Inhaltsverzeichnis, findet ein Gedicht mit dem Titel »Antwort« und liest:

Die mich einscharren
unter die Wurzeln
hören:

er redet
zum Sand
der ihm den Mund füllt – so wird
reden der Sand, und wird
schreien der Stein, und wird
fliegen das Wasser.

Sie weiß nicht, wo in diesen Zeilen die Tröstung ist, die sie empfindet. Aber sie ist da, und sie kommt aus den Worten.

Nachdenklich sieht sie aus dem Fenster. Von ihrem Platz aus kann sie die Fußgängerbrücke beobachten, die von den Colonnaden über die Esplanade in das Obergeschoß des B.A.T-Hauses führt. Um diese Zeit sind noch keine Studenten oder Kinogänger unterwegs. Nur einzelne Frauen, schön gekleidet und mit dem Blick der ziellosen Späherinnen, sind schon auf den Beinen. Sie gehören zu denen, die nichts kaufen wollen, die nur die Stille zu Hause nicht aushalten. Jetzt machen sie sich auf zu ihrem täglichen Weg in die Kaufhäuser und Boutiquen. Da stehen schon die Verkäuferinnen, in gläsernen, überdachten Luxuspassagen. Sie erkennen die besonderen Kundinnen mit geübtem Blick. Es gilt, sie, die alles haben und nur so tun, als wollten sie etwas kaufen, dennoch zu beschwatzen. Einer solchen Kundin einen Pullover oder Schuhe oder Bettwäsche zu verkaufen glückt nicht oft und gilt als besonders gelungener Tagesanfang. Er stimmt die Verkäuferin eine Weile froh. Ihre Fröhlichkeit wird sie in dem jeden überfordernden Gedränge, das sie am frühen Nachmittag umgibt, wieder verlieren.

Als Bella nach dem Frühstück ihren Weg fortsetzt, geht ihr das Wort »Wasser« nicht mehr aus dem Kopf. Und plötzlich weiß sie, was die Gedichte in dem Buch der Lara G. miteinander verbunden hat: Wasser; und schwankende Boote, Küsten und seltsame Städte an Stränden mit Türmen und Marmorplätzen. Ausfahrende Archen, die zu fernen Küsten aufbrechen, kommen darin vor. Fremde Welten, Wasserwelten werden beschworen, und gerade diese Stellen hat Lara gekennzeichnet.

Wegen Überschreitung der Parkzeit klebt dem Porsche ein Strafzettel an der Windschutzscheibe. Bella fährt nicht am Hafen entlang, sondern nimmt den Weg über die Reeperbahn. Nur wenige Autos sind hier jetzt unterwegs, kaum Huren; vielleicht war die Nacht warm und lang. Obdachlose liegen in den Hauseingängen, einmal torkelt ihr beinahe ein Mann ins Auto, der noch keine Gelegenheit hatte, seinen Rausch auszuschlafen. Bei seinem Anblick fällt ihr ein, daß sie noch nicht geduscht hat, und sie beschleunigt unwillkürlich, nachdem sie dem Mann ausgewichen ist. Die Fahrt über die Elbchaussee ist wie immer eine Freude; vorbei am Millionenbau des Internationalen Seegerichtshofs, dessen einundzwanzig gutbesoldete Richter, wenn man Presseberichten glauben darf, beinahe nichts zu tun haben; vorbei am Gelände der Holstenbrauerei, einer riesigen Schutthalde, die darauf wartet, in teure Wohnungen umgewandelt zu werden; und vorbei am teuersten Parkhaus Europas, das zum Hotel Jacob gehört und darauf ausgelegt ist, den Autos der im Hotel nächtigenden Gäste den gleichen Komfort zu bieten, den die Herrschaften in ihren Schlafzimmern genießen.

Zu Hause geht sie sofort unter die Dusche. Noch in ein Badehandtuch gewickelt, holt sie die Post aus dem Briefkasten. Es ist eine Karte mit schwarzem Rand dabei: Eddys Beerdigung wird am Nachmittag stattfinden.

Eddy wird auf dem Friedhof in Ohlsdorf begraben. Bella war zum letztenmal im Winter hier. Da hat sie sich von Kranz Olgas Grab zeigen lassen. Damals waren die Bäume kahl und der Himmel grau. Sie hatte vergessen, wie unvergleichlich prächtig im Frühling das Meer von weißen und lilafarbenen Rhododendren auf dem Friedhof blüht. Hinreißend dekadent sieht die Landschaft aus und in keiner Weise passend für einen Mann wie Eddy.

Auch die Beerdigung verläuft ganz anders, als sie es sich vorgestellt hat. Anstatt in einem großen Trupp heulender, aufgetakelter Frauen hinter dem Sarg herzugehen, ist sie mit Eddys Freundin allein.

Wo sind die anderen? fragt sie.

Ein Wagen, begleitet von sechs Männern in schwarzen Gewändern, setzt sich in Bewegung. Die Frau zeigt auf einen Kranz von riesigem Ausmaß, den man auf den Sarg gelegt hat und der nun vor ihnen her gefahren wird.

Da, sie haben gesammelt. Ein paar haben nicht frei gekriegt. Einige haben gesagt, sie müßten so heulen, daß sie danach den ganzen Tag nicht mehr arbeiten könnten. Das kann sich keine leisten. Der Umsatz muß gemacht werden. Und schließlich, wenn man's genau nimmt: Er hat ja nichts mehr davon. Er würde das verstehen.

Davon ist Bella überzeugt. Der Wagen mit dem Sarg zuckelt langsam vor ihnen her. Die Grabstätte scheint jedenfalls nicht in der Nähe der Kapelle zu liegen. Dort haben sie eine Weile stumm gesessen, bevor die Männer sich vor dem Sarg verneigt, ihn aufgehoben und hinausgetragen haben.

Niemand hat eine Rede gehalten. Keine Musik wurde gespielt.

Er wollte das nicht, sagt Eddys Freundin. Darüber haben wir schon früher mal gesprochen. Wenn einer die Wahrheit sagt am Grab, hat er gesagt, dann werden alle wütend. Und nur, um zu lügen? Was soll dann der Aufwand. Das Geld können wir sparen. Auch für die Musik.

Hat er denn noch Geld gehabt? Er hat doch ganz gut verdient. Hat er Ihnen wenigstens ein bißchen was hinterlassen?

Er hätte schon, wenn er gekonnt hätte. Das hat ihm, glaube ich, in der letzten Zeit am meisten zu schaffen gemacht. Aber es war nichts da. Alles draufgegangen. Der Rest noch für 'ne Steuernachzahlung.

Natürlich ging es ihm nicht gut, ich meine, er war ziemlich angeschlagen, als ich ihn zuletzt gesehen habe. Aber hätte er in diesem Zustand nicht auch noch jahrelang weiterleben können? Sie haben ihn doch gut betreut.

Na, war wohl am besten so. Der Arzt hat mir gesagt, Leute mit Schlaganfall, wenn die sich plötzlich aufregen, kann es immer einen neuen Anfall geben.

Er ist gestorben, nachdem ich bei Ihnen war.

Klar, das hat er nicht verkraftet. Nun fangen Sie bloß nicht an, sich Vorwürfe zu machen. Ich sage Ihnen, das war kein Leben für einen Mann wie Eddy.

Eddys Freundin macht eine Pause. Bella betrachtet einen sechs Meter hohen und zehn Meter breiten weißblühenden Rhododendronbusch, vor dem der Wagen mit dem Sarg angehalten hat.

Und für mich auch nicht, sagt die Frau neben ihr. Ist der Busch nicht schön? Was für ein schöner Platz für unseren Eddy.

Bella glaubt nicht, daß Eddy im Leben jemals etwas so wenig zu ihm Passendes begegnet ist wie dieser Strauch. Die schwarzgekleideten Männer verbeugen sich zum zweiten Mal, legen den Kranz zur Seite und heben den Sarg von der Tragfläche. Sie bringen ihn an das offene Erdloch – die aufgeschüttete Erde ist gelb und lehmig –, schieben die Gurte unter den Sarg und lassen ihn langsam hinunter. Sie verneigen sich ein letztes Mal und treten dezent zur Seite, den Trauernden das Feld überlassend. Bella wirft, wie die Frau neben ihr, von der kein Laut zu hören ist, den kleinen Strauß, den sie in den Händen gehalten hat, auf den Sargdeckel.

Das mit der Erde sparen wir uns, sagt die Frau. Das Geräusch ist so schrecklich. Das kann einen Toten wieder aufwecken. Sollen wir noch was trinken gehen?

Ich nicht, sagt Bella. Wir treffen uns lieber ein anderes Mal. Werden Sie in der Wohnung bleiben?

Erst mal ja. Können Sie mich in die Stadt mitnehmen? Sie werden es nicht glauben. Ich freu mich richtig darauf, die Wohnung umzuräumen. So 'n Rollstuhl macht doch ziemliche Umstände. Ich lade Sie ein, wenn alles so ist, wie es sein soll.

Bella setzt Eddys Freundin am Pferdemarkt ab. Es ist kurz vor sechs Uhr abends, und Brunner müßte eigentlich schon in seiner Stammkneipe sitzen.

Brunner sitzt tatsächlich in einer Ecke vor einem Glas Bier. Kein Schnaps, stellt Bella erleichtert fest. Er sitzt allein am Tisch und bemerkt sie erst, als sie sich zu ihm setzt. Er ist nicht überrascht.

Sie, er zeigt mit dem Kopf zu dem Mädchen hinter dem Tresen hinüber, hat mir erzählt, daß Sie nach mir gefragt haben. Das haben Sie klug gemacht, die Reporter gleich mitzunehmen. Hätte ich nicht gekonnt, obwohl ich auch daran gedacht habe. Es wäre bekannt geworden, wer ihnen den Tip gegeben hat.

Ich bin nicht deswegen hier, sagt Bella.

Sie winkt dem Mädchen und bestellt Campari mit Weißwein. Die Kneipe ist schon ziemlich voll. Die Tür zur Straße steht offen, draußen stehen alte Frauen und reden, vielleicht von dem warmen Frühlingsabend angeregt, darüber, wie es hier einmal gewesen ist, als sie jung waren.

Jugendliche sehen zur Tür herein, finden Freunde und lassen sich an deren Tischen nieder oder gehen wieder hinaus und warten weiter darauf, andere zu treffen, deren Gesellschaft einen angenehmen Abend verspricht. Dann werden sie wieder hereinkommen. Der Tisch, an dem Bella und Brunner sitzen, wird nicht mehr lange leer bleiben. Und der Mann neben ihr redet nicht. Wenn sie nicht mehr allein am Tisch sind, wird er erst recht nicht reden.

Die Farbe des Getränks in ihrem Glas ist leuchtend rot, und sie hebt das Glas und trinkt Brunner zu.

Ich nehme eigentlich an, Sie wissen, weshalb ich hier bin, sagt sie. Aus irgendeinem Grund kommt sie sich dumm vor, so als würde sie einem Mann Avancen machen.

Brunner hebt die Hand in der Art, die sie schon kennt, ohne zur Theke hinüberzusehen. Er weiß, daß seine Geste dort bemerkt werden wird.

Führt sich auf wie ein Pascha, denkt Bella.

So. Nehmen Sie das an. Haben Sie den eben gesehen? Diesen Langen, Dünnen mit der Strickmütze, der da gerade einen Augenblick in der Tür gestanden hat? Ein Kollege. Ich weiß nicht, weshalb die glauben, daß man sie nicht erkennt. Jeder hier im Viertel riecht die sieben Meilen gegen den Wind. Dabei sind sie heute nicht mal wegen der kleinen Kriminellen unterwegs.

Weswegen dann? fragt Bella. Sie ahnt die Antwort.

Ich gehe jetzt, sagt Brunner. Ich habe nur mein Feierabendbier getrunken und gehe brav nach Hause. Die wissen nicht, daß ich aus dem Haus gehen kann, ohne einen von ihnen auf den Hacken zu haben. Wahrscheinlich war es ein Fehler, daß sie uns hier zusammen gesehen haben. Aber das läßt sich jetzt nicht mehr ändern. Wir können uns später treffen, wenn Sie Lust haben.

Brunner hat sein Bier ausgetrunken und hebt die Hand.

Das würde ich ihm abgewöhnen, denkt Bella, bevor ihr einfällt, daß sie sich schon vor sehr langer Zeit geschworen hat, keinem Mann jemals etwas abgewöhnen zu wollen.

Wo?

Ich würde zu Ihnen kommen. Aber das ist vielleicht nicht so gut, jetzt.

Die Kellnerin kommt mit einem Zettel an den Tisch, und Brunner zahlt zwei Bier. Bella ärgert sich darüber, daß dieser Mann annimmt, er könne sie unaufgefordert besuchen.

Ich bin ab zehn heute abend in der Kantine vom Schauspielhaus, sagt Brunner, während er aufsteht.

Bella greift nach einem Anzeigenblatt, das auf dem Stuhl neben ihr gelegen hat. Sie sieht Brunner nicht nach, aber sie stellt ihn sich vor, auf dem Weg nach Hause, verfolgt von einem langen, dünnen Kollegen mit Pudelmütze.

Ob die wohl einen zweiten Mann hiergelassen haben, um festzustellen, was sie nach dem Gespräch mit Brunner vorhat?

Sie legt das Anzeigenblatt zur Seite und betrachtet die Gäste an den anderen Tischen. Es gibt ein paar Männer und eine Frau, denen sie zutraut, Aufpasser zu sein. Sie kann sich nicht für einen von ihnen entscheiden. Sie wird sich ihre Kleidung merken und gehen. Sie wird sehen, ob ihr jemand folgt.

Die Menschen aus dem Viertel genießen noch immer den schönen Abend. Schnelle Wirte haben Tische auf die Straßen gestellt; im Mai für diese Breiten durchaus ungewöhnlich. Hinter hell erleuchteten Schaufenstern sitzen Männer und Frauen in einer Sushi-Bar, deren Tür geöffnet ist. Ein Hund trottet hinein, schnüffelt an einem der Barhocker und wird vertrieben, bevor er ein Bein heben kann.

Der Ort, den Brunner ihr für ein Treffen genannt hat, ist für einen Polizisten zumindest ungewöhnlich. Sie denkt darüber nach, was ihn veranlaßt haben könnte, die Kantine des Schauspielhauses vorzuschlagen. Die Kantine dient auch als Spielstätte für kleine Theaterstücke, Kabarett- oder Rezitationsabende. An einer Litfaßsäule studiert sie das Theaterprogramm. In der Kantine findet am Abend eine Talk-Show statt. Weder das Thema noch die Teilnehmenden werden genannt.

Sie hat nicht bemerkt, daß sie beobachtet wurde, aber als sie vor ihrer Haustür steht, geht eine Frau so auffällig unauffällig unten auf der Straße vorbei, daß sie nachdenklich wird. Die Notizen aus der Eismannakte fallen ihr ein. Ihr erster Weg führt sie in die Küche. Sie nimmt die Zettel aus dem Küchenschrank, zerreißt sie in kleine Schnipsel und verbrennt sie im Ausguß. Die Asche spült sie sorgfältig in den Abfluß. Als das Telefon läutet, weiß sie, wer anruft.

Es ist wirklich Kranz, und es dauert eine Weile, bis sie ihm klarmachen kann, daß miteinander schlafen nicht unbedingt auch gemeinsam frühstücken bedeutet.

Kannst du feststellen, ob mein Telefon abgehört wird? fragt sie irgendwann, und Kranz wird augenblicklich ruhig. Sie hört ihn »Bis dann« sagen.

Danach bleibt die Leitung still. Bella findet seine Reaktion übertrieben. Entweder ihr Telefon wird abgehört, dann ist Kranz bereits aufgefallen. Oder sie wird nicht abgehört, dann hätte er ruhig weitersprechen können. »Bis dann«, was sollte das bedeuten? Heute abend jedenfalls würde sie nicht zu Hause sein.

Die Schauspielhauskantine liegt dem Hauptbahnhof gegenüber. Bella stellt das Auto am Klein-Flottbeker Bahnhof ab und fährt mit der Bahn. Zuerst ist ihr Abteil leer, bis auf zwei alte Frauen mit merkwürdig hohen, durchdringenden

Stimmen, die miteinander kichern, als erzählten sie sich gerade haarsträubend komische Witze. Weil sie zu weit entfernt von den beiden sitzt, kann sie kein Wort ihrer Unterhaltung verstehen. Auf jeden Fall ist es ein lustiges Gespräch. Jeder Satz ist von Lachen begleitet und wird unter Gelächter beendet.

An der Station Reeperbahn betritt eine Frau mit einem kleinen Jungen an der Hand das Abteil.

Das machen wir nicht, sagt der Kleine.

Er hat eine so klare Stimme und spricht so deutlich und dabei gleichzeitig wie ein Dreijähriger eben redet, daß die Menschen im Abteil sich zu den beiden hinwenden. Der kleine Junge hält einen winzigen blauen Koffer in der Hand und hat sich eine Sonnenbrille aufgesetzt. Seine Mutter hat ihm einen Hut aus Papier gefaltet, den er auf dem Kopf trägt. Der Rand droht ihm über die Augen zu rutschen, aber da er in der einen Hand seinen Koffer trägt und die andere Hand fest in der Hand der Mutter liegt, kann er den Hut nicht zurückschieben. Deshalb hat er den Kopf ein wenig nach hinten geneigt und hält den Hals gerade und steif. Sein Gesicht ist gespannt vor Aufmerksamkeit. Man kann ihm ansehen, daß Bahnfahren seine große Leidenschaft ist.

Und wenn das Schiff nicht kommt? fragt er, und der Stimme der Mutter, als sie ihm antwortet, ist anzuhören, daß er diese Frage heute schon oft gestellt hat.

Es ist schon da und wartet auf uns, sagt sie. Ihre Stimme ist leise und deutlich, und jede Schwingung darin bedeutet Liebe und Zärtlichkeit für den Kleinen. Der schweigt, zufrieden mit der Antwort, und beginnt die Mitreisenden zu betrachten. Es sind inzwischen ein paar mehr geworden, aber noch immer ist das Abteil eher leer. Der Junge mustert gründlich Bella und einen jungen Mann mit rot- und grüngefärbten Haaren, der sich neben sie gesetzt hat.

Dein Sohn sieht schön aus, sagt er und lächelt Bella freundlich an. Wir fahren heute mit dem Schiff.

Der junge Mann neben Bella lächelt dem Kleinen zu.

Entschuldigen Sie, sagt die Mutter, so ist er eben. Er sagt immer, was er denkt. Manchmal sagt er die verrücktesten Sachen. Aber eigentlich hat er immer recht.

Der Zug fährt aus dem Tunnel. Das helle Licht blendet ein wenig, als sie über die Landungsbrücken fahren. Die beiden alten Frauen stehen auf, betrachten den Kleinen mit freundlichen, aufmerksamen Blicken und stellen sich an die Tür. Erst jetzt fällt Bella auf, daß sie in den letzten Minuten still gewesen sind. Auch die Mutter steht auf und stellt den Kleinen auf die Bank.

Die Schiffe, sagt der Kleine andächtig, als er den Hafen sieht. Der Zug fährt langsamer und hält.

Komm, meine Sonne, sagt die Mutter. Sie hebt den Sohn von der Bank und behält ihn im Arm, bis sie den Zug verlassen haben.

Wo sie recht hat, hat sie recht, sagt der rot-grün gefärbte junge Mann neben Bella. Sie lächelt ihm freundlich zu. An der nächsten Haltestelle steigt er aus, nicht ohne lässig die Hand zum Abschied zu heben. Zwei Frauen, die ihr gegenüber Platz nehmen, unterhalten sich ein wenig zu laut, so daß sie gezwungen ist, dem Gespräch zuzuhören.

Rente mit sechzig. Das hätte es mal vor zehn Jahren geben sollen.

Wieso? Was hättest du davon gehabt?

Na, Rente mit sechzig, was sonst. Fünf Jahre früher den Winter im Süden verbringen, was glaubst du, was das ausmacht.

Du bist gut. Wahrscheinlich wärst du überhaupt nicht in den Süden gekommen. Rechne doch mal nach: Fünfunddreißig Erwerbsjahre, das erreicht doch keine Frau mit sechzig.

Na ja, kann passieren. Kommt auf die Pause an, wegen der Kinder. Kann aber gut passieren, antwortet die andere nachdenklich.

Es bleibt nun still, und den Rest der Fahrt hätte Bella in Ruhe die Zeitung lesen können, die ein Fahrgast liegengelassen hat. Sie legt sie beiseite, als ihr Blick auf das Foto einer am Boden liegenden Frau fällt. Sie trägt einen Kampfanzug und ist mit einer Maschinenpistole bewaffnet. Darunter ist vermerkt, daß die Bundeswehr als Freiwilligenarmee auch Frauen offenstehen müsse, jedenfalls nach Ansicht der Verteidigungspolitischen Sprecherin des kleineren Koalitionspartners der Regierung.

Auf dem Bahnhofsplatz vor dem Eingang Kirchenallee hat sich ein großer Kreis gebildet, in dessen leerer Mitte ein abgerissenes Mädchen einen seltsamen, entrückten Tanz aufführt. Das Mädchen tanzt zu Musik, die aus einem Kofferradio kommt, Musik, die klingt, als hätte jemand Gustav Mahler parodiert. Die Klänge sind sonderbar eindringlich und leicht zu verstehen, so leicht, daß sie die mit Bier und Drogen vernebelten Köpfe und die knurrenden Mägen der im Kreis Stehenden erreicht haben, die um diese Zeit und an einem so warmen Frühlingsabend eigentlich mit prosaischeren Dingen beschäftigt sein müßten, als einem bekifften Mädchen beim Tanzen zuzusehen. Bella bleibt einen Augenblick stehen. Das Mädchen wird, wenn niemand sie daran hindert, weitertanzen und irgendwann zusammenbrechen.

Kann es sein, daß die Zerstörten, die im Kreis um sie herumstehen, darauf warten?

Etwas Lauerndes liegt in den stumpfen Gesichtern, eine Andeutung von vorweggenommener Schadenfreude, die der Szene etwas Häßliches, Gemeines gibt.

Was hast du erwartet, Bella Block? Liebe und Zuneigung, Verstehen und Verständnis im Restmüll? Mit anderen umgehen, wie mit einem selbst umgegangen worden ist. Mehr ist es nicht, alles ganz einfach zu erklären.

Bella kommt eine halbe Stunde zu früh in die Kantine. Die Talk-Show ist noch im Gange. Sie erweist sich als eine Diskussion zwischen Linken, die sich ihre gegensätzlichen Standpunkte mit eben der Kompromißlosigkeit vortragen, die ihrem Sektendasein entspricht. Weniger passend scheint Bella die Eitelkeit zu sein, die den allesamt männlichen Teilnehmern anhaftet.

Sie stellt sich im Hintergrund an die Bar, trinkt ein Glas Wein und wartet. Brunner erscheint zehn Minuten nach der verabredeten Zeit. Die Talk-Show ist zu Ende. Die Kontrahenten sind gegangen. Die Zuhörer haben mit enttäuschten Gesichtern den Weg ins Freie angetreten. Andere Gäste sind gekommen, die, nach der Aufführung auf der Hauptbühne, hier unten im Beisein von Schauspielern und Bühnenpersonal ihren Wein trinken möchten. Die Kantine ist überfüllt. Sie finden einen Platz in der äußersten Ecke. Bella hat den Eindruck, daß Brunner der abgelegene, vor Blikken geschützte Platz nicht unrecht ist. Er steht noch einmal auf, geht zu der umlagerten Theke hinüber und läßt sich zwei Flaschen Bier und ein Glas geben, ohne sich anzustellen. Anscheinend ist er auch hier Stammgast.

Dann sitzen sie sich gegenüber, und Brunner mustert Bella. Sie findet ihn unverschämt, überlegt einen Augenblick und korrigiert sich dann. Der Mann vor ihr ist nicht unverschämt, er agiert eher wie einer, der beschlossen hat, keine Konventionen mehr zu beachten, weil er sich in einer Lage glaubt, in der Konventionen nur noch lächerlich sind. Sie entschließt sich, offen mit ihm zu reden.

Ich habe nach Ihnen gesucht, sagt sie. Ihre Freundin in der Kneipe hat mir erzählt, Sie seien in Urlaub gefahren. Wissen Sie was? Ich glaube, Sie waren gar nicht weg.

Sie macht eine kleine Pause, um die Wirkung ihrer Worte zu beobachten. Brunner scheint nicht beeindruckt zu sein.

Ich hab Sie im Gespräch mit Gebauer gesehen, sagt sie. Es ging vermutlich um Lara G. Ich möchte gern wissen, was Sie wissen.

Ja. Diese Aufpasser im Gericht. Übrigens, die von heute nachmittag, die haben mit der Sache nichts zu tun. Die wollen bloß wissen mit welchen Journalisten ich Kontakt habe. Sie glauben, ich würde Dinge an die Presse weitergeben, die die Öffentlichkeit nichts angehen. Das ist natürlich absurd. Die werden sich auch bald wieder beruhigen. Und nun zu Ihrer Frage. Daß man mich versetzt hat, wissen Sie ja. In einen dieser ruhigen Vororte, in denen nichts passiert, außer hin und wieder ein Einbruch.

Und manchmal ein Kindermord.

Ja, das ist wohl so. Ich kannte die Frau schon, bevor sie die Kinder getötet hat. Ein paar Wochen vorher hat sie angerufen. Ich bin hingefahren. Sie war in einem gräßlichen Zustand. Sie wollte zuerst nicht sagen, warum. Sie hat mich gebeten, sie festzunehmen. Ich hab sie gefragt, weshalb ich das tun sollte. Sie hat darauf nicht geantwortet. Ich konnte nichts machen, wissen Sie. Es melden sich öfter Verrückte bei uns, daran werden Sie sich noch erinnern.

Gibt es eine Eintragung im Dienstbuch?

Nein. Ich habe keine Eintragung gemacht. Mir hat die Frau leid getan. Sie hat mir auch gefallen. Ich hab versucht, sie zu beruhigen. Solche Eintragungen stigmatisieren die Leute. Ich fand, das hatte sie nicht verdient.

Ihr Verhältnis zu Ihren Dienstvorschriften ist nicht besonders eng, stimmt's?

Dienstvorschriften? Welche Dienstvorschriften? Ich glaube einfach, es gibt keine. Das erspart eine Menge Ärger.

Wohl weil Bella ihn mißtrauisch ansieht, setzt er hinzu: Ich weiß ja, daß Sie damals gekündigt haben, als Sie ein Problem mit Ihrer Dienstauffassung bekamen. Ich hab Ihnen gesagt, daß das für mich keine Lösung ist.

Sie ärgert sich über ihren Einwand, ist viel zu sehr an Fakten zum Fall Lara G. interessiert, als daß sie Lust hätte, mit Brunner eine Diskussion über richtige und falsche Dienstauffassungen zu beginnen. Deshalb antwortet sie nicht, und Brunner, der ihr Schweigen richtig interpretiert, redet weiter.

Wenn jemand mir gefällt, bin ich durchaus in der Lage, zuzuhören. Und ich habe alles, was sie damals gesagt hat, gut verstanden. Ich habe selbst eine Tochter, die ich allein aufgezogen habe, weil ihre Mutter … jedenfalls weiß ich, was einem da so alles durch den Kopf geht. Zugegeben, diese Frau war ein bißchen extrem. Also, um es genau zu sagen: Sie hat mich gebeten, sie festzunehmen, weil sie ihre Kinder vor sich schützen wollte. Wir haben lange geredet. Ich habe ihr klargemacht, daß ihre Kinder sie brauchen. Daß die Sache mit dem Vater und seiner Luxusvilla nur eine vorübergehende Anziehungskraft hätte und daß die Kinder schon wüßten, zu wem sie gehörten. Dieses Gefühl würde sie zerstören, wenn sie die Kinder jetzt verließe. Mal abgesehen davon, daß ich sie ja auch gar nicht so einfach hätte festnehmen können. Wenn überhaupt, dann hätte sie in eine Anstalt eingewiesen werden müssen. Und wie es da aussieht, das wüßte sie ja wohl. Ja, das habe ich ihr klargemacht. Jedenfalls habe ich es versucht. Und am Ende hatte ich den Eindruck, ich könnte es geschafft haben. Jedenfalls war sie sehr viel umgänglicher geworden. Sie hat mir sogar einen Kaffee gemacht. Sie hat mir wirklich gefallen. Wenn ich jetzt darüber nachdenke, dann weiß ich, daß ich mir etwas vorgemacht habe. Sie hat nur gemerkt, daß ich nicht in der Lage war, zu begreifen, daß sie es ernst meinte. Sie wußte, daß sie es tun mußte, und sie hat versucht, das Furchtbare zu verhindern.

Brunner schweigt einen Augenblick und sieht Bella nachdenklich an.

Wenn ich sie heute charakterisieren sollte, würde ich sagen, sie ist eine Frau von großer Willensstärke, sehr klarem Verstand und Moralvorstellungen, die nicht in unsere Zeit passen. Was nicht heißen soll, daß sie falsch sind. Haben Sie in der Verhandlung bemerkt, wie das Publikum auf sie reagiert? Die Leute haben irgendwie eine Ahnung, daß Lara G. sie verachtet. Und genauso war es auch mit den Nachbarn.

Sie scheinen Lara zu mögen. Aber ich glaube nicht, daß sie das Recht hat, andere zu verachten, nur weil sie eine andere Auffassung von dem hat, was gut und was böse ist. Lara mochte ihre Nachbarn nicht, und die haben das begriffen und sich revanchiert.

Ja, sagt Brunner, wahrscheinlich haben Sie recht. Er sagt es abwesend, und Bella versteht, daß es ihm gleichgültig ist, wie sie über seine Haltung zu Lara G. denkt.

Deshalb auch diese unwürdigen Szenen am Auto, Volkes Stimme, als wir sie festgenommen haben.

Sie waren als erster am Tatort. War das ein Zufall?

Nein, Zufall war, daß ich am Telefon gewesen bin, als die Streife anrief. Mir war sofort klar, was passiert ist. Ich wollte als erster dort sein. Ich hatte das Gefühl, ich müßte noch einmal mit ihr reden.

Obwohl es jetzt zum Reden zu spät war.

Ja, sagt Brunner. Als ich ankam, stand sie an dieser Sandkiste, wie man es im Prozeß beschrieben hat. Was man nicht beschrieben hat, war übrigens der Eindruck, den sie gemacht hat. Es war irgend etwas an ihr, das mich erschüttert hat, archaisch, verstehen Sie. Ich ging auf sie zu, sprach sie an, und sie hat geantwortet.

Sie hat mit Ihnen gesprochen?

Das weiß ich nicht, sagt Brunner. Ich wollte, sie hätte

Er nimmt einen langen Schluck aus der Bierflasche. Die Flasche ist leer.

Sie auch noch?

Bella schüttelt den Kopf, und Brunner steht auf, um sich eine neue Flasche zu holen. Sie hat einen Augenblick Zeit, ihre Umgebung zu betrachten und dabei festzustellen, wie unterschiedlich sich Schauspieler nach getaner Arbeit verhalten. Die Skala reicht von Weiterspielen bis Stumm-in-sich-Zusammensinken. Aber ihre Gedanken sind nicht bei der Sache. Sie sind bei Lara G. und der offensichtlichen Tatsache, daß diese Frau den Polizisten sehr beeindruckt hat.

Dann sitzt Brunner wieder neben ihr am Tisch, in Gedanken versunken, so daß Bella ihn zum Reden ermuntern muß.

Sie haben gesagt, sie hätte gesprochen. Erinnern Sie sich an irgend etwas von dem, was sie gesagt hat?

Ja, sagt Brunner. Ich erinnere mich. Sie hat gesagt: Es sind meine Kinder. Ich nehme sie mit, Marie.

Marie?

Ja, Marie. Ich habe sie gefragt, ob sie mich erkennt. Sie hat gesagt: Ich weiß, wer Sie sind. Nun können Sie mich festnehmen.

Und dann?

Und dann nichts. Dann hat sie nichts mehr gesagt, nichts, bis heute, nichts.

Sie haben versucht, sie später noch zu vernehmen?

Ja, ein paarmal, bis klar war, daß es keinen Sinn hat. Ich dachte, ich sollte wenigstens versuchen, diese Marie für sie aufzutreiben. Aber sie hat nicht mehr reagiert. Wir haben dann ohne ihre Mithilfe den Tathergang rekonstruiert. Sie hat den Sohn ertränkt, wohl abends beim Baden, vor dem Schlafengehen. Und gegen Morgen dann ist sie nach oben gegangen. Sie kannte ja ihre Kinder. Sie wußte, wann sie fest schliefen.

Einen Augenblick schweigen beide. Brunner zeichnet mit dem Finger eine Sonne aus Bier auf die Tischplatte. Bella sieht ihm zu und versucht, genau wie er, die Bilder zu verdrängen, die sie im Kopf hat.

Und das haben Sie nun Gebauer erzählt? Weshalb? Was kann er damit anfangen? Für seine Verteidigung ist diese Geschichte wohl kaum geeignet.

Brunner sieht überrascht auf. Hat er vergessen, daß sie ihm erzählt hat, sie habe ihn mit Gebauer gesehen?

Das habe ich Ihnen erzählt, sagt er, damit Sie wissen, daß sie es wirklich getan hat. Gebauer ist ein kluger Mann. Er hat sie immer für schuldig gehalten, auch wenn seine Frau ihm etwas anderes nahegelegt hat. Er hat immer geglaubt, daß sie es getan hat. Nein, ich habe etwas anderes mit ihm besprochen.

Sein Gesicht zeigt einen Anflug von Zufriedenheit, und Bella hat plötzlich eine Ahnung von dem, was er vorhat, aber sie will es nicht glauben. Das tut ein deutscher Beamter nicht; und nicht dieser harmlose Anwalt. Brunner hat sie genau beobachtet.

Ich hab es mir genau überlegt, zwei Tage lang. Es ist das einzige, was ich für sie tun kann, und ich werde es tun. Und Sie glauben, daß Sie damit Erfolg haben werden? Ich weiß es nicht, antwortet Brunner. Wir werden sehen. So schlecht ist dieser Gebauer nicht, glaube ich. Und nach einer Pause: Ich werd mal als erster diesen Laden hier verlassen. Schade, daß wir uns hier und nicht bei Ihnen zu

Hause getroffen haben. Aber was nicht ist, kann ja noch werden.

Kann ich mir nicht vorstellen, antwortet sie. Ich war noch nie gut als Ersatzspielerin.

Sechster Verhandlungstag

DIE WAHREN WUNDERHEILER

Darüber, daß wir in schwierigen Zeiten leben, die dem einzelnen viel Kraft und Opferbereitschaft abverlangen, ist in dieser Zeitung schon oft geschrieben worden.
Auch darüber, welche Möglichkeiten wir haben, uns Rat und Hilfe zu holen, wenn es einmal nicht mehr weiterzugehen scheint, haben wir in großen Serien ausführlich berichtet. Vielfältig sind die Möglichkeiten in unserem hochentwickelten Land; sie reichen von bekannten Heilern (im Volk von Mund zu Mund weitergegebene Namen, früher: Schäfer Ast) über chinesische Medizin und Ayurveda-Kuren bis zur Akupunktur und Beratung am Seelsorgetelefon. Den größten Einfluß aber, die besten Methoden und Möglichkeiten, die Menschen in ihrem Alltag wieder funktionsfähig zu machen, haben nach wie vor und in immer stärkerem Maß die Psychiater.
Vor nicht allzu langer Zeit noch verlacht, mißtrauisch beäugt oder als Zeitvertreib für unbefriedigte, reiche Damen mißachtet, hat die Psychiatrie längst den Rang einer Volksheilkunde erreicht. Ihre Sprache ist zum Allgemeingut geworden, und vielen hat sie schon geholfen, die glaubten, sie könnten der Rolle, die ihnen das Leben zugewiesen hat, nicht mehr gerecht werden.
Ohne Psychiater oder Psychologen keine funktionierende Wirtschaft, kein gut organisiertes Personalbüro, keine Schule, kein Krankenhaus.
Viele verdanken den Psychologen alles, und deshalb ist

es kein Wunder, daß ihr Ansehen in den letzten Jahren gestiegen ist und immer noch steigt. Sie sind die wahren Wunderheiler, ihnen kommt eine zentrale Rolle in dem ständigen Bemühen zu, die Menschen in unserer Demokratie funktionsfähig zu machen.

Deshalb ist es auch nicht verwunderlich, wenn heute, am vermutlich vorletzten Verhandlungstag gegen Lara G., der Aussage des psychologischen Sachverständigen vor Gericht so hohe Aufmerksamkeit entgegengebracht werden wird. Die große Frage ist allerdings: Wie wird Dr. Gunter Türk (45) mit dieser Aufgabe fertig werden? Ist es ihm gelungen, die Angeklagte zum Sprechen zu bewegen? Hat er einen Blick werfen können in die Abgründe der Seele einer Frau, die ihre Kinder getötet hat? Am Ende des heutigen Verhandlungstages werden wir mehr wissen. Unser Glaube an die Leistungen der Psychologie wird, unabhängig davon, was der Gutachter Dr. Türk heute sagen kann, nicht erschüttert werden.

Aus Gründen, die Bella nicht kennt, ist das Gericht wieder in den kleineren Verhandlungsraum umgezogen. Ein Teil der Öffentlichkeit muß deshalb abgewiesen werden, was zu Unmut führt, der erst durch den dezenten Hinweis eines Gerichtsdieners auf einen ein paar Türen weiter stattfindenden Prozeß gegen zwei albanische Drogenhändler geringfügig geglättet werden kann. Immerhin nehmen einige der Abgewiesenen mit der Ersatzveranstaltung vorlieb. Andere verlassen nörgelnd das Gerichtsgebäude, aber die Situation eskaliert nicht.

Die kleine Frau mit den rosa Löckchen ist zu erfahren, um zu den Abgewiesenen zu gehören. Dagegen waren einige ältere Herren einfach zu unbeweglich. Sie haben es nicht geschafft, eingelassen zu werden. Immerhin gibt es noch zwei Männer aus der Gruppe, die einen Platz ergattern konnten. Sie sitzen zwei Reihen vor der alten Dame, unterhalten sich angeregt und wenden manchmal ihre Köpfe zu ihr hin, um ihr ein freundliches Lächeln zu schenken. Dann lächelt sie zurück, aber irgend etwas an ihr, nein, in ihr hat sich verändert, denn sie trägt an diesem Tag dasselbe Kostüm wie am ersten Verhandlungstag, es ist aus rosa Wollstoff, und Rosa ist eine Farbe, die jung macht und optimistisch. Aber die Dame mit den rosa Löckchen sieht verzagt aus und alt. Daran ändert sogar die Kette nichts, die der sehr ähnlich ist, die beim Andrang am ersten Tag gerissen ist. Vielleicht gab es eine ähnliche, die sie nun, etwas kürzer vielleicht, aber genau so kostbar schimmernd, wieder um den Hals gelegt hat.

Auf der Bank der Journalisten ist das Gedränge heute nicht so groß wie sonst. Anscheinend erwarten die Herren von dem Gutachten des psychologischen Sachverständigen keine Sensationen. Weshalb auch, wenn doch bekannt ist, daß die Angeklagte nicht spricht.

Es kann natürlich auch sein, daß einige von ihnen den Inhalt des Gutachtens bereits kennen und deshalb nicht gekommen sind. Erst vor ein paar Tagen hat sie in der Zeitung von einem Gutachter gelesen, der sich bestechen ließ. Sie kennt diesen Gutachter Türk nicht und ist gespannt.

Tulla sitzt nicht mehr am äußersten Rand, sie hat sich heute einen Platz dicht vor Bella gesichert. Sie trägt ein grasgrünes Kleid, das nur aus einem riesigen Schal zu bestehen scheint, und grasgrüne Ohrringe, lange Gehänge aus gläsernen Tropfen, die sehr schön sind.

Ich muß Sie unbedingt sprechen, flüstert sie Bella zu und dreht sich wieder um, weil die Angeklagte in den Saal geführt wird; gleichgültig, abwesend, wie immer.

Die Richterin dagegen sieht übernächtigt aus, und die Stimmung zwischen ihr und den übrigen Richtern scheint angespannt zu sein. Das ist normal gegen Ende einer Verhandlung, deren Gegenstand der Mord an drei unschuldigen Kindern ist und die bisher ohne Schuldbekenntnis, ja ohne Mitwirkung der Angeklagten geführt werden mußte. Im Kopf der Richterin beginnen sich Teile des Urteils zu formen, obwohl die Verhandlung noch nicht abgeschlossen ist und es sich nach Lage der Dinge um ein Urteil ausschließlich aufgrund von Indizien wird handeln müssen. Solche Urteile sind bei allen Richtern nicht beliebt, und schon gar nicht bei dieser Richterin. Sie spürt, daß es ihr schwerfallen wird, bei der Urteilsfindung von den zu erwartenden Reaktionen der Öffentlichkeit abzusehen. Insgeheim verachtet sie sich dafür. Sie ist auch deshalb unzufrieden mit sich, weil sie an sich ein Verlangen bemerkt hat, im Kollektiv des Gerichts zu verschwinden. Dies Verlangen ist ihr am Anfang des Prozesses unbekannt gewesen. Die Freude, zu Beginn ihrer Karriere mit einem derart spektakulären Fall betraut worden zu sein, ist einer gewissen Verzagtheit gewichen. Auch der Vortrag des Sachverständigen, den sie schätzt und von dem sie sich viel verspricht, kann sie darüber nicht hinwegtäuschen.

Bella sieht hinüber zu Lara G. Zu ihrer Überraschung trifft ihr Blick für einen kurzen Augenblick den der Angeklagten. Aber deren Gesicht bleibt unbewegt, und der Augenblick ist so kurz, daß Bella sich schon bald nicht mehr sicher ist, ob er überhaupt stattgefunden hat.

Peter G. kommt herein, begleitet von seiner Frau und seinem Anwalt. Bevor seine Frau auf einer Zuhörerbank Platz nimmt, verabschieden sich die Eheleute mit einem zärtlichen Kuß. Auf der Bank rückt man respektvoll beiseite, um der jungen Frau eine Sitzgelegenheit zu geben.

Gebauer erscheint, setzt sich jedoch nicht zu seiner Mandantin, sondern geht nach vorn an den Richtertisch. Bella beobachtet gespannt das Gesicht der Richterin, die Gebauer zuhört und schließlich die Staatsanwältin heranwinkt. Vom Publikum werden die drei nun schon aufmerksam beobachtet. Man ist sich sicher: Die kleine, unvorhergesehene Konferenz hat etwas zu bedeuten. Aber was?

Schließlich gehen Gebauer und die Staatsanwältin zurück an ihre Plätze. Die Richterin bespricht sich kurz mit den Beisitzern, dann eröffnet sie den sechsten Verhandlungstag. Sie eröffnet ihn mit einer kleinen Sensation.

Bevor wir die Verhandlung wie geplant mit der Anhörung des Sachverständigen, Herrn Dr. Türk, fortsetzen, die den Abschluß der Beweisaufnahme bilden sollte, setzt das Gericht die Fortsetzung der Verhandlung für den Nachmittag an. Der Verteidiger der Angeklagten, Herr Gebauer, ist aufgrund eigener Recherchen zu Erkenntnissen gekommen, die möglicherweise so wesentlich sind, daß sie die bisher entstandene Beweislage erschüttern könnten. Das Gericht gibt deshalb, im Einverständnis mit der Staatsanwaltschaft, dem Verteidiger die Möglichkeit, seine Erkenntnisse am Nachmittag vorzutragen, um sie so in die Beweiswürdigung einbeziehen zu können.

Unwillkürlich sieht Bella hinüber zu Peter G. Er versteht nicht, was die Ankündigung zu bedeuten hat, beugt sich zu seinem Anwalt und spricht leise mit ihm. Der Anwalt macht ein sorgenvolles Gesicht.

Ruhe, bitte, verlangt die Richterin. Ich bitte den Anwalt des Nebenklägers, mich in der Pause aufzusuchen. Wir setzen die Beweisaufnahme fort. Herr Dr. Türk, ich darf Sie bitten, Ihr Gutachten vorzutragen.

Türk ist einer der Besten, flüstert Tulla, ihren Hals nach hinten drehend, aber was kann er schon sagen?

Bella bewundert die grünen Ohrgehänge, deren Glastropfen in der Sonne blau-grün funkeln, als wären zwei Hände voll Wasser aus einem leuchtenden Schwimmbassin in Metall gefaßt und an Tullas Ohren gehängt worden.

Dr. Türk ist offenbar ein Gutachter, der seine Arbeit für wichtiger hält als sich selbst. Bella, die genügend Gutachter erlebt hat, deren Eitelkeit so groß war, daß sie den Wahrheitsgehalt ihrer Aussage übertraf, empfindet sein Auftreten vor Gericht als angenehm. Er ist ein kleiner, grauhaariger Mann, der unter dem Jackett einen Pullover trägt und sich darum bemüht, eine Sprache zu sprechen, die verständlich ist. Außerdem erklärt er am Beginn seines Vortrags, daß es auch ihm nicht gelungen sei, mit der Angeklagten zu sprechen, und daß er deshalb zu wesentlichen Fragen kaum eine Aussage machen könne.

Der Verzicht auf jegliche Form von Spekulation macht ihn Bella zusätzlich sympathisch. Türk wiederholt die Angaben zu Laras Person, wobei er ein Detail hinzufügt, daß er offenbar durch eigene Recherchen ermittelt hat. Er gibt auch die Quelle an.

Nach Angaben der Mutter, sagt er, wurde das Kind Lara nach dem Tod des Großvaters überwiegend von einer alten Frau aus dem Dorf betreut, einer gewissen Marie Wessel. Diese Frau Wessel galt als Geschichtenerzählerin. Früher, in weniger nüchternen Zeiten, hätte man sie vermutlich als Hexe bezeichnet. Ich erwähne das hier, weil es uns vielleicht einen Hinweis geben kann auf den jetzigen Zustand der Frau G., zu dem ich meine Ausführungen noch machen werde. Türk macht eine kleine Pause, dann setzt er seinen Vortrag fort.

Bevor das Kind Lara sich dieser vielleicht sogar verwirrten Alten angeschlossen hat, war es in der Nachbarschaft der Familie zu einer Tragödie gekommen, die das Kind sehr beschäftigt hat. Eine Frau, die gegen Ende des Krieges aus dem Osten gekommen und im Dorf »hängengeblieben« war, tötete sich zusammen mit ihren beiden Kindern. Eine tragische Geschichte, die im Dorf für großes Aufsehen sorgte. Es stellte sich heraus, daß die Kinder, die eine Zeitlang auch Spielkameraden von Lara gewesen waren, sogenannte »Russenkinder« waren. Es gab viel Gerede, wie die Mutter sagt, und bei der kleinen Lara eine erhebliche Verstörung, die möglicherweise durch den Kontakt mit der alten Nachbarin nicht behoben, sondern eher noch befördert wurde. Ich führe das hier an, weil es uns vielleicht einen Hinweis darauf geben kann, wie der Zustand, in dem sich Frau G. heute befindet, zu erklären sein könnte. Nach meiner Meinung leidet Frau G. an einer sogenannten Psychogenen Amnesie.

An dieser Stelle entsteht eine gewisse Unruhe im Publikum. Vielleicht fürchtet es, daß ihm das Opfer entzogen werden soll?

Ein solcher Zustand wird durch einen Schock ausgelöst. Ihm zugrunde liegt der heimliche Wunsch, dieses Leben zu verlassen. Ich kann allerdings eine Psychogene Amnesie, das heißt einen Gedächtnisverlust aufgrund seelischer Erschütterung, bei Frau G. nur vermuten, nicht diagnostizieren. Wir kennen das Krankheitsbild von Patienten, die nach Jahren in der Lage waren, über die Vorgänge in ihrem Inneren wieder zu sprechen. Von Frau G. selbst konnten wir keine Hinweise bekommen. Das ist in ihrem augenblicklichen Zustand nicht möglich. Deshalb kann ich auch zu möglichen Tatmotiven keine Angaben –

Dr. Türk spricht noch eine Weile weiter, aber Bella hört nicht mehr zu. Auch Peter G. hört nicht zu. Er tuschelt weiter mit seinem Anwalt, auch noch, als nach dem Ende von Türks Vortrag die Staatsanwältin und Gebauer sich durch

Fragen an den Sachverständigen ein genaueres Bild über den Zustand der Angeklagten machen wollen. Türk bleibt zurückhaltend in seinen Aussagen, auch was die Dauer der Krankheit betrifft und eine mögliche Therapie. Auf die entscheidende Frage, ob er die Angeklagte für schuldfähig halte, antwortet Türk außerordentlich nüchtern.

Vorausgesetzt, sie hätte die Taten begangen, was festzustellen nicht meine, sondern die Aufgabe des Gerichts ist, würde ich sagen: Ja. Denn die Tat hätte vor dem Schock gelegen. Eine andere Frage wäre dann: Wie will man eine schwerkranke Frau in einem Gefängnis menschenwürdig unterbringen? Aber diese Frage steht nicht zur Erörterung an.

Das Publikum, das ja bereits während der Ausführungen von Türk begonnen hatte zu fürchten, sein Opfer sollte ihm entrissen werden, ist zufrieden. Der Psychomensch hält sie für schuldfähig, das ist so gut wie schuldig – und war ja eigentlich von Anfang an klar. Die Leute gehen erleichtert in die Pause, wohl auch froh wegen der Aussicht auf die überraschend angekündigte Fortsetzung am Nachmittag.

Bella gelingt es nicht zu verschwinden, bevor Tulla in der Lage ist, sich ihr zu nähern. Die Journalistin hat sich buchstäblich auf die Lauer gelegt.

Ich muß mit Ihnen reden. Irgendwo, wo es ruhig ist.

Lassen Sie uns hier reden. Ich bin gleich verabredet.

Das stimmt nicht, aber sie hat keine Lust, in irgendeiner der schummrigen Kneipen in der Nähe zu hocken und sich Tullas Geschwätz anzuhören.

Gehen wir ein Stück die Treppe hinauf. Wir können uns auf die Stufen setzen.

Die Treppen riechen nach Bohnerwachs, ein altmodischer Geruch, auf den man eigentlich nirgends mehr trifft. Der grüne Schal stapft ziemlich mühsam die Treppe hinauf und läßt sich keuchend zwischen dem zweiten und dem dritten Stockwerk auf einem Treppenabsatz nieder.

Ich sollte eigentlich Fahrrad fahren, sagt Tulla, noch immer nach Luft schnappend. Irgendwie komme ich nie dazu. Also, wenn Sie keine Zeit haben, dann fange ich lieber gleich an. Ist Ihnen aufgefallen, daß wir bei der Aussage dieses Brunner ein paar Männer im Saal hatten, die nur seinetwegen gekommen waren? Nein? Komisch. Also, mir ist das sofort aufgefallen. So was weckt immer meine Neugier, wissen Sie. Es war schwer, etwas in Erfahrung zu bringen, jedenfalls weiß ich nun, daß da mal was vorgekommen ist und er deswegen versetzt wurde. Aber schickt man wegen so etwas Beobachter? Ich hab ein bißchen Zeit investiert, und raten Sie, mit wem er sich getroffen hat!?

Keine Ahnung. Sie hätten wohl nicht Lust, mir für einen Augenblick einen Ihrer Ohrringe in die Hand zu geben? Sie sind wirklich wunderschön.

Der grüne Schal auf dem grünen Linoleumbelag, die grünen Sandalen, grünlackierte Fußnägel. Finger mit grünlackierten Nägeln nesteln einen Ohrring vom Ohr und geben ihn Bella in die ausgestreckte Hand.

Mit dem Anwalt. Gebauer.

Die Glastropfen –

Du kannst die Wohnung da unten haben.

Warum grinst die?

Kann sein, sie ist ein bißchen dreckig. Aber die Deutschen verstehen ja zu putzen. Hau ab hier. Du weißt, wo du hingehörst.

Müll und Gestank. Dreck und Gestank. Zwei Zimmer, gefüllt mit Scheiße. Eine Wanne, gefüllt mit Scheiße. Eine Küche, das Waschbecken voll Scheiße, eine Feuerstelle am Boden. Was haben die hier verbrannt? Verschmorter Kunst-

stoff legt einen klebrigen, stinkenden Film auf zerbrochene Möbel. Nägel, eingeschlagen in den Klodeckel. Fenster, die sich nicht öffnen lassen.

Du kannst den Müll aus dem Fenster werfen. Vielleicht kommt jemand, um ihn abzuholen. Du siehst doch, was da schon liegt.

Ein Tag Arbeit für das Herrichten einer Schlafstelle. Was man mit Matratzen machen kann. Warum haben sie das getan?

Was weiß ich.

Und Mäuse. Nachts fällt ein Stück Metall gegen einen Heizkörper. Ein Schuß. Wer schießt auf mich? Du hast dich getäuscht, Bella. Schlaf schlaf jetzt. Du wirst die Pistole holen. Wie kann der Gedanke an eine Waffe tröstlich sein? Niemand hat mich gesehen. Sie schlafen noch, schwer die Träume, die Beine, die Arme, die Köpfe der Männer auf den Leibern der Frauen, und morgens noch einmal. Versteck die Pistole. In der Schublade ein Beutel mit abgewetzten Glasstücken, eine Handvoll grünes Glas, geschliffen vom Wasser, vom Sand, jemand hat das gesammelt, als hier noch Leben war.

Sie hören nicht zu.

Bitte? Hier, nehmen Sie Ihren Ohrring.

Sie haben mir nicht zugehört. Den Gebauer hat er getroffen. Das ist erlaubt. Es tut mir leid, aber ich kann nicht länger hier sitzen. Bitte, entschuldigen Sie.

Sie steht auf und läuft die Treppe hinunter.

Geht es Ihnen nicht gut? ruft jemand in ihrem Rücken. Draußen, nachdem sie lange in den Wallanlagen herumgelaufen ist, geht es ihr besser.

Sie kommt zu spät. Ihr Platz ist besetzt, es gibt auch keinen anderen freien Platz. An der Tür stehend, neben sich die verschwitzte Uniform eines Gerichtsdieners, hin und wieder Tullas besorgten, neugierigen Blicken ausgesetzt, hört sie Gebauer zu.

Vielleicht werden Sie sich fragen, weshalb wir dieser Sache noch einmal nachgegangen sind. Ich will es Ihnen sagen. Ich glaube nicht, daß diese Frau ihre Kinder getötet hat. Ich habe von Anfang an nicht daran geglaubt. Und Fakt ist, daß die Ermittlungen der Polizei nicht gründlich waren. Die Beamten waren durch die Offensichtlichkeit des Tathergangs beeinflußt. Sie haben in Wirklichkeit nur in eine Richtung gründlich ermittelt. Sonst hätten sie die Beweise, die ich Ihnen nun vorlegen werde, nicht übersehen können: Den Blutfleck auf dem Boden des Kofferraums im Wagen von Peter G. und die Aussage der Zeugin Gundlach, die sich nun erinnert, ihn noch am späten Abend auf dem Grundstück gegenüber gesehen zu haben.

Für mich selbst ist diese Entwicklung allerdings so überraschend gewesen, ich meine, daß ich nun handfeste Beweise für die Unschuld meiner Mandantin vorlegen kann, daß ich noch nicht dazu gekommen bin, mich mit den Motiven auseinanderzusetzen, die den Vater der Kinder offenbar – Lüge! Das ist eine Lüge!

Peter G. ist aufgesprungen, schreit, gestikuliert, klammert sich an seinem Anwalt fest, der nun neben ihm steht, bricht zusammen. Im Saal entsteht ein Tumult. Zum ersten Mal sieht Bella ein Lächeln auf dem Gesicht von Lara G.

September 2000

Ich verstehe nicht, wie Sie so gelassen sein können, Bella. Man wird morgen das Urteil verkünden.

Ich bin ja auch nicht verliebt in Lara G. Was werden Sie tun, wenn man sie freispricht?

Die werden sie nicht freisprechen. Das wissen Sie so gut wie ich. Haben Sie die Zeitungen gelesen? Manchmal habe ich geglaubt, die Wendung, die der Prozeß genommen hat, macht bestimmte Leute erst recht zu Hyänen. Jedenfalls möchte ich nicht in der Haut der Richterin stecken.

Richter sind unabhängig.

Glauben Sie wirklich, daß man unabhängig von solchen Tiraden urteilen kann? Was ich machen werde? Also: Erstens bin ich nicht in die Frau verliebt. Wenn ich sicher sein könnte, daß Sie mich nicht auslachen, würde ich Ihnen das Gefühl genauer beschreiben.

Habe ich Sie schon jemals ausgelacht?

Bella bemüht sich, ein ernstes Gesicht zu machen. Kranz durchschaut ihre Anstrengung und lächelt ihr zu.

Geben Sie sich keine Mühe. Ich sag's Ihnen trotzdem. Ich hatte in den letzten Monaten genügend Zeit, Lara zu beobachten. Inzwischen bin ich mir ganz sicher, daß ich niemals mit ihr zusammenleben könnte. Ich glaube wirklich, daß kein Mann in der Lage wäre, mit ihr zu leben. Und wie dieser lächerliche Peter G. mit ihr ausgekommen ist –

Er hat sie nicht wahrgenommen. Sie wissen doch: Der Mensch nimmt sich einen Hund und eine Frau. Der Mensch hat Lara einfach nicht wahrgenommen.

Ja, vermutlich haben Sie recht. Was halten Sie übrigens

von den Motiven, die Gebauer ihm in seinem Plädoyer unterstellt hat?

Sie wollten über Ihr Gefühl zu Lara sprechen. Könnten wir eins nach dem anderen machen? Ich hoffe, Sie wollen sich nicht drücken.

Entschuldigen Sie. Ja, Lara. Ich habe lange versucht, ein anderes Wort dafür zu finden. Ich kam mir selbst ein bißchen überdreht vor. Ich habe nichts Besseres gefunden. Es ist eine Art »heiliger Ernst«, den Lara in mir hervorruft. Ich fühle dann, daß ich ein besserer Mensch sein möchte, jemand, der für seine Mitmenschen nützlichere Dinge tun sollte, als Polizisten psychologische Ratschläge zu erteilen und mit Polizei-Oberen Strategien gegen Massenaufstände zu entwickeln.

Oh, Gott, das muß anstrengend sein. Jetzt verstehe ich, weshalb Sie nicht verliebt sind. Sie Armer müßten ja ständig über sich hinauswachsen, wenn Sie mit Lara zusammen wären. Das hält kein Mann aus.

Ich wußte, daß Sie sich lustig machen würden. Da hat man schon mal ein besonderes Gefühl, als Mann, meine ich, und schon wird man nicht ernst genommen.

Hören Sie auf. Nehmen Sie einfach an, ich sei unfähig, heilige Gefühle zu erkennen. Mein Fehler. Sie wollten wissen, was ich von Gebauers Plädoyer halte?

Ja, sagt Kranz, und Bella spürt, daß er noch immer gekränkt ist. Wahrscheinlich hat er gemerkt, daß er sich wirklich lächerlich gemacht hat. Schwierig, so etwas zuzugeben und trotzdem gute Laune zu behalten.

Ehrlich gesagt, ich hatte ein Problem mit dem Plädoyer. Nicht, was seine Argumentation in bezug auf Peter G. betraf. Da fand ich ihn völlig einleuchtend. Ein Mann verläßt seine Frau, um sich eine jüngere, reichere, niedlichere zu suchen. Aber er verläßt sie auch, weil er Kinder nicht ertragen kann. Die normale Art von Familienleben ist ihm verhaßt. Kinder sind ihm wie Bleigewichte an Armen und Beinen. In seinen Vorstellungen von einem freien männlichen Leben haben sie keinen Platz. Und dann entwickelt die neue Frau, die selbst keine Kinder bekommen kann, eine geradezu unnatürliche, zärtliche Liebe für eben die Kinder, die der Mann am liebsten ganz aus seinem Leben verbannt hätte. Was soll er tun? Er will die junge Frau nicht verlieren. Immerhin ist sie nicht nur jung, sondern auch millionenschwer. Aber er kann die Kinder in dem neuen Haus nicht ertragen. Dafür hat Gebauer ja genügend Belege gebracht. Peter G. beschließt, die Kinder zu töten und das Ganze so zu arrangieren, daß der Verdacht auf die geschiedene Frau fällt, die er haßt. Ich muß sagen, das hat mir ziemlich eingeleuchtet.

Und was hat Sie gestört?

Ach, gestört ist vielleicht nicht das richtige Wort. Oder doch? Jedenfalls, was den Teil betrifft, in dem er dargelegt hat, weshalb seine Mandantin die Kinder nicht getötet haben kann, da kam er mir ein bißchen sehr bemüht vor. Ich habe den Verdacht, daß Gebauer besser daran getan hätte, das Gewicht seiner Ausführungen mehr auf die Fakten als auf mythologische Muster zu legen.

Ich fand ihn sehr überzeugend.

Ja, natürlich. Mythen und heiliger Ernst –

Bella, bitte. Und weshalb genau waren Sie nun mit Gebauer nicht einverstanden?

Ich versuch's. Also: Gebauer hat argumentiert, daß Frauen, die ihre Kinder töten, erweiterten Selbstmord begehen wollen. Lara habe aber keinerlei Anstalten gemacht, sich selbst zu töten. Außerdem sei von Anfang an nur gegen sie, nicht aber gegen den geschiedenen Mann ermittelt worden. Deshalb sei die Beweislage schief und nicht zu gebrauchen.

So weit könnte ich ihm folgen. Aber dann hat er sich für mein Gefühl zu sehr aufs Glatteis begeben. Er hat die Medea aus der griechischen Mythologie herangezogen. Er hat erklärt, daß Medea seit zweitausend Jahren zu Unrecht als Inbegriff weiblicher Rache aus Verzweiflung und enttäuschter Liebe gilt. Sie erinnern sich? Medea verliebt sich in den Fremden Jason, hilft ihm, das Goldene Vlies zu rauben, flüchtet mit ihm gemeinsam aus ihrer Heimat, lebt mit ihm als Fremde in seiner Heimat, gebiert ihm zwei Söhne. Als Jason sie wegen einer jüngeren und gewinnversprechenderen Frau verläßt, tötet Medea die Kinder, um Jason zu strafen und sich an ihm zu rächen.

Bestimmte Parallelen gibt es da schon, sagt Kranz nachdenklich.

Weiter, sagt Bella, Gebauer hat von Euripides gesprochen, der dieser rasenden Medea in einem Drama Gestalt gegeben hat. Damit sei das Bild der furchtbaren Mutter in den Köpfen der Menschen festgeschrieben worden. Dieses Bild sei aber nichts weiter als ein patriarchalischer Wunschtraum des Euripides gewesen. Mit der rasenden Medea habe Euripides vor zweitausend Jahren sozusagen einen ideologischen Schlußstein in das Gedankengebäude eingefügt, mit dem das Abendland endgültig in die Normen des Patriarchats gezwungen worden sei. Seit damals seien alle Handlungen der Frauen nur noch mit männlichen Augen betrachtet, an männlichen Wünschen gemessen worden.

Ja. Und was ist Ihrer Meinung nach falsch daran? Haben Sie nicht selbst gesagt, »der Mensch nimmt sich einen Hund und eine Frau«? Was ist denn das anderes als eine volkstümliche Redewendung aus dem immer noch ungebrochen herrschenden Patriarchat?

Natürlich haben Sie recht. Aber in dem, was Gebauer anschließend ausgeführt hat, ist er dann zu weit gegangen. Er hat gesagt, die neuere Forschung geht davon aus, daß es in Wirklichkeit nicht Medea war, die ihre Kinder getötet hat. Es sei Jason gewesen oder irgend jemand, der in Jasons Auftrag gemordet hat. Die Forschungsergebnisse seien absolut überzeugend.

Die aus Eifersucht tötende Medea – nichts weiter als eine männliche Erfindung?

Ja, antwortet Bella. Das halte ich sogar für durchaus möglich. Aber die Schlußfolgerungen, die Gebauer daraus für seine Mandantin gezogen hat, nämlich daß sie nur unschuldig sein kann, die bezweifle ich eben. Wir sind beide der Meinung, daß auch heute noch patriarchalische Verhältnisse herrschen, nicht wahr? Wir müssen also davon ausgehen, daß in den Köpfen der Menschen patriarchalische Normen gelten; und zwar nicht nur bei Männern, sondern genauso bei Frauen. Die Frauen haben sich längst zu Komplizinnen der Männer gemacht, aus welchen Gründen auch immer. Vielleicht, weil sie mit Gewalt gezwungen wurden; vielleicht aus Selbstschutz oder weil sie Vorteile davon hatten, sich den Männern anzugleichen. Bestimmt hat dabei Angst eine Rolle gespielt und Verzweiflung, bestimmt auch Liebe. Und manche haben sich angepaßt, weil sie selbst leer sind und keine Vorstellungen mehr haben, wie ein Leben nach anderen Gesetzen aussehen könnte; ein Leben, in dem nicht Mord und Totschlag herrschen, Krieg und Gewalt. Das war eine lange Entwicklung. Jetzt halten die Frauen die Gesetze der Männer, die herrschende Moral für richtig. Sie handeln danach. Sie töten auch ihre Kinder. Vielleicht hat Medea damals ihre Kinder nicht getötet, weil matriarchale Normen das nicht zuließen. Aber der Mythos ist verbraucht. Medeas wahre Geschichte wurde entdeckt, als Medea nichts anderes mehr war als eine leere Hülle, eine Puppe, aus der der Schmetterling vor zweitausend oder fünftausend Jahren herausgeholt wurde und gestorben ist, bevor er sich entfalten konnte. Medea, die Medea, die Gebauer beschworen hat, die große, die großzügige Mutter, gibt es nicht. Medea ist ein Mann. Und das heißt, sie tötet.

Ich kann sie hören. Geh weg, hat Lena gesagt. Geh weg, bevor es zu spät ist. Ich kann ihre Stimme hören. Es ist Lenas Stimme. Lena. Und Marja. Und noch ein paar andere. Sie werden die Tür aufbrechen, hereinkommen, nach mir suchen, mich erschlagen. Diese Wohnung durchsuchen nach Geld. Sie glauben mir nicht, daß ich nichts habe. Daß ich nichts habe, wie sie, wie alle diese Verdammten. Laß sie einen Mann dabeihaben, auf den ich schießen kann. Sie werden zurückschrecken, sich beruhigen. Wir werden den Mann gemeinsam begraben. Wir werden gemeinsam hier weggehen. Es wird mir etwas einfallen. Sie sind im Flur. Jetzt kein Wort mehr Ich kann sie sehr gut sehen. Sie werden es tun. Marja wird es tun. Ich will nicht, daß sie mich tötet. Ich werde sie töten.

Ich habe sie getötet. Sie und die andere, die ich nicht erkannt habe, die ich nicht kannte, die ich doch kannte, weil ich den gleichen Hunger gehabt habe, den gleichen Abscheu vor den stinkenden Fahrern, ihre Angst vor Kälte, ihre Gier nach Wodka, nach Wärme.

Sie sind in der Nacht gekommen. Ich habe sie getötet.

Vielleicht haben Sie recht, sagt Kranz endlich. Im Grunde ist es, glaube ich, gleichgültig. Vor Gericht zählen nicht geschichtsphilosophische Erkenntnisse, sondern Fakten. Und da bleibe ich dabei: Die Fakten sprechen für Lara.

Damals, in Odessa, sagt Bella, nachdem ich meinen Paß Tolgonai gegeben habe, damit sie nach Deutschland fliehen konnte, bin ich zusammen mit Viktor nach Sibirien gegangen. Wir sind bis Akademgorodok gekommen. Es gab nichts zu tun für mich. Ich hätte Pilze sammeln und mich um Viktors Lebensunterhalt kümmern können. Er hat praktisch umsonst im Institut für Kernforschung gearbeitet. Ich eigne mich nicht als Frau an seiner Seite. Er hat mir seine Pistole gegeben, als ich mich allein auf den Weg gemacht habe. Jemand hatte mir von der Stadt der Frauen erzählt. Ich dachte, ich könnte dort bleiben. Ich hatte fest vor, dort zu bleiben. Vielleicht könnte ich helfen –

Aber Sie haben die Stadt wieder verlassen. Weshalb sind Sie zurückgekommen? Wollen Sie darüber reden?

Nein, sagt Bella, ich glaube, es ist nicht nötig. Nehmen Sie's einfach als eine Erfahrung, die ich Ihnen voraus habe.

»Es gibt kein richtiges Leben im falschen«, irgend etwas von der Art, nehme ich an?

Wenn Sie es so nennen wollen. Lassen Sie uns von etwas anderem sprechen, ja?

Ich habe Ihnen etwas mitgebracht, das Ihnen gefallen wird, sagt Kranz. Warten Sie. Er steht auf, verläßt das Zimmer und kommt mit einem Buch in der Hand zurück.

Lesen Sie. Ich hab's für Sie angestrichen.

Bella betrachtet den Umschlag, bevor sie das Buch aufschlägt: Joseph Brodsky: Von Schmerz und Vernunft. Dann liest sie: »Nun ist Lyrik ja die höchste Form menschlicher Rede in jeder Kultur. Wenn eine Gesellschaft es unterläßt, Dichtern zuzuhören oder sie zu lesen, verurteilt sie sich selbst zu niederen Ausdrucksweisen – denen des Politikers, des Handelsvertreters, des Scharlatans –, kurz, zu ihren eigenen. Mit anderen Worten, sie verwirkt ihr Entwicklungspotential, denn was uns vom übrigen Tierreich unterscheidet, ist schließlich die Gabe der Rede. Die oft gegen Lyrik erhobene Anklage – sie sei schwierig, dunkel, hermetisch und was sonst noch – zeigt nicht den Zustand der Lyrik, sondern, offen gesagt, die Sprosse der Evolutionsleiter, an der die Gesellschaft festsitzt.«

Ein bißchen sehr elitär, oder? Bella legt das Buch zur Seite. Danke, aber es gefällt mir. Wenn Sie nichts dagegen haben, werde ich Sie jetzt trotzdem vor die Tür setzen. Ich möchte morgen gern ausgeschlafen sein.

Natürlich habe ich etwas dagegen. Kranz steht auf und geht zur Tür. Wenn diese Geschichte ausgestanden ist, werde ich darauf bestehen, unserem Verhältnis eine feste Struktur zu geben.

So geht es nicht weiter mit uns.

Nein, denkt Bella, da hast du recht, mein Lieber. So geht es nicht weiter. Sie winkt Kranz zu, der sich, in der Tür stehend, ihr noch einmal zugewandt hat, und schlägt, vielleicht zum hundertsten Mal, Laras Gedichtband auf. Hätte sie ihn behalten dürfen? Die Frage, die ihr bisher nebensächlich erschienen ist, bekommt nun, am Abend bevor das Urteil gesprochen werden wird, plötzlich doch noch Bedeutung. Aber wer hätte etwas anfangen können mit Zeilen wie diesen:

Das Schilfblatt neigt sich, das Wasser zu kerben.
Die Spinnen reisen, die Fäden fliegen.
Noch will die Sibylle des Sommers nicht sterben.

Wer, außer ihr? Und Lara natürlich.

Das Urteil

GIBT ES NOCH GERECHTIGKEIT
AUF ERDEN?

Heute soll im Prozeß gegen die mutmaßliche dreifache Kindesmörderin Lara G. das Urteil gesprochen werden. Wir haben in dieser Zeitung darüber berichtet, wie der Urteilsspruch vorbereitet wurde: durch das Plädoyer der Staatsanwältin, das in manchen Passagen durchaus als »müde« bezeichnet werden konnte. Trotzdem, wohl weil die Fakten unübersehbar sind, sah sich die Staatsanwaltschaft gezwungen, auf »schuldig« zu plädieren und wegen dreifachen Mordes eine lebenslängliche Gefängnisstrafe zu fordern.
Der Anwalt der Angeklagten hat sich jede Mühe gegeben, die Fakten, die Lara G. belasten, beiseite zu räumen. Das ist sein Recht und auch seine Pflicht gegenüber der Angeklagten. Es ist allerdings zu fragen, wie geduldig eigentlich der Rechtsstaat sein muß mit Advokaten, die nicht davor zurückschrecken, im Rahmen ihrer »Verteidigungsstrategie« zweitausend Jahre alte Mythen heranzuziehen und unbescholtene Bürger mit Dreck zu bewerfen. Unser ganzes Mitgefühl gilt Peter G., den ein erbarmungsloser Anwalt von der Position des Nebenklägers beinahe in die eines Angeklagten gezwungen hat und der schließlich auf die Attacken gegen seine Person nur noch mit Krankheit reagieren und nicht mehr an der Verhandlung teilnehmen konnte.
Man kann nur hoffen, daß, nachdem die Schuldige am

Tod seiner Kinder ihre Strafe erhalten hat, Peter G. sich erholt und sein Leben wieder in normalen Bahnen verlaufen kann.

Die große Frage allerdings, die heute die Öffentlichkeit beschäftigt, heißt: Wird das Gericht überhaupt die Kraft finden, ein Urteil gegen Lara G. zu sprechen? In wenigen Stunden werden wir es wissen.

Als Bella das Gerichtsgebäude betritt, beobachtet sie eine erregte Zuhörerschaft. Sie hat den Eindruck, als hätte ein Fieber schon am frühen Morgen die kleine, alte Dame befallen, die heute zum vorläufig letzten Mal im Zuhörerraum sitzen wird. Jedenfalls macht sie ein Gesicht, als wäre sie morgens beim Zähneputzen versehentlich mit dem Rücken der Zahnbürste an ihr Zahnfleisch gestoßen. Ständig verzieht sie schmerzvoll und aufgeregt den Mund, und unter ihren rosa Löckchen ist sie bleicher als gewöhnlich. Auf ihren Wangen blühen kreisrunde rote Flecken, die auch unter einer dicken Schicht Puder nicht ganz verschwinden.

Eine der Frauen, die neben ihr gesessen und ihr in den Pausen der vorangegangenen Verhandlungstage von ihrer alten Mutter erzählt hat, die sie liebevoll pflegt, »bis in den Tod«, hörte Bella sie sagen, versucht eine Erklärung. Heute, tuschelt sie, während Bella sich an den beiden vorbeidrängt habe sie ihrer Mutter anstatt einer halben eine ganze Beruhigungstablette gegeben, bevor sie sich auf den Weg zum Gericht gemacht habe. Vielleicht würde sie sich nach der Verkündung des Urteils noch eine Weile mit anderen austauschen und deshalb später als sonst nach Hause kommen. Da habe sie vorbeugen müssen.

Einer der alten Herren erzählt aufgeregt, daß er bei der Fahrt zum Gericht eine Karambolage verursacht habe, eine kleine nur, mit einem winzigen Blechschaden, aber er berichtet einem anderen sehr nervös von dem Unglück, während er sich neben Bella durch die Tür zwängt.

Mehrere haben schweißnasse Hände. Bella beobachtet sie dabei, wie sie sich die Hände an ihren Mänteln abwischen, bevor sie sich den Platz sichern, von dem sie nun in den nächsten Stunden nicht mehr zu entfernen sein werden. Und selbst dem Gerichtsdiener, einem Mann mit großer Erfahrung, kann sie eine gewisse Spannung anmerken, während er die Angeklagte mustert, die nun hereingeführt wird.

Lara G. hat ihr Schweigen während des Prozesses nicht mehr gebrochen. Auch ihre Chance, das von allen mit Spannung erwartete »letzte Wort« zu sprechen, hat sie nicht genutzt. Ihr Schweigen hat ihr für eine Weile die außerordentliche Abneigung des Publikums eingetragen. Dann, irgendwann im Lauf der Verhandlung, der mühsamen Beweisaufnahmen, Reden und Gegenreden, Gutachten und Gegengutachten, ist eine Situation eingetreten, die die Angeklagte im Bewußtsein, in der Wahrnehmung des Publikums beinahe verschwinden ließ. Man hatte sich gewöhnt an die große, blasse Frau mit den wilden dunklen Haaren, die niemals mehr lächelte.

Dieses Beinahe-Verschwinden ist allerdings nur für die Zuhörer im Gericht geschehen. In den Augen der Öffentlichkeit außerhalb des Gerichtssaals, die durch Sensationsmeldungen über Lara G. während des gesamten Prozesses zum Kauf von Zeitungen animiert wurde, hat solch ein Verschwinden nicht stattfinden können.

Heute nun, am Tag der Urteilsverkündung, rückt Lara G. geradezu mit Gewalt wieder in das Blickfeld des Publikums im Zuhörerraum. Jede Falte ihres Kostüms, jeder Fleck auf ihren Schuhen, jede Bewegung ihrer Hände, jeder Muskel in ihrem Gesicht wird abschätzend gemustert, interpretierend beobachtet, still oder zusammen mit den Banknachbarn analysiert und eingeordnet in das Bild der skrupellosen Täterin. Mit höchster Aufmerksamkeit wird registriert, daß Peter G. nicht zur Urteilsverkündung erscheint, obwohl oder weil? eine geringe Chance besteht, daß er als der mögliche Schuldige benannt werden könnte – daß der Liebhaber der G. ganz hinten in der letzten Reihe einen Platz gefunden hat –, daß die Mutter nicht zu sehen ist, die doch ihrer Tochter beizustehen hätte –, daß der Verteidiger auf seine Mandantin einredet, aber die, wie immer, schweigt.

Bella hat an den Verhandlungen in den letzten Wochen nicht mehr teilgenommen. Nachdem ein weiterer Versuch Gebauers, Lara zu einem Gespräch mit ihr zu bewegen, gescheitert war, hat sie es vorgezogen, zu Hause zu bleiben. Es ist ihr sinnlos erschienen, im Gericht zu sitzen und dabei zuzusehen, wie man der Wahrheit nicht näher kommt.

Kranz ist, soweit es seine Zeit erlaubte, in die Verhandlung gegangen. Bella hat sich bald geweigert, seine Eindrükke jedesmal anschließend mit ihm zu diskutieren. Trotzdem haben sie sich hin und wieder getroffen, und ihre Treffen sind in jeder Weise befriedigend verlaufen. Aber niemals mehr ist ein Grad von Vertrautheit zwischen ihnen entstanden, der sie vom förmlicheren »Sie« zum vertrauten »Du« hätte zurückkehren lassen. Bella ist mit diesem Zustand sehr einverstanden.

Heute, am Tag der Urteilsverkündung, ist sie noch einmal ins Gericht gegangen. Sie hat lange überlegt, sich aber dann dazu entschlossen hinzugehen, weil sie das Gefühl nicht zurückdrängen konnte, eine Sache, in die sie viel Zeit investiert hat, am Ende unerledigt, ohne Abschluß zurückzulassen. Auch hat Kranz, der als Referent an einer Tagung der Innenminister teilnehmen muß, sie darum gebeten, wenigstens zur Urteilsverkündung zu gehen.

Nun sitzt sie auf einem Platz am Ende der ersten Reihe, wieder hinter den Journalisten, aber mit deutlich mehr innerem Abstand zum Geschehen als zu Beginn der Verhandlung. Einmal winkt sie kurz zu Tulla hinüber, die, ganz in Mausgrau gekleidet, aber dennoch nicht gerade unauffällig, versucht hat, sie freundlich zu begrüßen. Sie hat in den letzten Wochen hin und wieder einen der Artikel gelesen, die Tulla, seit der Sache mit dem Eismann eine gefragte Reporterin, veröffentlicht hat. Tulla hat ein Gespür für Themen entwickelt, die, wie die Zeitungswelt glaubt, gelesen werden. Sie hat auch einen Plapperstil entwickelt, der mit dem Gerede von Moderatoren in Radio oder Fernsehen viel Ähnlichkeit hat: Es wird geredet, ohne etwas zu sagen.

Sie hat ein Talent dafür, denkt Bella, während sie dem Mausgrau zuwinkt und ihren Blick dann auf Lara richtet. Deutlich kann sie erkennen, daß es der nicht leicht fällt, ihre Ruhe zu bewahren. Lara G. ist nervös, und Bella ist darüber erstaunt. Waren der Schock, das Schweigen, die Psychogene Amnesie, die der Sachverständige diagnostiziert hat, nur ein Täuschungsmanöver? Sie hat nicht lange Zeit, darüber nachzudenken.

Das Gericht erscheint und steht wartend, bis das Publikum sich erhoben hat. Auch Lara G. steht auf, diesmal ohne daß jemand sie darauf hinweist.

Die Richterin nimmt ein Blatt Papier auf und liest: Im Namen des Volkes ergeht folgendes Urteil:

Die Angeklagte Lara G. wird freigesprochen. Der Freispruch erfolgt aus Mangel an Beweisen.

Im Publikum ist Unruhe entstanden. Die Richterin wartet gelassen ab, bis die Leute sich beruhigt haben.

Sie ist souverän, weil sie erleichtert ist, denkt Bella.

Nicht unbedingt über das Urteil, denn sie muß damit rechnen, daß die Staatsanwaltschaft nicht damit einverstanden ist, aber darüber, daß sie die ganze Angelegenheit erst einmal beendet hat, ohne Schiffbruch zu erleiden. Bella stellt fest, daß die Richterin vorsichtig zu Renate Schubert hinübersieht, aber deren Gesicht bleibt undurchdringlich. Wenn sie allein zu entscheiden hätte, würde es vermutlich keine Fortsetzung des Prozesses geben.

Und Lara? Hat sie den Richterspruch verstanden? Wie nimmt sie ihn auf? Eine leichte Röte hat ihr Gesicht überzogen. Sie hat verstanden, was das Gericht entschieden hat. Aber sie zeigt keine andere Reaktion als ein leicht gerötetes Gesicht, und Bella wird klar, daß nicht jede Reaktion einer Angeklagten auf ihren Freispruch Freude hervorrufen muß. Vielleicht ist in diesem Fall der Freispruch die größere Strafe?

Der Urteilsbegründung der Richterin hört Bella nur noch mit halbem Ohr zu. Noch einmal werden äußerst gründlich die Beweise gewürdigt, die für und gegen Lara G. als Täterin sprechen. Auch auf gewisse Zweifel an den Aussagen des Peter G. geht die Richterin ausführlich ein. Daß da einige Spuren auch zu ihm als Täter führen könnten, daß sie aber, so viel könne heute schon gesagt werden, mit Sicherheit zum jetzigen Zeitpunkt nicht ausreichten, um Peter G. des Mordes an seinen Kindern anzuklagen. Zu einseitig habe die Kripo ermittelt, von Anfang an nur Lara G. als zu Überführende gesehen. Um so höher sei das Engagement des Verteidigers für seine Mandantin zu werten. Erst durch seine Hinweise sei es dem Gericht möglich gewesen, auch in eine andere Richtung zu denken. Immer noch allerdings seien Zweifel geblieben, und das Gericht habe sich deshalb auch nach gründlicher Prüfung und reiflicher Überlegung nicht entschließen können, Peter G. ernsthaft zu verdächtigen. Das schriftliche Urteil ergehe in drei Wochen. Die Verhandlung sei geschlossen.

Die Zuhörer, merkwürdig genug, bleiben einen Augenblick lang still sitzen. Vielleicht gerade so lange, wie Luft aus einem Luftballon entweicht, dem plötzlich ein Stich versetzt worden ist. Die Blicke wandern von der Richterin hinüber zu Lara G., bleiben auf deren Gesicht liegen, lassen sich keine Regung entgehen. Gibt es wenigstens eine winzige Bewegung in ihrem Gesicht?

Ja, deutlich ist nun zu sehen, daß sie erleichtert ist. Ihre Hände, die die Zuschauer oft genug zu Fäusten zusammengepreßt gesehen haben, liegen entspannt auf dem Tisch. Ihr Gesicht, das bis auf einen einzigen Moment, den nämlich, als sie Peter G. zum ersten Mal im Gerichtssaal gesehen hat, niemals anders als verschlossen und abweisend gesehen worden ist, drückt nun Gelassenheit, eine stille Ruhe aus.

Erst nachdem dies alles registriert worden ist, wendet man sich seinem Nachbarn zu, steht auf, verläßt langsam den Saal, nicht ohne die Blicke dabei auf den Richtertisch zu richten; eine Prozession von Blicken, die je nach Temperament und psychischer Verfassung wütend oder erstaunt, demütig oder aufsässig, enttäuscht oder nachdenklich, in jedem Fall aber autoritätsgläubig sind. Laute Proteste gibt es nicht. Statt dessen setzt die Unterhaltung langsam wieder ein, und Bella hört beim Verlassen des Gerichtssaals einige Bemerkungen mit an.

Was soll so ein Gericht schon machen, wenn der Anwalt so ein gerissener, mit allen Wassern gewaschener Fuchs ist.

Das konnte man sich ja denken, daß die eine Frau der anderen kein Auge aushackt. Weiberherrschaft nenne ich so was.

Wo sie nun wohl hingeht? In ihrer Siedlung kann sie sich doch nicht mehr sehen lassen.

Vielleicht zieht sie zu ihrem Liebhaber. Jetzt kann sie ja endlich, wie sie möchte.

Und er auch. (Gelächter.)

Wie sich der Ehemann wohl fühlt.

Wie soll er sich fühlen? Er muß eben noch mal ran. Wenn die neue Frau unbedingt Kinder will.

Ich sage Ihnen, da ist das letzte Wort noch nicht gesprochen. Das kann doch der Staat nicht so einfach hinnehmen, daß solche Frauen frei rumlaufen. Stellen Sie sich doch vor, wie die öffentliche Moral darunter leidet.

Wie meinen Sie das? Bloß weil die nun freigesprochen wurde, wird ja nicht jede Mutter gleich ihr Kind umbringen.

Umbringen nicht, nein. Aber ich sag immer: Die Frau ist die Hüterin des Feuers. Ersetzen Sie mal »Feuer« durch das Wort »Moral«. Dann haben Sie, was unsere Gesellschaft zusammenhält. Auf die Moral hat so ein Urteil verheerende Wirkung.

Bella bleibt stehen, um den Stimmen des Volkes nicht mehr zuhören zu müssen. Die beiden Moralwächter, die sich gerade über ihre unumstößlichen Prinzipien verständigt haben, hat sie in den ersten Wochen im Trupp der kleinen Frau mit den rosa Löckchen gesehen. Unwillkürlich sieht sie sich um.

Die kleine Alte steht allein im Gerichtssaal. Bella spürt das Bedürfnis, zu ihr zu gehen und sie zu trösten, so jämmerlich verloren steht sie da und sieht den Resten des Trupps hinterher, der zur Tür hinausgeht, ohne sie zu beachten. Sie tut es nicht, denn sie weiß, einer Frau, die siebzig geworden ist oder achtzig und noch immer den Männern hinterhersieht, als käme von ihnen das Glück, ist nicht mehr zu helfen.

Und woher kommt es wirklich, das Glück?

Die Schubert steht plötzlich neben ihr, auch sie scheint erleichtert zu sein.

Und, fragt Bella, werden Sie sich zufriedengeben, oder wird Berufung eingelegt? Sie gehen zusammen weiter.

Wenn's nach mir ginge, ich würde den Fall nicht noch einmal aufnehmen, immer vorausgesetzt, das Gericht macht keine augenfälligen Schnitzer in der schriftlichen Urteilsbegründung. Die müssen wir natürlich erst einmal abwarten. Aber, ehrlich gesagt, ich fürchte, mein oberster Chef wird in jedem Fall Widerspruch einlegen. Wo kämen wir denn hin, wenn so eine Frau ungeschoren davonkäme!

Jedenfalls hätte Ihr Chef die Volksmeinung auf seiner Seite.

Ja, antwortet die Schubert. Und nach einer Pause: Wissen Sie, was das schlimmste ist? Diese verdammte Verlogenheit. Gegen Mord, aber für Krieg, gegen – entschuldigen Sie, ich bin unsachlich. Sie haben keine Kinder. Mein Jüngster geht zur Bundeswehr, freiwillig. Ich kann ihn nicht hindern. Ich bin ein bißchen allergisch geworden, seit ich selbst betroffen bin von diesem ganzen Kriegstheater. Ich würde mich freuen, wenn Sie mir bei Gelegenheit einen Besuch abstatteten. Sie wissen ja, wo ich sitze: im Zentrum der Anklage, Hüterin der Ordnung, fragt sich, welcher. Was klagen wir an, nicht wahr?

Bella sieht der Staatsanwältin nach, die mit schnellen energischen Schritten davongeht. Sie versucht sich vorzustellen, wie eine Frau wie die Schubert fertig wird mit ihrem Beruf. Sie hat eine Vorstellung davon, was richtig ist, und muß den Staat vertreten, der die falschen Dinge tut. Nur, daß manches eben doch nicht so einfach ist. Das Falsche und das Richtige sind untrennbar miteinander verbunden. Jede Entscheidung kann richtig und falsch zugleich sein. Man darf sich einfach nicht fürchten.

MEHR MUT, IHR FRAUEN!

Der Prozeß gegen Lara G. ist zu Ende. Das Urteil, ein Freispruch zweiter Klasse, wird niemanden zufriedenstellen, und das letzte Wort ist in diesem Fall sicher noch nicht gesprochen. Trotzdem lohnt es sich, innezuhalten und darüber nachzudenken, was sich in den letzten Wochen und Monaten vor unseren Augen abgespielt hat.
Da hat eine Frau ihre Kinder getötet, jawohl, wir gehen nach wie vor davon aus, daß Lara G. die Täterin ist. Über lange Zeit haben sich Staatsanwaltschaft und Gericht bemüht, ihr die Tat nachzuweisen. Fast ist es gelungen, beinahe siegt die Gerechtigkeit. Und plötzlich zieht der Anwalt, ein bis dato unbekannter Verteidiger, ein paar Kaninchen aus dem Hut, und schon starren die Damen, Staatsanwältin und Richterin, wie die Schlangen auf die Kaninchen. Aber anstatt, wie es der Schlange gebührt, zuzustoßen, das Kaninchen nach einem kleinen Augenblick der Überlegung als willkommenes Futter zu begreifen und zu vernichten, lassen sich die Damen hypnotisieren!
Wer, wie ich, die Chance gehabt hat, diesen einmaligen Vorgang aus der Nähe zu verfolgen, kann über so viel Blauäugigkeit nur verwundert sein. Verwundert und auch traurig. Denn hier haben, so ganz nebenbei, auch noch Frauen der Sache der Frauen einen schlechten Dienst erwiesen.
Es hat von Anfang an viel Unverständnis in der Öffentlichkeit darüber gegeben, daß sowohl Staatsanwaltschaft als auch Gericht Frauen ins Feuer geschickt haben. Die-

se Zeitung, die sich immer auch als Vorkämpferin für die Emanzipation verstanden hat, ist solchem Unverständnis stets mit Ablehnung begegnet. Wir sind dafür, daß Frauen mehr und mehr Spitzenpositionen erobern. Wir begrüßen es, daß unsere Gesellschaft sich auf diesem Weg weibliche Qualitäten zunutze machen kann. Aber den Frauen, die es geschafft haben, kommt eben auch eine große Verantwortung zu. Schlangen, die auf Kaninchen starren, tun sich und uns keinen Gefallen. Man möchte ihnen zurufen: Mehr Mut, meine Damen! Die Welt gehört Ihnen doch schon. Sie müssen nur zugreifen!

U.T.

Tulla ist endgültig eingelassen worden in den Himmel der Schönschwätzer.

Bella legt die Zeitung beiseite. Ihr Blick fällt auf Lara G.s Gedichtband. Sie wird ihn zurückschicken, noch heute.

Später steht sie im hinteren Teil des Bäckerladens, in dem jetzt auch die Post untergebracht ist, und beobachtet, während sie wartet, ein paar Leute, die an Stehtischen Zeitung lesen und dabei frühstücken. Sie sieht zwei Frauen, die einen reißerisch aufgemachten Artikel zum Ausgang des Prozesses lesen; Fotos von Lara und Raimund A.: Haben sie nun freie Bahn? begleiten die Geschichte. Am Nebentisch stehen Arbeiter, Maurer und Maler, ihrer Kleidung nach zu urteilen, die die Sportseiten der gleichen Zeitung lesen. Als sie an der Reihe ist, ihr Päckchen abzugeben, denkt sie gerade darüber nach, was sie in Zukunft tun wird.

Die Sache Lara G. hat mehr Zeit in Anspruch genommen, als sie eigentlich gewollt hat. Zeit und Gedanken, von denen ihr scheint, sie hätte sie für sinnvollere Dinge verwenden können. Gut, der Fall Lara G. hat sie aus ihrer Zurückgezogenheit befreit. Befreit? Ja, das ist wohl eine Befreiung gewesen. Niemand lebt über lange Zeit isoliert, ohne Schaden zu nehmen. Eigentlich müßte sie Kranz dankbar sein, schließlich wollte er der Geschichte auf den Grund gehen. Waren sie auf den Grund gekommen?

Ja, und auch wieder nein, überlegt Bella, während sie von einem Laden zum anderen trödelt, Wein und Wodka, Käse und Brot kauft und auch nicht versäumt, die Auslagen eines feinen Modeladens genauer zu betrachten. Die Sachen, die sie im Schrank hat, sind vor ihrer Reise nach Odessa und Sibirien gekauft worden und sollten wahrscheinlich durch ein paar andere ersetzt werden. Ein bißchen mehr Chic, Bella, kann wirklich nicht schaden! Vielleicht erklärt sich aus ihrer Aufmachung der zuletzt ein ganz klein wenig verächtliche, herablassende Blick, den sie in Tullas Augen bemerkt hat.

Auf der Fahrt nach Hause schaltet sie das Radio ein und hört einem Reporter zu, der mit Begeisterung über eine neue Einrichtung in England spricht. Dort werden Reporter für Kriegseinsätze geschult. Im Original kann sie der Kastratenstimme eines englischen Offiziers lauschen, der den Kriegsreportern Tips für Einsätze an vorderster Front vermittelt.

Das Telefon läutet, als sie die Haustür aufschließt, es hört auf und setzt wieder ein, während sie die Flaschen im Kühlschrank verstaut. So viel Ausdauer soll belohnt werden. Es ist Brunner, der anruft. Bella ist überrascht, aber einverstanden, ihn am nächsten Abend zu treffen.

Wo?

Kommen Sie einfach zu mir, sagt sie. Jetzt, wo die ganze Geschichte ausgestanden ist, dürfte das wohl kein Problem mehr machen.

Brunner stimmt zu, sagt, es könne ein bißchen später

werden, Bella versichert, sie sei auf jeden Fall zu Hause, und legt auf. Eigentlich hat sie erwartet, daß Kranz sich melden würde, aber Brunner bleibt der einzige, der an diesem Tag anruft. Sie beginnt ihren Schreibtisch aufzuräumen, findet ein Foto ihrer Mutter und sucht stundenlang nach einem passenden Rahmen. Schließlich stellt sie Olgas Foto ungerahmt auf ein Bücherregal und liest, im Sessel sitzend und von Olgas strengen Augen beobachtet:

Wo das Haff
um den Strand lag
dunkel, unter der Nacht noch,
standen sie auf im klirrenden
Hafer. Draußen die Boote
sahen sie, weit.

Und woher kommt es wirklich, das Glück?

Wenn sie aufsieht, meint sie deutlich einen spöttischen Ausdruck in Olgas Augen zu sehen.

In der Nacht sind die Außentemperaturen noch einmal auf sieben Grad gesunken. Der Sommer, der in den letzten Tagen noch zu ahnen gewesen ist, bereitet sich auf seinen Rückzug vor. Bella setzt mühsam die Heizung in Gang, bevor sie das Haus verläßt, um ihren Kreislauf durch Bewegung in Schwung zu bringen. Auf dem Rückweg kommt sie an einem Buchladen vorbei, entdeckt im Schaufenster einen Titel: Das Buch von der Stadt der Frauen. Sie nimmt das Buch mit. Immer dieses Verlangen, sich in den Aussagen, den Erfahrungen anderer wiederzufinden. Immerhin liest sie: »Und wenn Frauen schwanger sind und ein Mädchen zur Welt bringen, werden manche Ehemänner ungehalten und murren, weil ihre Frauen keinen Sohn geboren haben. Und ihre törichten Frauen, statt überglücklich zu sein ... werden ebenfalls unwirsch, weil sie sehen, daß ihre Männer sich aufregen. Aber woher kommt es eigentlich, hohe Frau, daß sie das dermaßen bekümmert?

Teure Freundin ... das hängt mit der übergroßen Dummheit und Unwissenheit derer zusammen, die aus diesem Anlaß ungehalten werden.«

So schrieb Christine de Pizan 1405, deren schriftstellerisches Anliegen es gewesen ist, »allen Frauen ... einen Zufluchtsort zu schaffen, an dessen Mauern die Verleumdungen der Männer abprallen, und so das weibliche Selbstbewußtsein zu stärken«.

In dem Buch findet Bella auch eine kurze Passage über Medea. Sie endet damit, daß Medeas Gefühle nach Jasons Verrat beschrieben werden: »Sie aber ... war darüber so verzweifelt, daß ihr Herz von dieser Stunde an weder Glück noch Freude kannte.«

Da war sie wieder, die Frage nach dem Glück. Bella hat das Gefühl, sie müsse eine Antwort darauf finden. Sie schlägt das Buch zu und trabt in leichtem Dauerlauf nach Hause, einem ruhigen, nachdenklichen Nachmittag entgegen.

Bella steht unter der Dusche, als an der Haustür geklingelt wird, und hat nicht die Absicht, das Vergnügen abzubrechen, das die harten Wasserstrahlen auf der Haut für sie bedeuten. Also überhört sie die Klingelei und merkt erst später, als sie, barfuß und in ein Handtuch gewickelt, die Treppe herunterkommt, daß da jemand vor der Haustür ebenfalls seine Absicht nicht aufgegeben hat. Sie läuft zurück ins Schlafzimmer, zieht Hosen und Pullover an, läuft die Treppe hinunter und denkt zuerst an Tulla, dann an Kranz, aber nicht daran, daß Lara G. sie aufsuchen würde.

Sie ist vollkommen überrascht und sieht deshalb einigermaßen verwundert auf die Frau, die vor ihr steht; verwundert allerdings nicht nur über deren Anwesenheit, sondern auch über die Veränderung, die mit ihr vorgegangen ist. Lara G. wirkt freundlich, aber gleichzeitig, vielleicht liegt es einfach an ihrer Größe, an den Bewegungen, die zu ihr gehören, gleichzeitig wirkt sie auch stolz und distanziert.

Darf ich? sagt sie und geht, ohne eine Antwort abzuwarten, an Bella vorbei ins Haus. Sie trägt ein schwarzes Kostüm mit einem langen Rock und eine schwarze Tasche über der Schulter, die gleichzeitig Handtasche und Reisetasche sein kann. Bella folgt ihr, eingehüllt in einen feinen Duft von irgend etwas Kostbarem, das sie nicht kennt. Die Räume in Bellas altem Kapitänshaus sind niedrig, und Lara G. wirkt, als befände sie sich in einem Käfig.

Nehmen Sie den Sessel, sagt Bella und setzt sich hinter den Schreibtisch.

Was für ein schöner Ausblick.

Die Frau hat kurz aus dem Fenster gesehen, nimmt ihre Tasche, die sie neben sich auf den Fußboden gestellt hat, und holt ein Päckchen daraus hervor, das Bella kennt. Sie legt es auf den Schreibtisch.

Ich bin gekommen, um Ihnen zu erklären, warum ich es getan habe, sagt sie. Ich stelle mir vor, daß Sie mich für schuldig halten, aber meine Gründe nicht kennen. Ich möchte Ihnen von meiner Liebe erzählen und von meinen Kindern.

Ich verstehe weder etwas von Liebe noch von Kindern. Ich glaube nicht, daß ich die Richtige bin, Ihre Erklärungen anzuhören.

Als ich ihn zum ersten Mal gesehen habe, war mir klar, daß er mein Mann war. Es würde niemals einen anderen geben. Vielleicht haben Sie einen anderen Eindruck von mir gewonnen durch die Geschichte, die dieser Junge vor Gericht erzählt hat. Es war aber nur so, daß ich eine Zeitlang sehr verzweifelt war. Als er mich verlassen hat, habe ich gedacht, ich könnte nicht weiterleben. Es gibt eine Art von Verzweiflung, die einen gegen den eigenen Körper gleichgültig sein läßt. So ist es gewesen, bis ich zur Besinnung gekommen bin. Ich wurde gebraucht. Meine Kinder, unsere Kinder brauchten mich. Sie sollten glücklich sein. Sie sollten durch ihr Glück dem Mann, den ich liebte, zeigen, daß wir nur zusammen glücklich sein können. Die Kinder waren meine Hoffnung auf unser Glück. Ich habe sie gelehrt, ihren Vater zu lieben, so wie ich ihn liebte. Als ich ihn zum ersten Mal gesehen habe, bin ich ihm gefolgt, obwohl mir war, als würde mir das Herz aus dem Leib gerissen. Wissen Sie, wie man sich fühlt, wenn man seine Heimat verläßt?

Nein, sagt Bella, glücklicherweise sind mir derartige Sentimentalitäten fremd.

Ihre Antwort klingt schroff, aber sie hat sich entschlossen, offen zu antworten, nun, da der Redestrom der Frau nicht mehr aufzuhalten zu sein scheint. Sie haßt freiwillige Beichten, sie hält sie für egoistisch und in jedem Fall für rücksichtslos.

Ihr Einwurf hat die Frau im Sessel offensichtlich nicht erreicht; eine Tatsache, die sich wohl aus dem exaltierten Zustand ergibt, in den Beichtende sich versetzen und der ihnen am Ende der Beichte das Glück der Erschlaffung bereiten wird, ein Zustand, der ihnen dann Erlösung vorspiegelt.

Für die Mädchen war ihr Vater ein kleiner Gott. Alles, was sie getan haben, haben sie ihm zur Freude getan.

Wie die Mutter, sagt Bella.

Wir waren eine sehr glückliche Familie, auch als er mich bat, in der Firma mitzuarbeiten. Es ging uns nicht gut. Andere waren erfolgreicher in ihren Geschäften. Ich hätte ihm sechs oder acht Kinder schenken mögen. Er wollte keine Kinder mehr. Die Mädchen hat er geliebt, aber den Jungen nicht. Dabei war ich so glücklich bei seiner Geburt. Ich wußte ja, daß er keine Kinder mehr wollte. Aber ein Junge, dachte ich, ein Junge wird ihn überzeugen. Einen Jungen zu gebären, das ist – sie sucht nach einem passenden Wort –, das ist das Glück vollkommener Übereinstimmung mit der Welt.

Darauf hätte ich kommen können, sagt Bella. Eine besondere Art von Kadavergehorsam, nehme ich an.

Er hat nicht verstanden, daß der Junge ein Geschenk für uns war. Ich sah, daß er es nicht verstand. Ich habe ihn nicht bedrängt. Er würde verstehen, eines Tages würde er verstehen. Und bis dahin würde ich für ihn arbeiten. Er sollte wissen, daß uns nichts auseinanderbringen konnte.

Er, er, er, Bella spricht lauter als sonst, haben Sie in diesen ganzen Jahren auch nur einmal an sich gedacht? Daran, was sein wird, wenn die Kinder groß sind? Wenn Ihr Mann Sie, die Dienende, satt hat?

Als er die andere Frau kennengelernt hat, ist er zu mir gekommen und hat mir von ihr erzählt. Er hat über den Betrieb gesprochen und davon, daß wir am Ende sind und daß er eine große Chance bekommen hat. Er allein, für mich sei da kein Platz. Ich habe ihn nicht verstanden. Ich habe wohl die Wörter verstanden, die er gesagt hat, aber nicht ihren Sinn. Erst als er nicht mehr nach Hause kam, als ich den Bescheid bekam, daß der Betrieb liquidiert werde und ich nicht mehr zur Arbeit zu gehen bräuchte, es war ja schon monatelang nichts mehr zu tun gewesen, aber ich bin hingegangen, es kamen ja noch Anrufe, manchmal, erst da habe ich verstanden, daß wir uns für eine längere Zeit nicht mehr sehen würden.

Sie haben wirklich geglaubt, Ihr Mann kommt zu Ihnen zurück?

Nein, ich habe es nicht geglaubt. Ich habe es gewußt. Weshalb hat er uns das Haus gemietet, wenn er selbst nicht einziehen wollte? Wir brauchten kein Haus. Weshalb hat er darauf bestanden, die Kinder regelmäßig zu sehen, wenn nicht, um seine Familie nicht aus dem Gedächtnis zu verlieren? Weshalb hat er sich bereit gefunden, endlich auch den Jungen an den Wochenenden mitzunehmen, wenn nicht, weil er begonnen hatte, sich mit seiner Existenz einverstanden zu erklären? In all dem habe ich eine Hoffnung gesehen, verstehen Sie? Wir würden wieder zusammen sein, eines Tages. Dieses Nichts –

Dieses Nichts, zu dem Sie geworden waren, würde wieder mit Bedeutung gefüllt werden, nicht wahr?

Lara G. antwortet nicht. Sie sieht auf das Paket mit dem Buch, das sie auf Bellas Schreibtisch gelegt hat. Sie sieht sehr verloren aus, und als sie weiterspricht, ist ihre Stimme stiller, sind ihre Sätze kürzer, die Pausen zwischen ihnen länger.

Jemand hat mir gesagt, womit er sein Geld verdient. – Er verdient sehr viel an Minen. – Ich habe ihnen gesagt, daß er ein Mörder ist. Ich habe den Kindern gesagt, daß ihr Vater zu den Mördern gehört. Sie haben mir nicht geglaubt. – Seine Frau hat seine Kinder geliebt. – Er hat »seine Kinder« gesagt. – Sie wollten nicht bei mir bleiben. – Sie wollten in das schöne Haus. – Da hab ich verstanden. – Es war keine Hoffnung mehr. – Sie wären gegangen. – Sie wären von mir zu ihr gegangen und zu ihm. – Sie hätten mich vergessen. – Er hatte mich schon vergessen.

Es ist still.

Ihr Schmerz ist echt, denkt Bella. Gibt es so etwas wie echten Schmerz über eine Liebe, die falsch ist?

Ich hatte niemanden, mit dem ich reden konnte, sagt die Frau irgendwann. Als ich das Buch zurückbekam, dachte ich, daß Sie vielleicht die Frau sein könnten, die es mir geschickt hat. Es waren eine Menge Reporter da. Ich habe nicht mit ihnen gesprochen. Ich habe Sie im Gericht gesehen. Manchmal dachte ich, wenn ich mit Ihnen sprechen könnte, würden Sie mich verstehen. Aber ich weiß nun wieder, was ich vergessen hatte: Sprechen ist wie Hoffnung haben. Ich hätte schweigen sollen.

Bella fühlt sich hilflos. Sie weiß nicht, was sie antworten könnte. Sie fühlt nur eine große Traurigkeit. Also bleibt sie still und wartet. Zeilen aus einem Gedicht von Else Lasker-Schüler fallen ihr ein:

Deine Seele, die die meine liebet
ist verwirkt mit ihr im Teppichtibet –

Schwierig, richtig zu leben, wenn falsch gesungen wird rundherum, denkt sie.

Irgendwann steht die Frau aus dem Sessel auf, nimmt ihre Tasche über die Schulter, steht einen Augenblick vor dem Schreibtisch, so als wollte sie noch etwas sagen, sagt aber nichts, geht.

Bella begleitet sie nicht. Als die Tür hinter Lara G. zuschlägt – sie hat sich nicht die Mühe gemacht, sie vorsichtig ins Schloß zu ziehen –, greift sie nach dem Umschlag auf ihrem Schreibtisch und holt das Buch hervor. Zwischen den ersten Seiten liegt ein Stück Papier, ein weißer DIN-A4-Bogen, der mit flüchtig wirkenden großen Buchstaben beschrieben ist:

Ich bin denen dankbar, die mir meinen letzten Weg ermöglicht haben, wer immer das auch gewesen sein mag. Sie wissen, was ich zu tun habe, nun, da alles vorüber ist. Lara.

Sie wird sich töten, denkt Bella. Und ich werde sie nicht hindern. Ich werde weder Kranz noch Brunner, noch Gebauer und schon gar nicht Tulla von dieser Begegnung erzählen. Ich lasse sie gehen und tun, was sie für richtig hält. Wer weiß, vielleicht ist das ja das Glück, daß eine tun kann, was sie für richtig hält.

Dann wird ihr klar, daß sie zynisch reagiert, und sie spürt eine plötzliche Übelkeit, die sie dadurch niederzuhalten versucht, daß sie aufsteht und das Fenster weit öffnet. Draußen riecht es nach Herbst. In der Dämmerung gehen die ersten Lichter auf dem Gelände des Rüstungskonzerns drüben am anderen Ufer an, eine dicke Transportmaschine bewegt sich im Tiefflug auf das Betriebsgelände zu, verschwindet am Boden, und eine zweite Maschine folgt ihr, einer dicken, freundlichen Hummel gleich, die ihren nächtlichen Schlafplatz gefunden hat.

Bella schließt das Fenster. Das Zimmer scheint enger geworden zu sein. Sie wird ausgehen müssen, das ist nun klar.

Langsam fährt sie über die Elbchaussee, bewundert das ruhig fallende braune und gelbe Laub und auf der rechten Seite durch die lichter werdenden Bäume die Silhouette der Köhlbrand-Brücke. Was für eine Stadt. Brunner fällt ihr ein und daß sie mit ihm verabredet ist. Er wird zu einer anderen Zeit wiederkommen müssen.

Es ist schwierig, in der Nähe der Bar einen Parkplatz zu finden, aber irgendwann und irgendwo kann sie das Auto abstellen. Sie geht zu Fuß durch einen dunklen kleinen Park. Zwei Männer, vielleicht ein Mann und ein Jüngling, sind miteinander beschäftigt; nein, ein Mann ist mit einem Jungen beschäftigt, so daß nur der Junge sie sieht, als sie an den beiden vorübergeht. Er beobachtet sie ungerührt. Von der geht keine Gefahr aus. Türkische Männer sitzen hinter halbverdeckten Fensterscheiben, trinken und spielen. Türkische Frauen huschen mit prallgefüllten Einkaufstaschen aus halbdunklen Läden, die eigentlich schon geschlossen sein sollten. In einer Eckkneipe sitzen stumme Zeitungsleser an Sperrmülltischen. Ihr Instinkt treibt seit Jahren Intellektuelle in dieses heruntergekommene Viertel. Absolventen von Elite-Hochschulen sind nicht darunter. Vor dem Schaufenster eines Tatoo-Ladens stehen zwei alte Frauen. Bella stellt sich dazu, um zu hören, worüber sie sprechen.

Ich sag ihr, sie hat noch Glück gehabt. Die Zähne kann sie sich neu machen lassen.

Sie geht weiter, ohne die Antwort der anderen abzuwarten. Schon von weitem kann sie sehen, daß in der Wohnung, in der Eddy gelebt hat, noch Licht brennt. Sie zögert einen Augenblick, bevor sie die Steinstufen zur Bar hinaufsteigt.

Die Barfrau begrüßt sie mit einem Lächeln. Der Fernseher läuft, und in einer Ecke ganz hinten sitzt der Mann, der in sein Notizbuch kritzelt, als säße er da schon ewig und würde noch eine Ewigkeit sitzenbleiben.

Ich glaube, er hat was mit Glücksspiel zu tun, sagt die Barfrau auf ihren fragenden Blick. Wodka und Orangensaft?

Mein Wissen um die Vineta-Sage habe ich wieder aufgefrischt durch die Lektüre des Buches VINETA von Albert Burkhardt.

Die erste Fassung dieses Romans wurde in der Villa Waldberta geschrieben.

Ich danke Verena Nolte und dem Kulturreferat München für die großzügige Unterstützung.

Ich danke meiner Lektorin Ingrid Grimm, die mir nicht nur bei diesem Buch einfühlsam mit Rat und Tat zur Seite gestanden hat.

Die Gedichte, aus denen ich zitiert habe, sind von Ingeborg Bachmann (Seite 24), Christa Reinig (Seite 25), Alfred Lichtenstein (Seite 30), Friedrich von Logau (Seite 44), Joseph Freiherr von Eichendorff (Seite 112), Christine Lavant (Seite 148), Nelly Sachs (Seite 191), Peter Huchel (Seite 231), Else Lasker-Schüler (Seite 250) und von Johannes Bobrowski (Seiten 181, 194/95, 244).